금
병
매
4

# 금병매 金瓶梅 4

초판 1쇄 발행  2022년 9월 30일

지 은 이        소소생(笑笑生)
옮 긴 이        강태권
펴 낸 이        한승수
펴 낸 곳        문예춘추사

편     집        이상실
마 케 팅        박건원, 김지윤
디 자 인        박소윤

등록번호        제300-1994-16
등록일자        1994년 1월 24일
주     소        서울특별시 마포구 동교로 27길 53, 309호
전     화        02 338 0084
팩     스        02 338 0087
메     일        moonchusa@naver.com

I S B N        978-89-7604-534-8  04820
               978-89-7604-530-0  (세트)

천하제일기서

완역

# 금병매

소소생笑笑生 지음

/ 강태권 옮김

4

예춘추사

차례

## 서문경의 여인들

**오월랑**  첫째 부인. 청하좌위 오천호의 딸로 서문경의 전처가 죽자 정실로 들어온다. 서문경 집안의 큰마님으로 행세하며 집안 여인들 간의 질서를 유지하고자 노력하고, 서문경이 죽은 후에는 유복자 아들을 잘 키워보고자 노력하나, 결국 인생이 한바탕 꿈에 불과함을 깨닫는다.

**이교아**  둘째 부인. 노래 부르는 기생이었으나 서문경의 눈에 들어 부인이 된다. 서문경이 죽자 재물을 훔쳐 기원으로 돌아간다.

**맹옥루**  셋째 부인. 포목상의 정처였으나 남편이 죽자 설씨의 주선으로 서문경과 혼인한다. 나름 행실을 바르게 하며 산 덕분에 쉽게 맞이할 수도 있는 불운을 피해 간다.

**손설아**  넷째 부인. 서문경 전처의 몸종이었다가 서문경의 눈에 들어 그의 부인이 된다. 집안 하인과 눈이 맞아 도망가는 등, 삶의 신세가 바람에 나부끼는 깃발처럼 이리 움직였다 저리 움직였다 한다.

**반금련**  다섯째 부인. 무대의 부인이었으나 서문경과 눈이 맞아 무대를 독살하고 서문경에게 시집온다. 영리하고 시기심 많은 성격에 서문경을 독차지하려고 애쓰지만, 끝내 원수의 칼날을 피하지 못한다. 삶의 영고성쇠가 무상함을 증명하듯 실로 파란만장한 삶을 산다.

**이병아**  여섯째 부인. 화자허의 부인이었으나 화자허가 화병으로 죽자 서문경의 부인이 된다. 천성이 착하지만 죽은 화자허의 좋지 않은 기운이 그녀의 삶을 지치게 한다.

**춘매**  반금련의 몸종으로 서문경의 총애를 받는다. 사람 일은 알 수 없음을 증명하는 인물로서, 쇠락해지는 듯하다 다시 최고의 영예를 누리는 삶을 산다.

**이계저** 이교아의 조카로 기원의 기생. 행사 때마다 서문경의 집안에 불려온다.

**송혜련** 서문경 집안의 하인인 내왕의 부인. 자신의 미색 때문에 남편이 쫓겨나게 된다.

**임부인** 서문경을 의붓아버지로 섬기는 왕삼관의 어머니. 아들을 핑계삼아 서문경 과 관계를 맺는다.

**여의아** 서문경의 아들 관가의 유모. 이병아가 죽은 뒤 서문경의 눈에 들어 관계를 맺는다. 서문경이 그녀를 죽은 이병아를 대하듯 한다.

**왕륙아** 한도국의 부인. 딸의 혼사를 매개로 서문경의 눈에 들어 은밀한 만남을 갖 는다. 남편의 암묵적 승인 하에 자신의 몸을 팔아 생계를 이어간다.


## 반금련의 남자들

**무대** 금련이 독살한 전남편. 동생 무송에게 자신의 억울한 죽음을 알리고 복수를 부탁한다.

**서문경** 금련이 재가한 남편. 천하의 난봉꾼으로, 집안의 여러 부인을 거느리고도 틈만 나면 새로운 여인에게 눈을 돌린다.

**진경제** 서문경의 사위. 일찌감치 장인 집에서 기거하며 서문경이 다른 여자를 탐하 는 사이에 금련과 정을 통한다. 수려한 외모로 어린 나이부터 정욕에 이끌 리는 삶을 산다.

**금동** 서문경의 하인.

**왕조아** 왕노파의 아들.

일러두기

* 이 책은 『신각금병매사화(新刻金瓶梅詞話)』와 『신각수상비평금병매(新刻繡像批評金瓶梅)』의 합본을 저본삼아 이를 완역한 것이다.
** 본문 삽화는 『신각수상비평금병매』에서 가져온 것이다.
*** 본문 중 괄호 안의 글은 옮긴이의 주이다.
**** 각 이야기의 소제목은 편집부에서 새로 만든 것이다.

# 정(情)이란 시비를 불러오는 것

서동이 총애를 업고 일을 벌이고,
평안이 분해서 고자질을 하다

돈과 권력을 믿고 내키는 대로 행동하지만
개인의 감정으로 공사[公私]를 멋대로 하지 말지어다.
재물을 탐해 인륜을 저버리고
색을 밝히고 의리를 잊누나.
기둥서방들과 도적들은 명예와 이익을 구하고
미친 종놈은 술김에 사기를 치누나.
훗날의 흥망성쇠는
오늘 하는 짓으로 알 수 있다네.
自恃官豪放意爲 休將喜怒作公私
貪財不顧綱常壞 好色全忘理義虧
狎客盜名求勢利 狂奴乘飮弄奸欺
欲占後世興衰理 今日施爲可類知

　　한도국은 집 앞으로 가서 자기 마누라와 동생인 한이가 함께 관아
로 붙들려간 사실을 들었다. 이에 급히 사자가에 있는 가게로 가서
내보와 상의했다. 내보는,

"빨리 응씨 아저씨한테 가서 주인 나리께 말씀드려달라고 하게. 편지를 써서 이현령한테 부탁하면 아무리 큰일이라도 다 해결할 수 있지."

이에 한도국은 곧장 응백작의 집으로 갔다. 응씨 부인이 하인을 시켜 말하기를,

"지금 집에 안 계신데 어디 가셨는지 모르겠어요. 아마 서문대인 댁에 가셨을 거예요."

하자 한도국은,

"서문 댁에도 안 계셔."

그러고는 다시 응백작의 동생인 응보는 있냐고 묻자 부인은 응보도 함께 나갔다고 대답했다. 한도국은 더욱 조급해져 기생골목으로 가서 기생집을 다 뒤졌다. 백작은 호가 하양봉[何兩峯]이라는 호주[湖州] 하만자의 동생인 하이만자[何二蠻子]의 초대를 받고 사조항의 하금섬 집에서 술을 마시고 있었다. 그러던 중 한도국에게 붙잡혀 밖으로 나왔다. 백작은 술을 마셔 얼굴이 불그스레했으며 모자 끝에는 이쑤시개를 꽂고 있었다. 한도국은 응백작에게 대충 인사하고는 조용한 곳으로 데리고 가서 전후 사정을 말하였다. 이에 백작은,

"그런 일이라면 내가 함께 가야겠군."

하고는 하양봉에게 돌아가 작별 인사를 하고, 한도국과 함께 먼저 집으로 돌아가 자세한 얘기를 물어보았다. 한도국은 응백작 앞에서 무릎을 꿇고 애원했다.

"제발 서문대인께 잘 말씀드려서 편지 한 통만 얻어주세요. 아마도 내일 아침 일찍 현청으로 넘어가 이현령께서 사안을 조목조목 조사를 하신다면 그때 가서는 이놈의 마누라를 구해낼 수 없을 것입니

다. 일이 끝난 후 나리께 사례를 섭섭지 않게 할 테니 제발 제 부탁 좀 들어주세요."

백작은 한도국을 손으로 잡아 일으킨 후에 말했다.

"한동생, 이런 일을 도와주지 않으면 어찌하겠는가? 종이를 가지고 와서 경위서를 한 장 쓴 다음에 나와 함께 서문 나리 집에 갑시다. 쓸데없는 얘기는 다 집어치우고, 단지 자네는 '항상 집을 비우기에 거리의 불량배들이 벽돌을 깨거나 기와를 집어던져 아내를 못살게 괴롭혔다. 그래서 이를 보다 못한 동생 한이가 화가 나서 건달들을 야단쳤더니, 도리어 이놈들이 떼거리로 몰려와 한이를 잡아 땅에 패대기치고 발로 차고 소란을 피우다가 나중에는 둘을 함께 묶어 관아로 갔다'고 말하시오. 그러니 '제발 나리께서 편지를 한 장 써서 이현령에게 이런 사정을 말씀해주신다면 아내가 정식 재판을 받지 않고도 나올 수 있으니, 제발 지금까지의 정리를 보아 은혜를 베풀어주십시오'라고 하면 될 거요."

한도국은 응백작의 말대로 바로 종이, 붓, 먹을 가지고 와서 급히 경위서를 쓰고는 소매 속에 넣었다. 응백작이 한도국을 데리고 곧장 서문경의 집으로 가서 문지기인 평안에게 물었다.

"나리께서 안에 계시냐?"

"나리께선 화원에 있는 서재에 계십니다. 안으로 드시지요."

백작은 개도 짖지 않을 정도로 익숙해져 있었기에 곧장 한도국을 데리고 중문을 지나고 대청을 돌아 그 옆 작은 동굴 안쪽으로 들어가니, 그곳이 바로 화원의 쪽문이었다. 다시 목향의 줄기가 있는 곳을 도니 양편에 소나무 담쟁이가 있고 소나무로 둘러싸인 안쪽에 비취헌[翡翠軒]이라는 이름의 놀이방이 세 칸 있었다. 이 방은 서문경이 땀을 식히며 여름을 보내는 곳이었다. 앞뒤에는 발이 쳐진 창문과 사면에는 꽃과 대나무가 있어 그늘이 지고, 주위에는 진귀한 짐승과 새, 기이한 풀과 꽃들이 각기 아름다움을 뽐내고 있었다. 집 안쪽에서 화동이 청소를 하고 있다가 보고서는,

"응씨 나리와 한씨 아저씨가 오셨네요!"

하니 두 사람은 발을 걷어올리고 안으로 들어섰다. 들어가 보니 서동이 있다가 이들을 보고,

"이리로 앉으세요, 나리께서는 방금 안채로 가셨어요."

하면서 화동을 안채로 보냈다.

백작이 방 여기저기를 돌아보니 운남에서 나는 마노 빛깔로 칠을 한, 등이 낮은 동파의자가 여섯 개 놓여 있고 양옆에는 푸른색 바탕에 흰 비단으로 테두리를 한 명인[名人]의 산수화가 네 폭 걸려 있었다. 한옆에는 사마귀와 잠자리의 다리 모양에, 위쪽에 무늬를 넣은 대리석판을 간 책상이 있었는데, 책상 위에는 동으로 만들어 두루미를 새긴 화로가 놓여 있었다. 정면에는 비취헌이라고 쓴 편액이 걸려 있었다. 편액 양쪽의 벽에는 '바람 고요하고 맑은 집안에 홰나무 그늘 가득하고[風靜槐陰淸院宇], 해는 길고 향기 머금은 전체[篆體] 주렴 드리운 창에 흩어 쓰여 있네[日長香篆散簾櫳]'(전체는 한자 서체의 하나)라고 쓴 대구의 주렴이 걸려 있었다.

응백작은 정면에 있는 의자에 앉고 한도국은 의자를 끌어와 그 옆에 앉았다. 잠시 그렇게 앉아 있다가 백작이 안쪽 서재로 들어가 보았다. 안쪽에는 대리석 주위에 금을 장식하고 검은 옻칠을 한 여름용 침대가 있었는데 푸른색 비단 휘장이 드리워져 있었다. 양옆에는 금으로 무늬를 넣은 책장이 있었는데, 그 안에는 선물용 서적과 문방도

구가 가득 차 있었다. 또 책장 옆에는 서적들이 가득 쌓여 있었다. 푸른 휘장을 친 창문 아래에는 검은 칠을 한 탁자와, 소라 모양의 접는 의자 하나가 외따로 놓여 있었다. 문갑 안에는 주고받은 편지와 명함 그리고 중추절에 보낸 선물 목록이 있었다. 백작이 그중에서 한 권을 꺼내 펼쳐보니 맨 위에는 채로야·채대야·주태위·동태위·중서채사로·도위채오로 및 현지사·현리[官吏](지부[知府]·동부[同知]·통판[通判]·추관[推官]), 두 번째 책에는 주수비·하제형·형도감·장단련 및 유·설 환관 둘이 적혀 있었다. 모두가 비단에 고기며 술과 소금에 절인 고기, 생선·닭이나 거위 등으로 그 경중이 각각이었다. 여기서 두 사람이 기다리고 있는 일은 잠시 접어두자.

한편 화동은 안채의 금련의 방으로 가서,

"춘매 누이, 나리께서 여기 계세요?"

하고 물었다. 춘매는,

"이런 얼어죽을 놈이! 나리께서는 옆집 여섯째 마님 방에 계시잖아? 공연히 여기 와서 묻고 있어."

라며 욕을 해댔다. 이에 화동은 급히 이병아의 방 쪽으로 가보니 수춘이 섬돌 위의 계단에 앉아 있기에 살며시 다가가,

"나리께서 방에 계셔? 응이 영감과 한씨 아저씨가 오셨는데 나리께 드릴 말씀이 있다면서 서재에서 기다리고 계셔."

라고 말을 했다. 수춘은,

"나리께서는 방에서 마님이 관가(이병아의 아들)에게 입힐 옷을 마름질하는 걸 보고 계셔!"

했다. 원래 서문경이 비단 두 필을 내왔는데 한 필은 붉은색이고, 다

른 한 필은 연두색이었다. 이것을 이병아에게 주면서 관가의 속옷과 저고리, 조끼와 두건을 만들게 했다. 금 무늬가 있는 온돌 위에는 붉은 양탄자를 깔고 유모가 아기를 안고 앉아 있었고, 영춘이 다리미를 들고 대기하고 있었다. 이때 수춘이 안으로 들어와 살짝 영춘을 잡아당겼다. 이에 영춘은,

"왜 잡아당기고 야단이야? 당기다가 불이 양탄자 위에 떨어지면 어쩌려고 그래."

하니 이병아가 물었다.

"왜 공연히 영춘을 잡아당기고 있니?"

수춘은,

"웅영감님이 오셔서 나리마님께 드릴 말씀이 있대요."

이병아는,

"멍청이 같으니라구! 웅영감이 오셨으면 이리 와서 그렇게 말을 하면 되잖아, 쓸데없이 끌어당기기는!"

하니 서문경은 화동에게,

"잠시 앉아 계시도록 해라, 내 바로 나갈 테니."

라고 분부했다. 서문경은 이병아가 옷을 마름질하는 것을 다 본 후에 평상복 차림으로 서재에 나와 백작을 보니, 둘은 일어나 인사를 하고 자리에 앉는다. 백작이 입을 열어 말하기를,

"한형, 무슨 일이 있지 않소? 나리께 말씀드려요."

했다. 서문경은,

"무슨 할말이 있소?"

하니, 한도국이 '거리의 이름도 모르는 불량배들이' 하면서 얘기하려고 하자 웅백작이 가로막았다.

"동생, 그렇게 말하면 안 돼요. 그렇게 대강대강 말해서 될 일이 아니에요. 속이지 말고 있는 사실을 죄다 말씀드리도록 해요. 실은 한씨가 항상 가게에서 일을 보고 머물기에 집에는 사람이 없고 단지 아주머니와 애가 하나 있을 뿐이었어요. 그런데 동네의 난폭한 불량배 녀석들이 집에 남자 어른이 없는 것을 알고 늘 벽돌을 깨거나 기와를 집어던지며 겁을 주고 괴롭혔지요. 그래서 한씨 동생인 한이가 보다 못해 집으로 찾아가 몇 마디 야단쳤더니 이 못된 놈들이 다짜고짜 무더기로 달려들어 죽도록 패더랍니다. 그런 후에 한씨의 부인과 한이를 묶어 관아에 넘겼는데, 내일 아침 일찍 현의 이대인 앞으로 사건이 이관된다고 합니다. 그래서 울며불며, 나리께 잘 말씀드려 이대인에게 편지를 한 통 써서 이 사정을 자세히 말씀드려달라는 거예요. 그렇게만 해주신다면 정식 재판을 받지 않고 바로 나올 수 있을 거랍니다."

그러고는 한도국에게 말한다.

"자네가 써온 사건의 경위서를 꺼내 나리께 보여드리게, 그러면 아마 심부름꾼을 시켜 보내주실 걸세."

이에 한도국은 소매에서 경위서를 꺼내 황급히 무릎을 꿇었다.

"소인은 황공하옵게도 나리의 은덕으로 살아가고 있는 몸입니다. 그러니 제발 웅나리의 얼굴을 보아 한 번 도와주신다면, 안사람과 함께 평생 그 은혜를 절대로 잊지 않겠습니다!"

서문경은 다급히 한 손으로 한도국을 잡아 일으키면서,

"어서 일어나게!"

하며 경위서를 보니,

　　　죄를 범한 여인 왕씨를 용서해주시기 바랍니다.

라고 위에 쓰여 있었다. 이를 보고 서문경은,

"이렇게 쓰면 안 돼. 자네 동생 한이 얘기만 쓰면 돼."

그러면서 백작을 향해,

"지금 내가 현에 편지를 써서 얘기하는 것보다 보고서를 고쳐 쓰고 내일 아침 직접 관아로 가지고 가서 처리하는 것이 나을 것 같군."
하니 백작은 한도국에게 말한다.

"빨리 나리께 인사 올리지 않고 뭐하나? 그렇게 되면 훨씬 좋지!"

이 말을 듣고 한도국은 다시 넙죽 엎드려 고개를 조아리며 절을 했다. 서문경은 대안에게,

"밖에 가서 서리를 좀 들라 일러라."
하고 분부했다. 잠시 뒤에 푸른 옷을 입은 절급[節級](업무를 보는 군관[軍官])이 들어와 곁에 대령하고 섰다. 서문경은 가까이 오라 이른 후에,

"지금 우피가에 있는 한씨 집에 가서 어느 관아 소속인지 알아보고, 그곳 담당자에게 내 말이라고 하고, 지금 즉시 왕씨를 석방하고 불량배의 이름을 조사해 보고서를 다시 작성한 후 내일 제형원의 내관아로 와서 심리를 받게 해라."
하고 명을 내리니 절급은 알았노라고 대답을 하고 물러났다.

백작은,

"한형, 자네도 이 사람을 따라가서 일을 하는 게 좋겠네. 나는 아직 나리와 할 얘기가 있으니."
하니, 이에 한도국은 수없이 고맙다고 인사를 하고 밖에 나가 절급과 함께 우피가의 관아로 갔다. 한편 서문경은 백작과 함께 비취헌에 앉아 대안에게 명했다.

"탁자를 내오너라. 그리고 안채에 가서 큰마님께 말씀드려 며칠 전 벽돌공장의 유공공이 보낸 목서화주[木犀花酒](계화주[桂花酒])를 따서 데워 내오거라. 내 응백작과 마실 테니. 또 준치(바닷물고기) 절인 것도 안주로 내오거라."

이에 백작은 손을 들어 인사를 했다.

"아직 형님께 감사 인사도 못 드렸는데. 일전에 형님이 준치 두 마리를 보내주셔서 한 마리는 형님께 보내드리고, 한 마리는 집에 남겨두었다가 집사람에게 일러 반은 딸에게 보내주고, 나머지는 토막을 쳐두라고 일렀습니다. 그리고 붉은 술지게미에 절인 후 다시 기름을 조금 발라 자기로 만든 항아리에 넣어두고, 아침저녁 반찬으로 먹거나 손님이 오면 한 접시 꺼내 올리면서, 잠시도 형님의 풍성한 정을 잊지 않고 있습니다."

"유공공의 동생인 유백호가 황하 유역의 갈대밭을 관리하고 있었는데 돈을 약간 벌어 오리점[五里店]에 땅을 샀어. 그러고는 궁중에서나 쓰는 황목[皇木]을 가져다 집을 지었어. 그것 때문에 내 관아에서 재판을 받게 됐는데 하용계가 은자 백 냥을 받아먹고도 유씨를 성[省]으로 넘기려고 했었지. 이에 유공공이 친히 은자 백 냥을 가지고 나를 찾아와 부탁하기에 잘 처리해줬어. 솔직히 우리도 적으나마 장사를 하면서 그럭저럭 살아가는데 그런 돈을 아쉬워하겠는가! 유태감과는 평소 알고 지내는 터이고 늘상 선물도 주고받는 사이잖아. 그런데 이런 사소한 일로 염치없이 유공공의 돈을 받겠어! 그러고는 유백호의 집을 밤새 헐게 했지. 그리고 그 집 하인 유삼을 한 이십여 대 때리고는 사건을 일단락지었어. 사건이 다 해결된 후 유공공이 이런 정리를 잊지 않고 돼지 한 마리를 잡고 손수 담근 연꽃 술 한 동이, 술지게미에 절인 준치 두 꾸러미를 보내왔는데 어림잡아 마흔 근은 되어 보이더군. 또 화려한 무늬를 넣은 비단을 두 필 보내왔어. 그리고 친히 와서 거듭 고맙다고 인사하니 이런 게 다 정분이란 것 아니겠나. 그러니 그런 것을 어찌 돈으로 따질 수 있겠는가!"

"형님, 형님께서야 이 정도 돈을 우습게 보실 수가 있겠죠. 하지만 하대인은 미천한 병졸 출신이라서 본래 아무것도 없는 몸이니, 적당히 돈을 긁어모으지 않으면 어떻게 살아갈 수 있겠어요? 형님께서 부임한 이래 하대인과 사건을 몇 개나 처리하셨습니까?"

"크고 작은 것으로 몇 건 했지. 다른 것은 그렇다 치더라도 돈이 생기는 일이라면 옳고 그름을 따지지 않고 무조건 돈만 손에 넣으면 바로 풀어주는데 무슨 도리가 없더군! 내가 몇 번이나 그러지 말라고 얘기했지만 소용이 없어. '당신이나 나나 비록 변변치 않은 무관이지만 재판을 담당하고 있으니 조금이라도 체면을 세우는 게 좋지 않느냐'고 했는데 막무가내야."

말을 채 마치기 전에 술과 음식이 들어왔다. 처음에는 요리 네 접시와 과일이 들어오고, 그런 후에 술안주 네 접시가 놓였는데, 신선하고도 붉은 태주산 오리알, 굽은 오이에 요동산 새우를 섞은 것, 향기로운 기름에 튀긴 뼈, 기름지고 살찐 닭을 술에 절인 것이었다. 두 번째는 반찬 네 그릇인데 삶아서 구운 오리 고기 한 그릇, 수정 같은 돼지 족발 한 그릇, 돼지비계 요리 한 접시, 기름에 볶은 콩팥 한 그릇이었다. 그리고 다시 크고 푸르면서도 하얀 자기접시에 술지게미에 절인 준치를 내오니, 향기도 좋고 맛도 있어 입에 넣으면 녹아내리고, 뼈와 가시까지 향기가 있었다. 서문경은 국화 모양의 작은 잔에 연꽃으로 담근 술을 따라 백작과 함께 마셨다. 둘은 얘기를 하면서 마시다가 저녁 늦게서야 비로소 자리에서 일어났다.

한편 서문경의 명을 받은 푸른 옷을 입은 절급은 우피가의 관아로 가서 담당자에게 서문경의 명을 전해 왕씨 부인을 석방해 집으로 돌려보냈다. 그리고 우피가의 우두머리를 붙잡고 탐문 수사를 해 불량배의 이름과 신상내력을 알아내 잡아들였다. 다음 날 아침 제형원에서 심리를 하기 위해 일단 사람들을 모아놓으니, 사람들은 그때서야 비로소 서문경 집 가게의 지배인인 한도국이 집안의 말썽꾸러기인 한이 한 사람만 관아에 잡아놓을 심사인 것을 알고 모두들 일이 잘못 꼬였다고 얘기했다. 한도국이 절급에게 은자 닷 냥을 주니 절급은 보갑에게 불량배의 이름을 물어 서문경의 집으로 보내니, 명단을 보고 이튿날 즉시 심리하기로 했다. 다음 날 서문경은 하제형과 함께 관아에 나가 자리를 잡고 앉았다. 보갑이 죄인들을 끌고 나왔는데 한이가 맨 앞에 있었다. 하제형이 먼저 죄인들의 명단을 보니,

우피가의 일 번지 사호를 담당하고 있는 소성[蕭成] 보고.
거리에서 소란을 부린 사건임. 피의자의 명단은
한이, 차담, 관세관, 유수, 학현.

이에 하나하나 호명을 하며 확인했다. 그런 후에 한이에게,
"무슨 일을 저질렀느냐?"
하고 물으니 한이가 답했다.
"소인의 형은 장사꾼으로 항시 집을 비웁니다. 집안에 남자는 없고 여인과 어린애만 있는데, 동네 불량배 몇 명이 악기를 타거나 음란한 노래를 부르며 문 앞에 앉아 있다가 밤이 되면 기와를 깨는 등

온갖 나쁜 짓을 다하며 행패를 부렸습니다. 저는 다른 곳에 살고 있는데 형님 집에 들렀다가 이런 모습을 보고 참지 못하고 몇 마디 혼을 내주었습니다. 그랬더니 불량배 놈들이 호랑이처럼 날뛰면서 불문곡직하고 땅에 내동댕이치고, 발로 차면서 행패를 부리더니 그것도 부족했는지 저희를 붙잡아 관아에 넘겼습니다. 제발 나리께서 이 사실을 제대로 밝혀주시기 바랍니다.”

이에 하제형이,

“그래, 너희들은 무슨 할말이 있느냐?”

하고 물으니 차담 일행은 일제히 말했다.

“나리께서는 저놈의 교묘한 거짓말을 믿지 마세요. 한이는 노름만 하고 다니는 망나니인데, 한도국이 집에 없는 틈을 타 형수 왕씨와 간통을 했습니다. 부인 왕씨는 평소 사람을 사람처럼 여기지 않고 동네 사람들에게 욕이나 퍼붓고 다녔습니다. 저희들이 어제 간통하는 장면을 덮쳐 잡았는데, 그 증거로 왕씨의 속옷이 있습니다.”

이에 하제형은 보갑 소성에게,

“왕씨는 어찌 보이지 않느냐?”

하고 물었다. 이에 소성은 서문경이 절급을 보내 왕씨를 석방시켰다는 말은 차마 못하고 단지,

“왕씨는 발이 작아 제대로 걷지 못해 조금 늦을 것입니다. 하지만 바로 올 것입니다.”

라고 대답했다. 이때 한이는 아래쪽에 서서 두 눈을 멀거니 뜨고 서문경을 쳐다보고 있었다. 잠시 뒤 서문경은 몸을 굽혀 하제형을 쳐다보며,

“영감께서 굳이 왕씨를 부를 필요가 뭐 있습니까? 보아하니 왕씨

의 인물이 꽤 반반한 것 같아 불량배 놈들이 왕씨를 희롱하려다가 뜻대로 되지 않자 이런 수작을 부리는 것 같아요."

라면서 우두머리 격인 차담을 위로 불러서는 물어보았다.

"너는 어디에서 한이를 붙잡았느냐?"

"어제 왕씨의 방에서 잡았습니다."

다시 한이에게 묻는다.

"왕씨는 너와 어떠한 사이냐?"

보갑이,

"한이의 형수입니다."

라고 하자 다시 보갑에게 물었다.

"이들은 어떻게 방 안으로 들어갔느냐?"

"담을 넘어 들어갔습니다."

이 말을 듣고 서문경은 크게 노하면서,

"저런 고얀 놈들이 있나! 한이는 작은삼촌으로서 왕씨와는 아주 가까운 친척이야. 그러니 자주 출입한다 해도 전혀 이상할 것이 없지 않느냐? 그렇지만 이 불한당 놈들아, 네놈들은 왕씨와 무슨 관계가 있느냐? 어쩌자고 감히 담을 넘어 안으로 들어갔느냐! 하물며 남자는 없고 부녀자와 어린애만 있는 집에 들어가다니. 여자를 겁탈하러 들어간 게 아니면, 도적질을 하러 들어간 게 아니냐!"

라며 좌우에게 호령했다.

"곤장을 가져와 각각 주리를 틀어 스무 대씩 내려치도록 해라."

얻어맞은 불량배들은 가죽이 터지고 살이 흩어져 선혈이 낭자하게 흘렀다. 건달 가운데 네댓 명은 소년들로 어머니 뱃속에서 태어난 이래 곤장을 맞아본 적이 없는지라 한 대 한 대 얻어맞을 때마다 울음소리가 하늘을 흔들고 신음소리가 땅에 가득했다. 또 서문경은 하제형이 채 입을 열기도 전에 명령을 내렸다.

"한이는 돌아가 기다리고 있거라. 그리고 나머지 녀석들은 옥에 가두어라. 조만간에 다시 심리를 하리라."

네 명은 옥에 갇혀 서로 원망하면서 각기 나쁜 생각을 품었다. 감옥 안의 사람들은 모두 차담 일행을 겁주며,

"너희들 네 명이 재판에 회부된다면 모두 귀양살이를 면치 못할 게야. 외지의 주현으로 귀양가면 대개 거기서 죽음을 맞게 돼 있어."

이 말을 듣고 겁을 먹은 불량배들은 집안사람들이 음식을 넣어줄 때 편지를 써서 이 사실을 알리니 부모들은 돈을 모아 이리저리 끈을 대 구명운동을 했다. 그중에서 한 사람이 하제형에게 찾아가 잘 봐주기를 간청하니 하제형이 말했다.

"왕씨의 남편이 바로 서문경 영감의 집에서 지배인으로 일을 하고 있어. 한씨가 중간에 끼어서 정식재판에 회부하려고 하기 때문에 동료인 나로서도 손을 써보기가 쉽지 않아. 그러니 다른 사람을 찾아 서문대인에게 사정해보는 것이 좋을 것이네."

혹자는 오대구를 찾아가 얘기해보기도 했다. 사람들은 모두 서문경이 돈이 있는 것을 아는지라 감히 찾아와 부탁하지 못했다. 네 명의 아비들은 매우 당황해 한곳에 모여 대책을 상의했다. 그 중 한 명이 말한다.

"오천호에게 부탁을 해도 별로 소용이 없을 거요, 그가 나서도 들어주지 않을 테니. 사람들이 하는 말을 들으니, 동쪽거리에서 포목점을 하고 있는 웅씨의 동생 웅이[應二]라는 사람이 있는데 서문대인과 아주 친분이 두텁다고들 해요. 그러니 우리들이 은자를 몇 냥씩

내 수십 냥을 만든 후에 응이에게 주어 우리 대신 사정 얘기를 해달라고 부탁하는 게 좋을 것 같아요."

이에 차담의 아비로 술집을 열고 있는 차노인이 앞장서서 각기 은자 열 냥씩 내어 마흔 냥을 모은 후 함께 응백작의 집으로 가서 서문경에게 잘 얘기해달라고 신신 부탁을 했다. 이에 백작은 돈을 받고 사람들을 돌려보냈다. 백작의 부인이 이를 보고는,

"전에는 한씨를 위해 애를 써 사람들을 곤경에 빠트리더니, 어째 지금 와서는 돈을 받고 도리어 불량배들을 위해 힘을 쓰려고 하시는 거예요? 만약 한지배인이 안다면 화를 내지 않겠어요?"

하자 백작은,

"나도 말하기가 쉽지 않다는 걸 잘 알고 있어. 이제 이 중에서 열닷 냥을 가지고 가서 몰래 영감의 서재 일을 보는 서동에게 주어 이 일을 처리하게 할 생각이야. 당신은 잘 모르겠지만 서문영감은 크고 작은 일을 모두 서동에게 맡기고 있는데, 그 애 말이라면 다 믿으니까, 한번 사정해보면 잘 될 거야."

하면서 열닷 냥을 꺼내 소맷자락 속에 넣고는 바로 서문경의 집으로 가니, 서문경은 아직 돌아오지 않았다. 백작이 대청으로 들어가 보니 서동이 서쪽 서재에서 나오고 있었는데, 머리에는 모자를 쓰고 있었고, 검은 비단으로 머리를 동여매고 연꽃 모양의 비녀를 꽂고 몸에는 소주산 비단으로 만든 적삼을 걸치고, 허리에는 옥색 비단 허리띠를 했으며 여름 신에 깨끗한 버선을 신고 있었다. 백작을 보고,

"응씨 아저씨, 안으로 들어와 앉으세요."

하면서 화동에게 안채에 들어가 차를 내오라고 이르면서,

"빨리 가서 차를 내와 아저씨께 드려! 꾸물대며 장난치지 말고. 나

리께서 돌아오시면 다 일러버릴 테야!"

했다. 이에 화동은 즉시 차를 가지러 갔다. 백작이 물어보았다.

"나리께서는 관아에서 아직 돌아오지 않으셨니?"

"방금 연락병이 와서 나리께서 관아의 일은 다 끝마치셨는데, 하제형 나리와 함께 성 밖으로 손님을 만나러 가셨대요. 무슨 하실 말씀이라도 있으세요?"

"별거 아냐."

"일전에 말씀하시던 한지배인의 일은 나리께서 어제 관아에 나가셔서 그 일당들을 모두 감옥에 집어넣으셨어요. 내일 서류를 만들어 정식 재판에 넘기신다고 해요."

이에 백작은 서동을 구석진 조용한 곳으로 끌고 가서는,

"실은 이 일 때문인데, 그놈들의 부모들이 정식재판에 회부된다는 소식을 전해 듣고 모두 두려워서 어쩔 줄 모르고 있어. 어젯밤에 우리 집으로 찾아와서는 울고불고 애걸복걸하기를, 나리께 잘 말씀드려달라는 거야. 그런데 생각해보니 나는 이미 한씨를 위해 부탁을 한 처지인지라, 만약 저쪽 청을 들어주었다가는 한씨가 화를 낼 게 아니겠는가? 그렇다고 그냥 있기도 뭐해 어쩔 수 없이 자네에게 부탁하려고 열닷 냥을 모아오게 했네. 그러니 자네가 영감님께 잘 말씀드려 석방할 수 있도록 힘을 좀 써주게나."

하면서 소맷자락에서 은자를 꺼내 서동에게 건네주었다. 서동이 받아 펼쳐보니 크고 작은 은화가 네 개, 은 부스러기가 네 조각 있는 것을 보고서 말했다.

"기왕에 웅씨 아저씨께서 일을 하셨으니, 그들에게 닷 냥을 더 가져오게 하세요. 사실 제가 나리께 말씀드린다고 해도 나리께서 들어

주실지 잘 모르겠어요. 어제도 오대구 영감님께서 직접 오셔서 말씀드렸는데도 나리께서는 듣지 않으셨거든요. 그러니 소인 같은 놈이야 벼룩 같은 미천한 존재인데 무슨 낯짝이 있겠어요! 솔직히 말씀드려 소인이 받은 이 은자는 제가 다 가지려는 것이 아니라, 은자를 약간 써서 최근에 아들을 낳은 여섯째 마님께 사정을 잘 알려드린 후에, 마님께서 나리께 잘 돌려서 말씀을 드리게 해야만 이 일이 잘될 거예요."

"내 그들에게 말을 할 테니, 자네는 신경써서 일이나 잘 처리해주게나. 그들이 오후경에 답을 들으러 올 테니."

서동이,

"나리께서 언제 돌아오실지 모르니, 내일 아침 일찍 오라고 하세요."

하니, 백작은 집으로 돌아갔다. 백작이 돌아가자 서동은 은을 가게로 가지고 가서 한 냥 닷 푼을 잘라내 금화주 한 동이, 구운 오리 두 마리, 닭 두 마리, 생선 한 마리, 족발 하나, 치즈를 바른 과자 두 근, 둥글게 만 떡 한 근을 샀다. 그리고 음식을 내흥의 집으로 보내 내흥의 부인 혜수에게 잘 요리해달라고 부탁해 제대로 준비했다.

그날 반금련은 마침 집에 없었다. 아침 일찍 가마를 타고 성 밖에 있는 친정의 친척집으로 생일잔치를 하러 갔다. 서동은 화동을 시켜 음식을 찬합에 담아 먼저 이병아에게 가져가게 한 후, 자신은 금화주를 한 병 들고 갔다. 이를 보고 이병아가,

"웬 것이지?"

하고 물으니 화동은,

"서동이 마님께 바치는 것이랍니다."

하니 이병아는 웃으며,

"엉큼한 것! 이걸 왜 보냈을까?"

했고, 머지않아 서동이 들어왔다. 오면서 이병아를 보니 금으로 조각을 한 온돌 위에 앉아 눈같이 하얀 팔에 금으로 도금을 한 팔찌를 끼고 누런 고양이와 아들 관가를 데리고 놀고 있었다. 서동이 들어오는 것을 보고서는 이병아가 묻는다.

"엉큼한 놈아! 누구에게 주려고 이런 걸 가져온 게냐?"

서동은 웃기만 했다.

"말은 않고, 왜 웃고만 있지?"

"마님께 드리지 않으면 누구한테 드리겠어요?"

"엉큼한 놈이! 이유도 없이 왜 주려고 해? 맞아, 분명히 얘기하지 않으면 안 먹을 테야. 속담에도 '군자는 명분이 없는 음식은 먹지 않는다'고 했어."

이에 서동은 술을 따고 음식을 모두 작은 탁자 위에 차려놓고는 영춘을 시켜 은주전자에 술을 데워오게 하고 술을 잔에 채워 두 손으로 받쳐 올리면서 무릎을 꿇고 말했다.

"마님께서 드신 후에 제가 말씀드릴게요."

이병아는,

"무슨 일인데? 듣고 나서 마시겠어. 말하지 않으면 네가 백 년을 꿇어 있는다고 하더라도 마시지 않을 테야."

하면서,

"일어나 얘기를 해봐!"

하니 그제서야 서동은 응백작이 부탁한 네 사람의 일을 처음부터 끝까지 얘기한 다음에,

"옹씨 아저씨는 처음에 한지배인을 위해 말을 했기 때문에 말하기가 좀 곤란해요. 그래서 소인한테 마님께 말씀을 드려달라고 부탁했어요. 나리께서 물으시면 소인이 말씀드렸다고 하지 마시고, 단지 화대구 댁에서 사람을 보내 말을 한 거라고 해주세요. 저는 경위서를 써서 서재 안에 두고 그냥 마님께서 소인께 주면서 '나리께 보여드려라'고 했다고 말씀드릴게요. 마님, 좋게 말을 해주세요. 더욱이 어제 관아에서 나리께서 네 명의 죄를 곤장으로 다스렸기 때문에 그 정도로 혼을 내주시고 풀어주시더라도 크게 음덕을 베푸시는 거예요!"

하니 이병아는 웃으며,

"그 일이었구나. 그렇다면 내 나리께서 돌아오시면 잘 말씀드리면 되지, 공연히 이런 음식을 장만하고 야단법석을 떨어?"

하면서 다시 물었다.

"엉큼한 것! 너 설마 옹씨에게 말해 이런 물건들을 준비한 것은 아니겠지?"

"솔직히 말해 옹씨가 소인에게 은자 닷 냥을 보내왔어요."

이병아는,

"뇌물을 받았구나."

하고는 작은 잔으로 마시지 않고 영춘에게 무늬가 있는 큰 잔을 가져오게 해 먼저 두 잔을 마신 후 한 잔을 따라 서동에게 주었다. 서동이,

"저는 못 마셔요. 마시면 얼굴이 빨개져요. 나리께서 보시게 되면 혼나요."

하니 이병아는,

"내가 마시라고 한 건데, 뭘 두려워해?"

하자 서동은 비로소 머리를 들고 일어나 단숨에 마셨다. 이병아는 여

러 가지 요리를 접시 하나에 모아서는 서동에게 먹으라고 주었다. 서동은 이병아와 함께 연달아 두 잔을 마시니 얼굴이 빨개지는 것이 두려워 더는 마시지 않고 밖으로 나갔다. 앞채의 가게로 나가 보니 과일과 음식이 계산대 위에 약간 놓여 있었다. 이에 술 두 병을 사서 부지배인과 분사와 진경제와 내흥, 대안을 불러 함께 게 눈 감추듯이 남은 음식을 깨끗이 먹어치웠는데, 평안을 불러 같이 먹는 것을 깜박 잊었다. 이때 평안은 대문 앞에 앉아 있었는데 자기를 불러 함께 마시지 않자 입이 부어올랐다. 서문경이 오후 무렵 성 밖에서 손님을 만나고 집으로 돌아왔으나, 서문경이 오는 것을 보고도 서동에게 알리지 않았다. 서동은 병사들이 외치는 소리를 듣고서야 비로소 자리를 걷어치우고 급히 달려가 서문경의 옷을 받았다.

서문경이 물어보았다.

"찾아온 사람 없었느냐?"

"없었어요."

이에 서문경은 옷을 벗고 사모관대를 벗어 두건으로 바꾸어 쓰고는 서재로 들어가 앉았다. 서동이 차를 내와 서문경에게 올렸다. 서문경이 한 모금 마시고 내려놓다가 서동의 붉은 얼굴을 보고서는 물었다.

"어디에서 술을 마셨느냐?"

서동은 탁자 위 벼루 밑에서 서류를 한 장 꺼내 서문경에게 보여주면서,

"안채의 여섯째 마님께서 저를 방으로 불러서 주신 거예요. 아마화대구 댁에서 보내신 것 같은데 차담 등의 일에 관한 모양이에요. 여섯째 마님께서 소인에게 가지고 가서 나리께 보여드리라고 하시

면서 술을 한 잔 주셨는데 생각지도 않게 얼굴이 붉어졌어요."
했고, 서문경이 서류를 받아 보니 위에 쓰여 있기를,

피의자 차담 등 네 명을 관대히 처분해주시기 바랍니다.

이를 보고 나서 서문경은 서동에게 주면서 분부했다.
"서류함 속에 넣어두었다가, 내일 아전들을 시켜 내게 전하거라."
서동은 받아서 서류함에 넣고 곁에 섰다. 서문경은 서동이 술을
마셔 얼굴에서 붉은 기운이 돌고, 붉은 입술 사이로 하얀 이가 드러
나는 것을 보고 어찌 사랑스러운 마음이 일지 않겠는가? 음심이 발
해 품 안에 안고 서동과 입을 맞추고 혀를 빨았다. 서동은 입에 계피
꽃을 물고 있어 그윽한 향기가 더욱 자극적이었다. 서문경은 소년의
옷을 걷어올리고 바지를 무릎까지 내리고 엉덩이를 어루만지면서
말했다.
"술을 적게 마시거라, 얼굴이 꺼칠해질라."
"잘 알겠습니다."
둘은 방 안에서 괴이한 짓을 시작했다.
한편 푸른 옷을 입은 한 사내가 말을 타고 문 앞에 도달해 문지기
인 평안에게 인사를 하면서 묻기를,
"여기가 형을 집행하시는 서문대인 댁입니까?"
하니, 그때 평안은 서동이 음식을 먹을 때 부르지 않았기에 잔뜩 골
이 나 있었고 기분도 좋지 않아 한참 동안 대답하지 않았다. 이에 사
내도 잠시 그렇게 서 있다가 이내 말했다.
"저는 주수비 댁에서 온 심부름꾼인데 서문대인께 보여드릴 전갈

을 가지고 왔습니다. 내일 신평 요새의 좌영[左營]이신 수대인의 송별연으로 영복사에서 주연을 베풀기로 했는데 형도감과 하제형과 병영의 장대감께서 참가를 하십니다. 오시는 분들이 두 냥씩 내기로 해 좀 전에 다른 분 것은 다 걷고 이제 이리로 와서 알려드리는 것입니다. 죄송하지만 형장께서 안으로 들어가 말씀드려주십시오. 소인은 여기에서 회답을 기다리고 있겠습니다."

이에 평안은 회람문을 받아들고는 안채로 들어가서는, 서문경이 화원에 있다는 말을 듣고는 화원 안으로 들어가 막 소나무 담장을 돌아보니 화동이 창 밖 돌의자에 앉아 평안이 오는 것을 보고 손을 흔들어 조용히 하라고 이른다. 이에 평안은 서문경과 서동이 안에서 그짓을 하고 있는 것을 대뜸 알아차리고 살그머니 창 밑으로 가서 엿들어보니, 숨을 헐떡거리는 소리와 마루가 삐걱거리는 소리가 들렸다. 이어서 서문경이,

"얘야, 몸을 구부리고 있거라, 움직이지 말고."
하는 소리가 들리면서 한참 동안 아무런 기척도 없었다. 잠시 뒤에 서동은 서문경이 씻을 물을 가지러 나왔다. 평안과 화동이 창 밑에 서 있는 걸 보고서는 얼굴이 빨개지면서 얼른 안으로 들어갔다. 평안이 회람을 들고 안으로 들어가 서문경에게 보여주니 붓을 들어 승락의 서명을 하고는,

"안채에 들어가 둘째 마님한테 은자 두 냥을 받아 진서방에게 싸달라고 해 심부름 온 자에게 주거라."
하고 분부했다. 서동이 물을 가지고 오니 서문경은 손을 씻고 이병아의 방으로 돌아오니 이병아가 물었다.

"술 좀 드시겠어요? 애를 시켜 데워올게요."

서문경이 보니 탁자 밑에 금화주 한 병이 놓여 있는 것을 보고서는 묻는다.

"어디서 난 것이지?"

이병아는 서동이 사온 거라고 말을 하기가 뭣해서 단지,

"술 생각이 나서 하인을 시켜 거리에 나가 사오라 해서 두어 잔을 마셔서 그런지 별로 마시고 싶은 생각이 없어요."

하니 서문경은,

"아야! 바깥에 술을 놔두고, 또 뭣하러 돈을 들여 술을 산단 말이야! 얼마 전에 정만자에게서 하청주 마흔 동이를 사서는 서쪽 창고에 넣어두었으니 마시고 싶을 때 하인 애들을 시켜 열쇠를 가지고 가서 가져오도록 해."

말을 마치니, 이병아는 방금 술을 마실 때 먹다 남겨둔 구운 오리고기 한 접시와 닭고기 한 접시에다 손도 대지 않은 생선 한 접시를 내놓고 영춘을 불러 마른 요리 네 가지를 내오게 해 탁자를 방에 깔고 서문경을 상대로 술을 마셨다. 서문경은 요리들이 어디서 난 거냐고 묻지 않았다. 집안에서 늘 먹거나 손님을 접대할 때 이런 음식을 먹었으려니 짐작할 뿐이었다. 서문경은 술을 마시다가 생각이 난 듯 말했다.

"방금 서동이 가져온 서류는 당신이 준 게야?"

"맞아요. 성 밖 화대구 댁에서 보내온 것으로 그자들을 석방해주십사 하고 부탁하는 거예요."

"전일에 큰처남인 화대구가 부탁을 했을 때 거절했었어. 내 그놈들을 재판에 넘기려고 했는데 기왕에 화대구의 체면도 있고 하니, 내내일 관아에 나가 각각 볼기를 한 번씩 더 친 후에 석방하지."

"뭘 또 때리려고 그러세요? 때리면 공연히 이를 갈고 원한이나 품지 않겠어요!"

"관청이란 원래 다 똑같아. 벌을 준다고 해도 앙심을 품을 수도 없고, 누구에게 하소연할 수도 없어. 더 안된 경우도 있어. 어제 관청에서 한 사건을 심리했는데 우리 현에서 얼마 전에 죽은 진삼정이라는 사람의 사건이야. 진삼정이 죽고 아내는 수절을 하며 딸 하나를 데리고 살았지. 딸애가 정월 열엿샛날 문 앞에 서서 등불을 구경하고 있는데, 마침 맞은편에 사는 완삼이라는 자가 불꽃놀이를 하고 있었어. 완삼은 얼굴이 예쁘장한 이 여자를 보고는 흑심이 생겨 비파를 뜯고 노래를 부르며 희롱했어. 여자애도 듣고는 마음이 동해 몰래 이 여종을 시켜 완삼이라는 자를 집으로 끌어들여 입을 맞추고 놀았대. 그러다 만나지 못하자 완삼은 그만 상사병이 걸리고 다섯 달이 넘도록 자리에서 일어나지 못했지. 그러니 부모들이 돈을 들여 온갖 치료를 해 보지 않았겠어? 그렇지만 이런 노력에도 불구하고 병은 더 심해졌지. 이때 친구인 주이가 한 가지 계책을 내어 말하기를 '진씨 집 모녀는 매년 음력 칠월 보름에는 지장사에 있는 설비구니한테 가서 불공을 드려. 그러니 설비구니에게 은자 열 냥을 주고 자네를 승방 안에 숨겨달라고 부탁해서 아가씨와 만나게 된다면 병이 곧 나을 걸세'라고 했지.

이 말을 듣고 완삼은 매우 기뻐해 계략을 쓰기로 했다네. 설비구니도 은자 열 냥을 받았지. 방 안에서 아가씨가 자고 있을 적에 방에 숨어 있던 완삼이 내려와 관계를 했지. 그런데 완삼은 병상에서 갓 일어났으나 너무나 음심이 강하게 일어났던 거야. 허약한 체력으로 한참 관계를 하다가 그만 여인의 배 위에서 죽고 말았다네. 당황한 어미는 급히 딸을 데리고 집으로 돌아왔지. 그렇지만 완삼의 부모가 어찌 가만히 있겠는가! 바로 고발장을 써서 고발했기에 관아에서는 설비구니와 진씨 모녀를 모두 체포했지. 하용계는 진씨 집에 돈이 있는 것을 알고 모든 잘못을 여자 쪽에 덮어씌우려고 했어. 그렇지만 내가 반대하고 '비록 여자와 완삼이 사통을 했으나 완삼은 오랫동안 상사병으로 자리에 누워 있었고 게다가 신체도 허약한 상태에서 여자와 무리하게 관계를 맺었으니 어찌 생명이 온전할 수 있겠는가?' 라고 말했지. 또 설비구니는 가짜로 불공을 드리면서 몰래 남녀가 사통하도록 주선을 하다가 목숨을 잃게 만들고, 또 사례금까지 받았으나 정상을 참작해 곤장 스무 대에 환속을 명했지. 어미 장씨는 딸을 데리고 절에 와 분향을 한다는 명목 하에 미풍양속을 해치는 행위를 했으니 딸과 함께 손가락에 주리를 틀고 볼기 스무 대를 친 후 조서를 받고 모두 석방했지. 만약 그렇게 하지 않았다면 이 사건은 동평부로 넘어가 딸애는 아마 목숨을 부지하기 힘들었을 게야."

"이 모든 것이 다 나리의 음덕이에요. 당신이 법을 집행하는 사람이 됐으니 앞으로 사람들에게 잘 대해주세요. 다른 사람은 몰라도 우리 애를 위해 음덕을 쌓으세요!"

"그걸 말이라고 하오?"

"다른 것은 다 그렇다고 쳐도 딸애가 안됐어요. 연약한 손가락으로 어찌 그런 혹독한 형벌을 견뎠을까요? 얼마나 아팠을까?"

"두 손이 아팠을 게야. 주리를 틀면 손가락에서 피가 나거든."

"다음부터는 주리를 틀거나 때리지 마시고 적당히 잘 봐주세요. 그것이 다 음덕을 쌓는 것이 아니고 무엇이겠어요!"

"공적인 일을 보면서 사사로운 감정을 가질 수는 없지."

이렇게 얘기하면서 둘이 한창 술을 마시고 있을 적에 춘매가 주렴을 걷고 안으로 들어와 서문경과 이병아가 서로 다리를 맞대고 술을 마시고 있는 것을 보았다. 그러면서,

"여기서 재미있게 약주를 드시느라 밤이 늦었는데도 하인을 보내 마님 데려올 생각을 하지 않고 계셨군요? 내안 혼자 가마를 따라갔어요. 그런데 외따로 떨어진 곳인 데다 이렇게 늦게 오는데도 전혀 걱정하지 않으시다니!"

하니 서문경은 춘매가 옷도 제대로 입지 않고 머리도 헝클어져 있는 것을 보고 얼굴 가득 웃음을 띠면서 말했다.

"요 새침데기야, 자고 있었구나!"

이병아도,

"두건이 한쪽으로 쏠렸어. 어서 가다듬지 못할까."

하면서,

"여기 단 금화주가 있으니 한 잔 마시거라."

하니 서문경도 권했다.

"마셔라, 애들을 보내 마님을 맞이해오도록 시키마."

그러나 춘매는 한 손으로 탁자 끝을 잡고서 말했다.

"자다가 막 일어나서 별로 먹고 싶은 생각이 없어요."

서문경이,

"좀 봐, 요 새침데기가 술을 안 마시려고 하다니!"

하니 이병아가 말한다.

"오늘 네 마님도 안 계신데, 술 한 잔 마시는 것을 뭘 그리 두려워하느냐?"

"여섯째 마님, 마님이나 드세요. 저는 별로 마시고 싶은 생각이 없

어요. 마님이 집에 계시건 계시지 않건 상관없어요. 마님이 댁에 계신다 하더라도 제 기분이 좋지 않을 때는 마님이 마시라고 해도 마시지 않아요."

서문경은,

"술을 마시지 않으려면 차라도 마시거라. 내 영춘에게 하인을 불러서 네 마님을 맞이해오게 할 터이니."

하면서 손에 든 참깨와 죽순으로 만든 차를 춘매에게 주었다. 춘매는 마지못한 듯 손으로 받아서는 한 모금 마시고 바로 내려놓았다. 그러면서 말하기를,

"영춘을 시켜 가게 한다고요? 제가 이미 평안을 불러왔고, 나이도 더 먹었으니 평안을 보내 모셔오세요."

하자 서문경이 창문 밖으로 평안을 부르니 평안이 대답했다.

"소인은 여기 대령하고 있습니다."

서문경이 물었다.

"네가 가면 누가 대문을 지키느냐?"

평안은,

"기동에게 문을 좀 지켜달라고 부탁해놓았습니다."

하자 서문경은.

"그렇다면 호롱불을 가지고 가서 모셔오너라."

하고 분부하니 평안은 즉시 등불을 들고 반금련을 맞이하러 갔다. 반쯤 갔을 때 내안이 가마를 따라 남쪽에서 오는 것이 보였다. 가마꾼 둘이 모두 낯익은 얼굴로 하나는 장천아이고, 다른 하나는 위총아란 자였다. 평안이 앞으로 나가 한 손으로 가마를 붙잡았다.

"소인이 마님을 모시러 왔어요."

금련은 평안을 불러 물어보았다.

"나리께서 집에 계시느냐? 나리가 너더러 나를 맞이해오라고 그러시더냐? 아니면 누가 널 보냈느냐?"

"나리께서 소인을 보내시는 경우는 매우 드물고, 춘매 누이가 저를 보내 마님을 모셔오라고 하셨어요."

"그럼 나리께서는 아직까지 관청에서 돌아오지 않으셨니?"

"돌아오지 않기는요? 성 밖에서 사람을 만나시고는 오후에 바로 집으로 돌아오셔서 여섯째 마님 방에서 술을 들고 계세요. 춘매 누이가 소인을 불러 안으로 들어가서 나리께 재촉해 겨우 등불을 들고 마님을 모시러 오게 된 거예요. 그래도 다행이에요! 소인이 볼 때 내안 혼자만 가마를 따라간 데다 나이도 어린데 늦게까지 돌아오지 않고 밤길도 험해서 아무래도 나이가 있는 제가 맞이하는 것이 좋다고 여겼어요. 그런데 문을 지킬 사람이 없어서 기동에게 부탁을 하고 겨우 오는 거예요."

"네가 올 때 나리는 어디에 계셨니?"

"나리께서는 그때까지도 여섯째 마님 방에서 술을 드시고 계셨어요. 춘매 누이가 나리께 말씀드려서 제가 겨우 나올 수 있었어요."

금련은 이 말을 듣고 가마 안에서 잠시 아무 말도 하지 않았다. 그러고는 냉소를 지으며 욕을 했다.

"날강도 같으니라구! 나는 아주 죽어 없어진 것으로 간주하고 계속 그 음탕한 계집년 방에서 죽치고 있다니! 네년이 자식을 하나 낳았다고 그걸 믿고 뻐기고 있지만 언제까지 가나 두고 보자! 장천아가 듣고 있지만 그야 다른 사람도 아니지. 당신이야말로 수많은 집을 다녀보았겠지만 구멍에서 태어난 지 얼마 되지도 않은 핏덩이 자식에게 비단으로 옷을 만들어 입히는 집이 어디 있어요? 왕십만 같은 부자도 그런 짓은 하지 않을 거예요!"

장천아가 말을 받았다.

"마님이 말씀하시지 않았다면 저도 하지 않으려고 했지요. 절대로 그렇게 하시는 것이 아닙니다. 아까워서가 아니라 애를 망칠까봐 그래요. 홍역도 마마도 치르지 않았는데 어찌 쉽게 자랄 수가 있겠어요? 작년에 동문 밖 큰 저택에 예순을 넘긴 노인이 살고 있었는데, 손에 현금 은자는 없어도 소나 말은 매우 많았고 쌀과 곡식도 가득하고, 하인들과 첩들도 많고, 딸자식이 주위에 열예닐곱이 있어 고추 달린 아들을 바랐으나 뜻대로 되지 않았죠. 도교 사원에 가서 제사도 지내고 불교 사찰에 가서 불공을 올리고, 불경을 나누어주고 불상을 기증했으나 어디에서도 뜻을 이루지 못했지요. 그런데 뜻밖에도 일곱째 부인이 아들을 낳으니 기쁨이 오죽했겠어요! 이 댁 나리같이 하루 종일 안고 보거나 비단으로 친친 휘감고, 다섯 칸짜리 방을 도배하고 보모를 네댓 고용해 시중을 들게 하니 하루 종일 바람인들 제대로 볼 수 있겠어요! 그래서 세 살도 되기 전에 마마에 걸려 죽고 말았어요. 제 말이 고깝게 들릴지는 몰라도 애들은 되는대로 막 키우는 게 좋아요."

금련은,

"되는대로 키우기는커녕, 온종일 금으로 감싸놓지 못해 안달인데!"

하니 평안이 말했다.

"한 가지를 아직 마님께 말씀드리지 않았어요. 제가 말씀드리지 않았다가 마님께서 나중에 아시면 소인을 책망하실 것 같아 말씀드릴게요. 바로 한지배인이 말한 건달들 얘기인데, 나리께서 관아에서 모두 곤장을 때린 후 감옥에 수감했다가 정식 재판에 넘기려고 했습니다. 그런데 아침 일찍 응씨 아저씨가 와서 서동에게 뭔가 얘기했는데 짐작건대 은자를 몇 푼 얻은 것 같았어요. 큰 주머니를 점포로 가지고 나와서는 그중에서 은 두세 푼을 잘라내었지요. 그러고는 술과 안주를 약간 사서 내흥의 집으로 가지고 가 부인에게 요리를 잘해달라고 부탁했지요. 그런 다음 음식들을 여섯째 마님 방으로 가지고 갔어요. 또 금화주도 두 병 사가지고 먼저 여섯째 마님과 함께 마셨지요. 그 후 앞채 가게로 나와서 부지배인과 분사와 진서방, 대안, 내흥과 함께 마시다가 나리가 돌아오셔서야 겨우 흩어졌지요!"

이에 금련이 물었다.

"그런데 너는 부르지 않았어?"

"절 불러요? 그 속 좁고 무식한 놈이요? 마님도 안중에 두지 않아요. 소인이 드릴 말씀은 아니지만 나리께서 그놈을 귀여워해주셔서 그래요. 나리께서 가끔 그놈과 서재에서 그 짓을 하기 때문이에요. 게다가 그놈은 관아에서 생활했기 때문에 모르는 게 없어요! 나리께서 만약 이놈을 빨리 쫓아내지 않으신다면 언젠가는 우리가 그놈 때문에 크게 봉변당할 날이 있을 거예요!"

"그놈이 이병아 방에서 술을 얼마나 마시더냐?"

"꽤 많이 마셨어요. 술을 오랫동안 마셔서 얼굴이 빨개져 나오는 걸 제가 봤어요."

"그런데도 나리께서는 아무 말씀도 하지 않으셨단 말이냐?"

"나리께서는 입을 꽉 다물고 아무 말씀도 하지 않으셨어요."

"저런, 부끄러움도 모르는 멍청한 날강도 같으니라구! 자식을 팔아 사위를 산다고, 공연한 일만 하고 다닌다니까. 하는 짓이 다 거꾸로야! 시종 놈의 똥구멍이나 문대고 있을 적에 하인 놈은 자기 마누라와 그 짓을 하고 있는데도."

금련은 이렇게 말을 하고는, 평안에게 부탁했다.

"나리와 그 못된 놈의 하인이 어디에서 그 짓을 하고 있는지 잘 살피고 있다가 나에게 알려다오."

이에 평안은,

"잘 알겠습니다. 장천아 아저씨께서 듣고 계셨지만 말을 함부로 하지 않으세요. 몇 년 전부터 단골이고 오래전부터 잘 알고 지내는 사이니까요. 제가 푸른 옷을 입고 있을 때 검은 기둥을 껴안으라면 껴안듯이 마님은 바로 저의 주인이십니다. 제가 알고 있는 일들을 어찌 마님께 말씀드리지 않을 수가 있겠어요? 방금 제가 드린 말씀은 단지 마음속에만 담고 계시고 절대로 소인 이름은 입 밖에도 내지 마세요."

하고는 가마를 따라 곧바로 집 문 앞에 도착했다. 반금련은 위에는 검은색 남경산 비단에 오색실로 수를 놓은 얇은 저고리를 입고, 밑에는 넓이가 한 폭이나 되는 비단에 아이가 나무에 기어올라 장난하는 모양을 수놓은 치마를 입고, 가슴 앞에는 금색 빛이 영롱한 노리개를 달고, 그 밑에는 잡다한 물건을 넣을 수 있는 작은 주머니를 차고 있었다. 이런 옷차림으로 금련은 먼저 월랑의 방으로 가서 인사를 했다. 이에 오월랑이 말한다.

"하룻밤 자고 오지, 뭐 그리 서둘러 돌아왔어?"

"어머니는 하룻밤 자고 가라고 붙드셨지만, 어머니께서 열두 살 난 고모의 애를 맡아 기르고 계시기 때문에 모두 한 온돌 위에서 자야 하는데 어디 제대로 잘 수가 있어야지요. 게다가 집이 외따로 떨어져 겁도 나고 해서 급히 돌아왔어요. 어머니께서 몇 차례나 형님께 안부를 전하고 또 귀중한 선물에 거듭 감사하다고 말씀하셨어요.”

이렇게 월랑에게 인사하고는 바로 이교아와 맹옥루 등의 방으로 건너가 인사했다. 앞채로 나오면서 서문경이 이병아 방에서 술 마시고 있다는 말을 듣고는 바로 이병아 방으로 인사하러 건너갔다. 이병아는 금련이 들어오는 걸 보고서 급히 일어나 웃으며 맞고는 서로 인사를 주고받았다. 이병아는,

“일찍 돌아오셨군요. 잠시 앉으셔서 술이나 한 잔 하세요.”

하면서 영춘을 불러,

“빨리 의자를 내와 마님께 드려라.”

하니 이에 금련은,

“오늘 많이 마셨어. 두 군데나 들러 마셔서 더 앉아 있지를 못하겠어요.”

라고 말하고는 몸을 일으켜 나가려고 했다. 이에 서문경은,

“이년이 간덩이가 부었구나. 돌아와서 내게는 인사 한마디 하지 않다니.”

하자 금련은 말을 받았다.

“제가 당신께 인사를 해요? 그렇다고 해서 없는 복이 생기겠어요! 제가 대답하지 못하면 누가 대답하겠어요?”

여러분, 내 말 좀 들어보소.

반금련의 이 말은 분명히 이병아를 풍자한 것으로 이병아가 먼저 서동과 술을 마시고 다음에 서문경과 술을 마셨으니, 이것이 두 군데가 아니고 무엇이겠는가? 그런데 서문경이 어찌 이 말 뜻을 깨달을

수 있겠는가?

정이란 말하자면 바늘과 실과 같은 것으로
시비[是非]를 불러일으킨다네.
情知語是針和線 就地引起是非來

# 옥처럼 고운 부용꽃이 떨어지네

서문경이 화가 나 평안을 꾸짖고,
서동은 여장을 하고 손님들을 접대하다

크건 작건 관청은 출입하지 말고
근면하고 성실하게 생애를 보내게.
연못에 물을 모아 가뭄을 막고
부지런히 일을 해 집을 일으키게.
자손을 키울 적에는 기예[技藝]를 가르치고
뽕과 대추는 키우되 꽃은 키우지 마라.
옳고 그른 일에 참견을 말게
목마를 땐 샘물을, 근심이 있을 적에는 차를 마시게.

莫入州衙與縣衙 勸君勤謹作生涯
池塘積水須防旱 買賣幸勤是養家
敎子敎孫幷敎藝 栽桑栽棗莫栽花
閑是閑非休要管 渴飮淸泉悶煮茶

이 여덟 구절의 시는 부모 된 사람은 반드시 어려서부터 자식을
잘 교육시켜 책을 읽히고 예의범절을 가르쳐 부모에게 효도하고, 윗
사람을 존경하고, 마을 사람들과 화목하고, 생활에 만족하며 사는 것

을 가르쳐야 하며, 절대 제멋대로 방탕하게 생활하는 것을 허용해서는 안 됨을 말해준다.

아이들이 게으르고 제멋대로 놀면서 삼삼오오 짝을 지어 다니고, 빈둥빈둥 놀면서 활이나 가지고 다니면서 나는 새나 잡으려 하거나, 공차기나 제기차기를 하고, 술과 도박을 하거나, 기생집에 드나들며 지내다 보면 하지 않는 일이 없게 된다. 그러면 반드시 사고를 치게 되고 가문을 그르치는 결과를 가져온다.

이러한 집에서는 자식이 법적인 문제에 얽혀 크게는 몸도 망치고 집안도 엉망이 되고, 작게는 두들겨 맞고 감옥에 갇히게 되며, 집안 재산은 이러한 사건을 해결하느라 모두 관청으로 들어가고, 모든 것이 관리가 하는 말대로 회부되며, 형제까지 연루되어 많은 근심과 걱정을 끼치니 무엇이 득이 있겠는가!

서문경은 아침 일찍 관아에 등청해 우선 하제형과 상의하기를,

"이 네 명이 재삼 사람을 보내와 잘 봐달라고 사정하니, 그만 풀어주는 것이 어떨까요?"

하니 하제형도,

"저한테도 그런 부탁이 들어왔는데, 말씀드리기가 뭐했습니다. 이왕에 그렇게 말씀을 하시니 불러내 한번 훈계를 준 다음에 풀어주시지요."

하자 서문경은,

"옳으신 말씀입니다."

하고는 즉시 좌우에 명해 차담 등 범인을 끌어내 꿇어앉혔다. 끌려 나온 불량배들은 다시 곤장을 얻어맞을까 두려워 감히 위를 쳐다보지 못하고 고개를 숙이고 있었다. 서문경은 하제형이 입을 열기도 전

에 먼저,

"너희 같은 불량배들은 모두 법대로 처리해 재판에 회부시켜 중벌에 처해야 마땅하지만 선처를 부탁하는 사람들이 하도 많은지라, 이번만은 특별히 용서해줄 테니 그리 알라. 만약 다시 죄를 지어 내 손에 걸리면 그때는 모두 감옥에서 목숨을 부지하기 어려울 것이니 명심하거라. 그리 알고 모두 썩 물러가거라!"

하고 한이도 불러내 함께 놓아주니 모두 목숨은 부지하게 됐다.

이 사건은 더 얘기하지 않겠다.

한편 응백작은 은자 닷 냥을 가지고 서동을 찾아가 얘기를 전해 들으려고 하면서 몰래 은자를 건네주었다. 서동은 받아서 소매 속에 넣었다. 이것을 평안이 문 앞에 서 있다가 몰래 훔쳐보고 있었다. 서동은 전후 사정을 얘기했다.

"제가 어제 나리께 말씀드렸어요. 오늘 관아에 나가시면 풀어주실 거예요."

백작이 말했다.

"부모들은 자식들이 또 처벌을 받지 않을까 안달하고 있어."

"영감님, 안심하시고 돌아가세요. 아마 한 대도 맞지 않을 거예요."

백작은 소식을 듣고 급히 돌아와 부모들에게 전해주었다. 과연 점심때가 조금 지나 네 명이 모두 집에 돌아오니 부모들은 자식들을 끌어안고 모두 대성통곡하였다. 모두 은자 백열 냥이나 썼지만 남은 것은 오직 발의 상처뿐이니, 다시는 그러한 일을 하지 않겠노라고 다짐했다.

우환은 모두 억지에서 얻게 되고, 번뇌는 모두 참지 못하는 데서 생긴다네.

한편 서문경이 아직 집으로 돌아오지 않았을 때 서동은 서재에서 내안을 불러 청소를 시키고, 찬합을 꺼내 사람들이 보내온 엿을 먹으라고 주었다. 이에 내안은 어찌할 바를 몰라 더듬거리면서 말했다.

"서동 형님, 내가 해줄 말이 있는데요. 어제 평안 형님이 다섯째 마님 가마를 마중 나갔다가 도중에서 다섯째 마님을 만나서는 형님이 못된 짓을 했다고 고자질했어요."

"뭐라고 했는데?"

"형님께서 다른 사람 돈을 몇 푼 먹고는, 대담하게 술과 고기를 사서 여섯째 마님 방으로 가져가서 오랫동안 같이 마시다가 나왔다고요. 그런 후에 가게에서 다른 사람들과 함께 마셨는데 자기는 부르지 않았다고요. 또 형님이 서재에서 나리와 이상한 짓을 했다고도 했어요."

이러한 말을 서동이 듣지 않았으면 몰라도 듣고 나서는 마음에 잘 새겨두고 하루가 지나서도 꺼내지 않았다. 다음 날 서문경이 아침에 모임이 있어 관청에 나가지 않고 성 밖에 있는 영복사에 나가 술을 마시고 손님들을 배웅하고, 오후가 되어 바로 집으로 돌아왔다. 말에서 내리면서 평안에게,

"사람들이 찾으면, 아직 돌아오지 않았다고 하거라."

분부하고는 객실로 들어가니 서동이 옷을 받아 들었다. 서문경이,

"오늘은 아무도 안 왔느냐?"

하고 물으니 서동이 답했다.

"아무도요. 단지 둔전[屯田](관아에 딸린 밭)을 관리하는 서영감이 게 두 상자와 생선 열 근을 보내왔어요. 그래서 제가 답장을 써서 보내고 심부름꾼한테는 은자 두 전을 줬어요. 그리고 오대구 댁에서 청

첩장 여섯 장이 왔는데, 내일 신행 잔치가 있다고 마님들을 초대하셨어요."

오대구의 아들 오순신이 교대호의 조카딸인 정삼저를 부인으로 맞이한 것이다. 서문경이 차를 보내 축하해주었기에 그쪽에서 초대한 것이다. 서문경은 안채로 들어가 초대장을 보여주었다. 그러면서,

"내일 당신들 모두 가보구려."

하고는 서재로 나와 자리에 앉았다. 서동은 급히 화로에 향이 나는 풀을 태워 향내가 나게 하고는 두 손으로 차를 올렸다. 서문경이 차를 받자 서동은 가만히 다가와 탁자 곁에 섰다. 잠시 뒤에 서문경은 입을 삐쭉 내밀며 문을 걸어 잠그게 했다. 서동을 품에 끌어안고 한 손으로 얼굴을 만지면서 쓰다듬었다. 서문경이 다시 입을 맞추며 혀를 들이미니 서동도 씹고 있던 봉향병[鳳香餠]을 서문경의 입으로 밀어 넣었다. 서문경은 손을 뻗어 서동의 물건을 만지작거리며 놀았다. 그러다가 서문경이,

"얘야, 밖에서 혹 너를 괴롭히는 놈은 없느냐?"

하고 물으니 서동은 이때다 싶어 말했다.

"일이 있기는 한데 나리께서 묻지 않으시면 말씀드리지 않으려고 했어요."

"다 말해보거라."

이에 서동은 평안의 일을 모조리 일러바쳤다.

"전에 저를 방으로 부르셨을 때 평안과 화동이 창 밖에서 죄다 보고 엿들었어요. 나리께서 씻을 물을 제가 가지러 나갔을 적에 직접 둘을 봤어요. 둘이 밖에서 사람들에게 저를 야만인이라고 욕하고, 수 없이 저를 괴롭히고 놀려대요."

이를 듣고서 서문경은 발끈 화를 내며,

"내 이놈의 자식들, 발모가지를 부러뜨릴 테다."

라며 씩씩거렸으나 일을 치르느라 더는 말하지 않았다. 서재에서 일어난 일은 잠시 접어둔다.

한편 평안은 이 일을 전해 듣고 황급하게 반금련에게 알리러 갔다. 금련은 춘매를 시켜 바깥채에 나가 서문경을 모셔오게 했다. 춘매가 막 소나무 담을 지날 때 화동이 다람쥐를 가지고 놀고 있었다. 춘매가 오는 것을 보고서는,

"누나, 왜 왔어요? 나리께서는 서재에 계세요."

하니 춘매는 화동의 머리를 한 대 쥐어박았다. 서문경은 방에서 치맛자락 끌리는 소리가 나자 사람이 오는 것을 알아차리고는 급히 서동을 밀치고 침대 위로 올라가 자는 시늉을 했다. 서동은 탁자 위에서 글을 쓰는 시늉을 했다. 춘매는 문을 밀고 들어와 서문경을 보고 혀를 차면서,

"몰래 문을 걸어 잠그시고 무슨 신혼 재미를 보시는 모양이지요! 마님께서 나리께 드릴 말씀이 있대요."

하니, 서문경은 여전히 베개를 베고 누운 채로,

"요 주둥이만 살아 있는 것아! 무슨 할말이 있다고 그러던? 너 먼저 가거라. 좀 더 누워 있다가 천천히 나가마."

했다. 그러나 춘매는 들은 체도 하지 않고,

"나리께서 가지 않으시면 제가 억지로 끌고 갈 거예요."

하니 서문경은 어쩌지 못하고 거의 끌리다시피 금련의 방으로 왔다. 금련이 춘매에게 묻는다.

"거기서 무엇을 하고 계시더냐?"

춘매가 답했다.

"나리와 서동은 안에서 문을 걸어 잠그고 파리라도 잡으려는 것 같았어요. 벌건 대낮에 무엇을 하고 있는지는 모르겠으나 마치 신방을 차린 신혼부부 같았어요. 제가 들어가니 서동 놈은 탁자 앞에서 글자를 쓰는 체하고 있었어요. 제가 눈을 크게 뜨고 보니 나리께서는 침대에 누워 계셨는데 끌어도 오지 않으려고 하시더군요."

"내 방에 들어오면 가마솥에 넣어 자기를 삶아먹을 줄 알고 무서워하는 모양이지. 염치도 모르는 물건 같으니라구! 당신은 염치나 알고 있어요? 벌건 대낮에 하인 놈과 문을 걸어 잠그고 방에서 도대체 무엇을 하고 있었지요? 아마도 하인 놈의 냄새 나는 똥구멍을 쑤셔대고 있었을 거예요. 그러다가 밤에는 우리들과 들러붙어 그 짓을 해대다니, 참으로 깨끗도 하셔라!"

"너는 저 꼬마 년이 말하는 것을 믿는 게야? 내 어디 그런 짓을 하겠어. 나는 침대에 누워 서동이 선물 목록을 쓰는 걸 보고 있었어."

"멀쩡한 문을 왜 걸어 잠그고 선물 목록을 적어요? 무슨 비밀스러운 말이 있거나 세 발 달린 금강이나 뿔이 둘인 해괴한 코끼리라도 있어 사람들이 볼까 두려웠던 모양이지요? 내일 오대구 마님 댁에서 사흘째 신행 잔치를 한다고 초대장을 보내왔는데, 맨손으로는 갈 수 없고… 무슨 선물을 가져가야 좋을지 모르겠어요! 당신이 주지 않으면 제가 어떤 남자한테 달라고 하겠어요? 큰형님은 옷 한 벌과 은자 닷 냥을 보내고, 다른 사람은 비녀를 가지고 가거나 꽃을 가지고 간다고 하는데, 저만 아무것도 없어요. 전 가지 않겠어요."

"바깥채 장롱에서 붉은 비단 한 필을 가져다줄 테니 선물로 가지고 가."

"안 가면 안 갔지, 그런 변변찮은 천 조각은 필요 없어요. 공연히 가지고 가서 다른 사람들의 웃음거리가 되기는 싫어요."

"보채지 좀 마라! 밖에 가서 좀 더 좋은 것을 찾아서 주면 될 거 아니냐. 마침 동경에 보낼 선물로 비단이 약간 필요하니 이참에 같이 찾아보고 말이야."

서문경은 먼저 이병아의 처소 이층으로 가서 검은색 바탕에 기린을 수놓은 비단 두 필과, 색이 있는 남경산 비단 두 필, 붉은 비단 한 필, 비취색 비단 한 필을 꺼냈다. 그런 후에 이병아에게,

"하늘색 비단 한 필을 찾아 금련에게 주어 선물로 가져가게 하고 싶은데 여기에 없으면 품목을 적어 가게에서 가져오게 해."

하니 이병아는,

"가게까지 갈 필요 없어요. 마침 제가 하늘색으로 만든 옷을 한 벌 가지고 있어요. 게다가 붉은 저고리와 남색 치마도 한 벌 있는데 별로 입지 않아요. 이 두 가지를 모두 선물로 쓰면 될 거예요."

하면서 상자에서 꺼내 친히 금련에게 보이면서 말했다.

"형님이 맘에 드는 것으로 저고리건 치마건 고르세요. 우리 둘이 함께 싸서 선물로 보내도록 해요. 그러면 가지러 나가지 않아도 되잖아요."

이에 금련이,

"당신 것인데, 내가 어찌 가질 수 있겠어?"

하니 이병아는,

"형님도 무슨 말씀을 그리 하세요?"

하자 금련은 잠시 사양하다가 못 이기는 체하고 받았다. 그러고는 밖으로 나와 포장지를 바꾸게 한 후 두 사람 이름을 위에 썼다. 이때

서문경은 안채에서 다른 물건을 고르고 있었는데, 이 일은 잠시 접어두자.

한편 평안은 대문을 지키고 있었는데, 서문경의 친구인 백래창이 다가와,

"나리께서 안에 계시냐?"

하고 물었다. 평안은,

"안 계세요."

라고 대답했으나 백래창은 믿지 않고 곧장 대청 안으로 들어가 격자창이 잠겨 있는 것을 보고 말했다.

"정말 안 계신 모양이구나, 어디를 가셨을까?"

"오늘 성 밖에서 손님을 전송하시고 아직 돌아오지 않으셨어요."

"전송하러 가셨다면 좀 늦게 돌아오시겠구나."

"백아저씨, 무슨 할말이 있으면 저한테 말씀해주세요. 나리께서 돌아오시면 제가 전해드릴게요."

"무슨 일은, 그저 오랫동안 뵙지 못해 그냥 와본 거야. 안 계시니 좀 기다리지 뭐."

평안이,

"늦게 돌아오실지 모르니 기다리지 마세요."

했으나, 백래창은 듣지 않고 격자창을 밀어젖히고 객실 안으로 들어가 의자에 앉았다. 다른 하인들도 아는 체하지 않고 앉게 내버려두었다. 그런데 마침 서문경이 영춘에게 선물꾸러미를 들려 안채에서 나오고 있었다. 막 칸막이를 돌아 나오다가 객실에 앉아 있는 백래창과 마주쳤다. 영춘은 비단을 떨어뜨리고 급히 안으로 돌아가려고 했지

만 그럴 틈이 없었다. 백래창은,

"형님이 집에 계셨잖아."

하며 밑으로 내려와 인사를 했다. 서문경은 백래창을 보고서 마지못해 자리에 앉으라고 권했다. 그러면서 흘낏 백래창을 살펴보니, 머리에는 빛이 바랜 비단으로 만든 모자를 쓰고, 몸에는 옷깃이 다 해진 흰색 무명 저고리를 입었고, 발에는 다 떨어진 신에 냄새가 고약하게 나는 닳은 버선을 신고 있었다. 그런 꼬락서니니 앉아 있어도 하인들이 차조차 내오지 않았다. 단지 금동이 곁에 서 있기만 했다. 서문경은,

"이 물건을 객실로 가지고 가 진서방한테 잘 싸달라고 해라."

분부했다. 이에 금동은 선물꾸러미를 들고 객실로 나갔다. 백래창이 손을 들어 말한다.

"오랫동안 형님을 뵙지 못했습니다."

"걱정해줘서 고맙네. 나는 집에 있지 않고 매일 관아에 나가 일을 본다네."

"형님, 그럼 관아에 매일 나가십니까?"

"하루에 두세 차례씩 가지. 나가서 심리를 하거든. 게다가 초하루와 보름에는 배패[拜牌](지방관원이 천자의 위패에 절을 올리는 것)를 하고, 부하들의 부서를 정하거나 사병들의 점호도 해야 한다네. 그러다 집에 돌아오면 집에도 여러 가지 일이 있는지라 한가하게 쉴 틈이 없다네. 오늘도 승진해서 신평채의 좌영으로 가는 수남계를 전송하느라 성 밖에 나가 여러 사람과 함께 송별연을 해주고 좀 전에 돌아왔지. 내일은 황실의 토지를 관리하는 설공공이 초대했으니 길이 멀더라도 가지 않을 수 없고, 또 모레는 새로 오는 순무를 영접할 준비

를 해야 한다네. 게다가 동경 태사님의 넷째 아드님이 황제의 사위로 뽑혀 무덕제희[茂德帝姬](송 휘종의 딸)를 맞이하고, 동태위 조카인 동천윤은 새롭게 당상관으로 뽑혀 지휘첨사[指揮僉事](궁성을 지키는 근위군의 우두머리)로 영전하는 일 등이 겹쳐 있는데, 이 모든 것을 축하해주어야 한다네. 이러니 여간 바쁜 게 아니라네."

한참 말을 하고 있노라니 그제서야 비로소 내안이 차를 내왔다. 백래창이 차를 받아 겨우 한 모금 마셨을 적에 대안이 붉은색의 큰 명함을 들고 안으로 황급하게 뛰어오면서,

"하제형 나리께서 오셔서 말에서 내리고 계십니다!"

라고 전하니 서문경은 바로 안채로 옷을 갈아입으러 들어갔다. 백래창은 서쪽의 빈방으로 몸을 숨기고는 주렴을 조금 걷어올리고 밖을 내다보았다. 잠시 뒤에 하제형이 들어오는데 검은 비단 명주옷에 오색으로 사자 머리를 수놓은 겉 관복에, 남색 속옷 저고리를 입고, 금을 박은 허리띠를 두르고, 검은색 조례화[朝禮靴]를 신고, 검고 건장하게 생긴 사람 몇을 데리고 대청으로 들어왔다. 서문경은 의관을 갖추고 밖으로 나와 인사를 한 후 자리에 앉았다. 잠시 뒤에 기동이 운남산의 누런 칠을 한 쟁반에 차를 두 잔 내왔는데 대나무 가장자리에 은으로 테를 두른 찻잔에, 은행잎을 본뜬 금 찻숟가락, 연꽃에 콩을 갈아 넣은 차였다. 하제형이 말했다.

"어제 말씀하신 순무사의 일입니다. 오늘 제가 사람을 보내 좀 알아보았는데 성은 증[曾]이고, 을미년에 진사가 되신 분으로, 그 행차가 이미 동창부 부근까지 오셨다는군요. 다른 분들은 멀리까지 마중을 나갈 모양입니다. 당신과 저는 비록 무관이기는 하나 아문 소속으로 형벌과 감옥의 일을 관장하니 일반 무관과는 다르지요. 그러니 우

리도 성에서 십여 리 떨어진 곳에 적당히 자리를 잡고서 음식 준비하고 접대하는 것이 어떨까 해서요."

"대단히 좋은 생각입니다. 어른께서는 공연히 심려치 마세요. 이곳 일은 제가 사람을 시켜 도관이건 절이건 혹은 별장이건 빌려서 잘 준비하도록 이르겠습니다."

"또 형씨에게 폐를 끼치는군요."

하제형은 말을 마치고 차를 한 잔 마시고는 몸을 일으켜 돌아갔다. 서문경은 하제형을 보내고 안으로 들어와 옷을 갈아입었다. 백래창은 그때까지도 돌아가지 않고 다시 대청으로 나와 의자에 앉으며 서문경에게 말했다.

"형님이 요 두세 달 모임에 나오지 않으시니 저희들은 모였다가도 바로 헤어졌지요. 손형님은 비록 나이는 많으나 제대로 일을 못하시고, 응형님은 또 상관을 하지 않으시지요. 어제는 칠월 칠석이라 모두 옥황묘에 모여 제를 올리려고 저를 포함해 서넛이 왔으나, 서로 눈치만 보았지 돈을 내는 사람이 없었답니다. 그래서 오도관의 신세를 졌는데 밤에는 다시 얘기꾼을 불러주는 등 정말로 폐를 많이 끼쳤어요. 말은 안 해도 사람들이 속으로 무척 미안해했습니다. 아무래도 형님께서 예전처럼 어른이 돼주셔야겠어요. 조만간에 다시 형님을 모임에 초대하겠습니다."

"무슨 쓸데없는 소리를. 해산하게 되면 해산을 하게. 내 어디 시간이 있어 이 일을 하겠는가? 한가할 때 오관원의 그곳에 가서 일 년치 제를 올리며 천지신명께 고마움을 인사하면 될 걸세. 그러니 자네들이 모이든 안 모이든 공연히 나한테 얘기할 필요는 없네."

이렇게 말하니 백래창도 할 말이 없었다. 그러면서도 백래창이 계속 앉아 있자 서문경은 어쩔 수 없어 금동을 불러 상방에 탁자를 펴고 반찬 네 접시와 기름에 튀긴 국수, 볶은 고기를 내오게 해 함께 식사를 했다. 식사가 나왔을 때 서문경은 안채에 일러 술을 내오게 해 백래창과 몇 잔 마셨다. 그런 후에야 백래창은 비로소 몸을 일으켰다. 서문경은 대문 앞까지만 배웅했다.

"자네를 전송하지 않는다고 탓하지 말게. 내가 작은 모자를 쓰고 있어 밖에 나가기가 좀 뭣하다네."

이에 백래창은 인사를 하고 갔다. 서문경은 대청으로 돌아와 의자를 끌어다 앉으며 바로 큰소리로 평안을 불렀다. 평안이 앞으로 나오자 서문경은 욕을 하며,

"이놈의 자식이 아직도 서 있는 게야!"

하며,

"여봐라!"

소리를 치니 군졸 서넛이 즉시 곁에 서서 지시를 기다렸다. 이때 평안은 무슨 영문인지 모르고 두려워 얼굴이 파랗게 질려서는 바로 꿇어앉았다.

"누가 찾거든 아직 돌아오지 않았다고 대답하라고 했거늘, 왜 말을 듣지 않는 게냐?"

"백씨 아저씨가 왔을 때에 나리께서는 손님을 배웅하러 나가시어 아직 돌아오시지 않았다고 말씀을 드렸어요. 그런데도 제 말을 믿지 않으시고 강제로 안으로 들어가셨어요. 그래서 제가 안으로 따라 들어오면서 할말이 있으면 나리께서 돌아오시면 전해드리겠다고 했으나 백씨 아저씨는 아무 말씀도 하지 않으시고 대청의 격자창을 열고는 앉아 계셨어요. 그런데 생각지도 않게 나리께서 나오시다가 마주

치신 거예요."

서문경은 욕을 하며,

"이놈의 자식이 아직도 허튼소리를 하고 있어. 간덩이가 부었구나! 사람이 들어왔을 적에 네놈은 어디에서 노름을 하거나, 술을 마시러 갔던 게 아니야? 그래서 대문을 제대로 지키지 못하고 말이다."

라며 좌우에 명해,

"저놈 주둥이에서 무슨 냄새가 나는지 맡아보거라."

하니 이에 군졸이 맡아보았다.

"술 냄새는 나지 않습니다."

이에 서문경은,

"고문을 할 줄 아는 두 명을 불러 저놈의 손가락 주리를 틀도록 해라!"

하니, 군졸 둘이 평안 한 사람에게 달라붙어 형틀에 손가락을 집어넣고 조여대니 평안은 아픔을 참지 못하고 소리를 질렀다.

"소인은 정말로 나리께서 집에 안 계신다고 말씀드렸는데 백씨 아저씨가 억지로 들어오신 거예요."

군졸이 주리를 다 틀고 나서는 밧줄로 묶어 땅바닥에 꿇어앉히고는 아뢰었다.

"주리를 다 틀었습니다."

서문경은,

"종아리를 쉰 대 때리거라."

하고 다시 명을 하니, 곁에서 수를 세며 때리다가 쉰 대가 되자 손을 멈추었다. 이에 서문경은 다시 명령을 내렸다.

"곤장을 스무 대 때리거라."

바로 스무 대를 때리니 가죽이 터지고 살점이 튀어나오고, 발바닥은 온통 매 자국이었다. 서문경은 비로소,

"놈을 풀어주거라."

하고 명을 내리니, 군졸 둘이 앞으로 나와 형틀을 풀었다. 풀려난 평안은 엉엉 소리내 울기 시작했다. 서문경이 소리쳤다.

"이놈의 자식아! 네가 대문을 지키고 있었다고 말하지만, 추측건대 다른 사람들의 돈을 먹고 밖에 나다니면서 내 흉을 보고 다녔을 게야. 그런 소문이 내 귀에 들어오지 않게 해라. 만약에 그랬다가는 네놈 발목을 분질러버릴 테다!"

이에 평안은 고개를 숙여 인사를 하고 일어나 바지를 추켜올리고는 밖으로 나갔다. 서문경은 화동이 곁에 있는 것을 보고서는,

"이놈의 자식도 끌어내 손가락 주리를 틀도록 해라."

하니 손가락 주리를 틀린 나이 어린 화동은 돼지 멱따는 듯한 괴성을 질러대며 아파서 어찌할 줄 몰라 한다. 바깥채에서 서문경이 주리 튼 일은 잠시 접어둔다.

한편 반금련은 방에서 나와 안으로 가려고 했다. 대청 뒤쪽의 중간 문쯤에 다다랐을 때 맹옥루가 혼자 칸막이 뒤에 서서 몰래 엿듣는 것을 보았다. 그래서 금련은,

"형님, 무엇을 엿듣고 계세요?"

하고 물었다. 옥루는,

"나리께서 평안을 때리고, 어린 화동마저 주리 트는 것을 엿듣고 있어. 무엇 때문에 그러는지 모르겠어?"

했다. 잠시 뒤에 기동이 오니, 옥루가 불러 세우며 묻기를,

"왜 평안을 때리지?"

하니 기동은,

"나리께서 평안이 백래창을 안으로 들여보냈다고 화가 나셨어요."

하니 반금련이 말했다.

"백래창을 들여보내서가 아니라, 아마도 평안이 주둥이를 함부로 놀려대서 때렸을 거예요. 주둥이를 놀린 것이 아니라면, 왜 공연히 하인 놈을 그 모양으로 때리겠어요. 정말 염치도 모르는 양반 같으니라구! 얼굴 반반한 것에 빠져 저 모양이니 염치 같은 것을 생각한다면 어찌 그럴 수가 있겠어요!"

기동이 가자 옥루는 바로 금련에게,

"도대체 무슨 일인데?"

하고 물으니 금련이 말했다.

"형님께 얘기하려 했었는데, 아직 못했군요. 실은 제가 며칠 전에 친정에 일이 있어 집에 없었잖아요. 그때 비역질을 하는 서동 자식이 사건을 잘 처리해준다면서 남의 돈을 몇 푼 먹었대요. 그 돈으로 음식을 사서 찬합 두 개를 준비하고 금화주도 한 병 산 다음에 이병아 방에서 둘이 오랫동안 술을 마시고, 한참 뒤에 서동 놈이 밖으로 나왔대요. 염치도 모르는 이 양반은 이러한 말을 듣고도 아무 말도 하지 않고, 서동 놈과 화원에 있는 서재에서 문을 걸어 잠그고 해괴망측한 짓을 했대요! 평안이 초대장을 가지고 안으로 들어가다 보니 문이 잠겨 있는 것을 보고서는 창 아래에 서 있었대요. 그런데 서동 놈이 문을 열고 평안이 서 있는 것을 본 거예요. 생각건대 이 염치도 모르는 것한테 말을 했기 때문에 오늘 복수를 하느라 이 꼬마를 반쯤 죽여놓았나 봐요. 그 싸가지 없는 자식이 언젠가는 우리 온 식구를 다 요절내고 말 거예요!"

옥루는 웃으며 말했다.

"됐어요, 비록 한집안 사람이라도 똑똑한 사람도 있고 멍청한 사람도 있기 마련이에요. 모두 다 그렇게 악독한 건 아니잖아요?"

"그렇게 말할 수 없어요. 제가 말씀드릴게요. 지금 이 집안에서 그 양반이 진심으로 소중하게 여기고 좋아하는 사람이 둘 있는데 한 사람은 안쪽에, 또 한 사람은 바깥에 있으면서 하루 종일 넋을 빼앗는 듯해요. 그들을 보면 말도 하거나 웃기도 해요. 하지만 나같이 재수 없는 것은 무슨 짓을 해도 새가 닭 쳐다보듯 시큰둥해요! 제대로 죽지도 못할 변심한 날강도는 지금 와서 보니 모든 마음을 다 빼앗겨서는 더욱 변했어요! 셋째 형님, 잘 들으세요. 조만간 괴이한 일이 벌어질지 몰라요! 오늘도 선물 문제 때문에 나리와 말다툼을 했어요. 집에 돌아와 보면 나리께서 방이 아니라 서재에서 무슨 짓을 하는지 모르겠어요! 그래 내 오늘 춘매를 시켜 나리께서 어디에 있는지 알아보고 모셔오라 했는데, 누가 알았겠어요? 벌건 대낮에 남창 서동 자식과 문을 걸어 잠그고 뒹굴고 있을 줄 말이에요. 춘매가 문을 열고 안으로 들어가니 놀라서 눈을 크게 뜨고 말을 하지 못하더래요. 내 방에 왔을 적에 몇 마디 욕을 했으나 능구렁이 같은 영감은 이리저리 변명만 하는 거예요. 그러다가 붉은 비단 한 필을 주면서 선물로 보내라고 하기에 필요 없다고 했어요. 그랬더니 잠시 뒤에 이병아가 있는 처소 이층에 가서 새로운 것을 찾아준다 하기에 같이 갔지요. 그 못된 년은 간도 작고, 스스로 도리에 어긋나는 짓을 한다는 걸 아는지 옷상자에서 금실로 수놓은 비단옷 한 벌을 내와 손수 권하며 '형님, 형님 보기에 이 옷이 어때요? 풀어볼 필요도 없이 우리 함께 싸서 선물로 보내요' 하길래, 나는 '자네 물건인데 왜 내가 자네 것을 받겠어? 나리한테 가게에서 가져다달래지'라고 했더니, 여섯째는 당황하며 '형님, 무슨 말씀을 그렇게 하세요? 저고리건, 치마건 마음대로 고르세요. 그리고 앞채 진서방님더러 포장한 후 이름을 써달라고 해요'라며 한참을 권하기에 겨우 승낙했죠. 그래서 여섯째가 저고리를 줬어요."

"그럼 됐잖아요. 다 여섯째 마음이 좋아서 그런 거예요."

"형님은 모르세요. 여섯째한테 양보하면 안 돼요. 마치 눈을 부릅뜬 금강장사는 무서워하고, 눈을 감고 있는 부처는 무서워하지 않는 것과 같아요. 마누라든 서방이든 조금이라도 고삐를 느슨하게 하면 사람들이 마음에도 두지 않고 전혀 중요하게 생각하지 않아요!"

이에 옥루가 웃으며 말했다.

"다섯째, 자네는 띠가 국수 띠인지 정말로 질기군!"

말을 마치고 둘은 웃었다. 소옥이 들어와 옥루와 금련을 보고는,

"안채로 들어오셔서 게를 드시래요. 저는 여섯째 마님과 큰아씨를 부르러 가야 해요."

하니 둘은 손을 잡고 안으로 들어갔다.

월랑은 이교아와 함께 안방의 복도에 앉아 있다가 말하기를,

"무슨 우스운 일이 있는 모양이지?"

하니 금련이,

"나리께서 평안을 때리는 것이 우스워서요."

하자 월랑이 물었다.

"나리가 왜 그리 소리를 지르나 했더니 사람을 때리느라 그랬군. 평안을 때리다니 무슨 일로?"

금련은,

"그놈이 상아를 부러뜨려서 그래요."

하니 오월랑은 이 말을 못 알아듣고 바로 다시 물어보았다.

"상아를 어디에 놓아두었기에? 어쩌다가 분질렀노?"

이에 반금련과 맹옥루 둘은 하하 호호 웃으며 서로 배를 움켜잡았다. 월랑은,

"왜 웃는지 모르겠군? 나에게는 말하지 않고."

하니 옥루가 말했다.

"모르시는 모양인데, 실은 나리께서 평안을 때리는 건 백래창을 집안으로 들여놓았기 때문이에요."

"들어왔으면 그만이지, 어째 상아를 부러뜨렸다고 한단 말인가? 그렇게 무능하고 멍청한 사람은 본 적이 없어. 우리 집에서 문을 걸어 잠그고 아는 체를 하지 않아도 쓸데없는 것도 중요한 일인 듯이 찾아오니, 나리께서 맞닥쳐서 무슨 봉변을 당하지나 않았는지 모르겠군!"

내안이,

"백씨가 나리를 뵈러 왔었어요."

하니 월랑은,

"그 거렁뱅이가 아무 일도 없는데 음식 나부랭이나 얻어먹으러 온 거지!"

이렇게 얘기를 하고 있을 적에 이병아와 서문경의 큰딸이 왔다. 사람들이 모여 앉아 게를 먹기 시작했고, 월랑이 소옥에게 일렀다.

"집안에 포도주가 약간 남아 있으니 내와서 마님들께 드리거라."

이에 금련이 재빠르게,

"게를 먹을 때는 금화주가 좋아요."

하고 말참견을 했다. 그러면서 다시,

"게 하나로 술을 마시기에는 부족하고, 구운 오리 고기가 있으면 찢어서 술안주로 먹기에 좋을 텐데요."

하니 월랑은,

"이렇게 늦었는데 어디 가서 구운 오리를 사온단 말인가?"

하자, 앉아 있던 이병아가 이 말을 듣고는 얼굴이 붉어졌다. 실로, 말에 깊은 뜻이 녹아 있고 제목 속에 속셈이 숨어 있는 것이었다.

그렇지만 오월랑은 성실한 사람인지라 어찌 다른 뜻이 있는 줄 알겠는가! 이쯤에서 게를 먹는 얘기는 접어둔다.


한편 평안은 매를 맞고 밖으로 나오는데 너무 얻어맞아 다리를 질질 끌면서 겨우 방으로 돌아왔지만, 주리 틀린 손은 뒤틀려 있었다. 분사와 내흥 등 사람들이 몰려들어,

"평안아, 나리께서 왜 때리시더냐?"

하고 물으니 평안은 울면서,

"제가 어찌 알겠어요?"

이에 내흥이,

"백래창을 들여놓았다고 나리께서 화가 나신 거예요."

하자 평안이 하소연했다.

"아까 안에서 너도 봤잖아. 백씨를 두세 차례나 막으면서 나리께서 집에 안 계신다고 말하는 것을 말이야. 그런데도 백씨가 억지로 안으로 들어왔잖아. 대청에 들어가기에 내가 '나리께 무슨 할말이 있으면 말씀하세요. 성 밖으로 가셨기 때문에 언제 돌아오실지 모르니

기다려봐도 소용이 없을 거예요' 했더니 백씨는 '내 기다리마' 하고
는 아무 말도 하지 않고 그냥 앉아 있는 거야. 그러다 생각지도 않게
나리께서 안채에서 나오시다가 백씨와 마주치신 거예요. 그런데 뭐
특별한 일이 있어 온 것도 아니라서 차를 다 마시고도 일어나지 않는
거예요. 그때 마침 하제형 나리께서 오셨길래 백씨보고 돌아가시라
고 했지요. 그런데도 백씨는 상방으로 몸을 숨기고는 돌아가지 않는
거예요. 나리께서도 어찌할 수가 없어 백씨를 자리에 앉게 하셨지요.
보통 사람이라면 부끄러움을 알고 잠시 앉아 있다가 갔을 거예요. 그
런데 백씨는 술과 음식이 나오자 그것을 먹고서야 비로소 갔는데, 백
씨를 안으로 들여놓았다고 해서 나리께 이렇게 두들겨 맞은 거예요.
문을 제대로 지키지 않아 백씨가 들어왔다는 거예요. 내가 무슨 잘못
을 했는지 말 좀 해봐요? 백씨를 막지 않아서 혼난 거라면 할말이 없
지만, 백씨가 억지로 들어와서 앉는 통에 혼이 나고 얻어맞기까지 했
으니! 내 그놈을 도둑이나 갈보 같은 쳐 죽일 개뼈다귀로 만들어 내
물건 맛을 보여주고 척추 뼈를 꺾어놓을 테야!"

내홍이,

"척추 뼈를 분질러놓으면 아래 물건을 쓰기가 더 좋을걸."

하자 평안은,

"그렇다면 음식을 제대로 먹지 못하는 식도암 같은 것에 걸려 목
구멍 끝이 다 썩어 문드러지게 할 거야!"

그러면서 다시,

"이런 천하에 염치도 없는 뻔뻔한 개뼈다귀 같으니라고. 우리 집
에 함부로 들어오니 개도 짖지 않고, 거지처럼 밥 한 끼나 얻어먹고!
그렇지 않으면 그 개자식의 똥구멍이 썩어 짓무르면 좋겠어!"

하니 이에 내홍이 웃으며,

"똥구멍이 썩어 짓물러도 누구는 그것도 모르고 그저 지저분해졌다고만 할걸."

하자 사람들이 모두 웃었다. 평안이,

"집에 저녁 지어 먹을 쌀도 없었을 거야. 그러니 마누라가 얼마나 배가 고프겠어. 시간은 있는데 할일은 없고 하니 남의 집에 찾아가서 거저 밥 한 끼 얻어먹으면 자기 집 쌀도 아낄 수 있으니 이보다 좋은 방법이 어디 있겠어. 사실 마누라가 서방을 두고도 몰래 못된 짓을 하는 게 더 나아, 그러면 아랫것들이 침 뱉으며 욕도 하지 않을 거야."

하니, 실로 밖에서 남자는 허세를 떨고 다니지만, 집안의 처자식은 먹을 것이 없는 격이다.

대안은 가게에서 빗으로 머리를 잘 정돈해 묶고서는 손님에게 돈을 주어 보내고 안으로 들어와 말했다.

"평안아! 내가 말은 못했지만 얼마나 놀랐는지 몰라. 너는 주인 나리를 곁에서 모시면서도 아직까지 나리 성격을 몰라. 어째 나리를 화나게 만들었니? 속담에 '아이를 낳으려면 금 똥이나 은 오줌을 누는 아이보다 세상 물정을 잘 아는 아이를 낳아라'라고 하지 않더냐. 웅씨 아저씨나 사씨 아저씨가 왔을 적에는 나리께서 집에 계시다고 하든 안 계시다고 하든 서로 친한 사이니 별로 문제가 없어. 그렇지만 그 밖의 사람들은 나리께서 집에 없다고 대답하라고 분부했는데도 어쩌자고 안으로 들여보낸 거야?"

이때 분사가 장난기 섞인 말투로,

"평안은 갓 태어난 아이라서 겨우 배우기 시작한 거야. 게다가 놀기를 좋아해서 하루 종일 공만 차고 놀았어."

하자 모든 사람들이 웃었다. 분사가 다시,

"사람을 들여놓아 혼찌검이 났다고 하더라도 화동 놈은 무엇 때문에 덩달아서 벌을 받았을까? 좋은 과일을 먹을 때도 같이 먹고, 좋은 술과 고기를 먹을 때도 함께 나누어 먹더니, 그래서 주리를 틀 때도 같이 틀은 겐가!"

하니, 이에 화동은 손가락을 문지르고 울기만 했다. 대안이 장난을 치며,

"그만 울어, 네 어머니가 너무 애지중지 연약하게 키웠어. 꽈배기를 끈으로 묶어 손에 쥐어줘도 먹지 못하잖아."

라고 했다.

앞채에서 하인들이 시끄럽게 떠든 일은 그만 얘기하겠다.


한편 서문경은 상방에서 진경제와 서동을 독려해 선물을 꾸리고 품목을 적어서는 아침에 사람을 시켜 동경의 채부마와 동당상관의 집으로 보냈다. 이 일은 잠시 접어둔다.

다음 날 서문경은 관청으로 나갔다. 서문경이 나간 후에 오월랑은 다른 여인들과 함께 가마 다섯 채에 타고, 머리를 진주로 장식하고 비단 옷을 입고, 또한 내흥의 부인도 작은 가마를 타고 부인들 뒤를 따라서 며느리를 맞이하게 된 것을 축하하기 위해 오대구 집으로 갔다. 집에는 손설아만 남아서 서문경의 딸과 함께 집을 보았다. 아침 일찍 한도국이 감사의 표시로 금화주 한 동이와 수정아[水晶鵝] 한 쌍, 돼지 다리 하나와 구운 오리 네 마리, 준치 네 마리를 보내왔다. 선물 꾸러미 위에는 '후배 한도국이 삼가 드립니다[晚生韓道國頓

首拜]'라고 쓰여 있었다. 서동이 집에 아무도 없어 감히 받아놓지 못하고 우물쭈물하자, 물건을 가져온 사람은 통째로 놓아두고 갔다. 관아에서 서문경이 돌아와 가져다 보여주자, 서문경은 금동을 시켜 가게에 가서 한지배인을 불러와서 말했다.

"분수도 모르기는, 이런 물건을 사와 어쩌자는 게야? 나는 받지 않겠네."

"나리, 소인은 나리의 크나큰 은덕을 입었습니다. 소인을 불쌍히 여기시어 억울함을 풀어주셨습니다. 소인집 사람들은 그 은혜에 어찌할 바를 모르며 감격하고 있습니다. 별것 아닌 선물로 저희의 조그마한 마음을 전하는 것이오니, 원컨대 너그럽게 받아주시기 바랍니다."

"그럴 순 없네. 자네가 우리 가게 지배인이면 한집안 식구나 다름없는데 내 어찌 자네의 선물을 받을 수가 있겠나? 그러니 사람을 시켜 다시 가져가게."

한도국은 당황해 수차례 받아주기를 간청했다. 그러자 서문경도 마지못해 좌우에게 명해 거위와 술만 받고 나머지 물건은 모두 다시 가져가게 했다. 그러고는 편지를 써 하인에게 주면서 응씨와 사씨를 불러오게 했다. 다시 한도국에게 말하기를,

"자네도 오후에는 내보에게 가게를 맡기고 오게나."

하자 한도국은,

"선물도 받지 않으시고, 또 이렇게 신경을 써주시니!"

라면서 분부대로 하겠노라 대답하고 밖으로 나갔다. 서문경은 요리 몇 가지를 준비해 오후에 화원의 비취헌 놀이방 안에 팔각형의 탁자를 펴놓았다. 응백작과 사희대가 먼저 도착했다. 서문경이,

"한지배인이 신경을 써서 선물을 사들고 와서 감사하다고 하더군. 수차례 안 받겠다고 거절했으나 한사코 애원하는 바람에 마지못해 거위와 술을 받아놓았는데 혼자만 즐길 수가 있겠는가? 그래서 자네 둘을 불러 한지배인과 함께 자리를 하도록 한 걸세."

하니, 이에 백작이 말했다.

"한지배인이 저를 찾아와 선물하고 싶다고 상의를 했지요. 그래서 제가 '자네 주인집은 대관리 댁이신데 뭐 부족한 것이 있겠는가? 공연히 신경쓰지 말게나. 가지고 간다고 해도 결코 받지 않을 걸세'라고 해줬지요. 어때요? 제가 마치 형님 뱃속에 들어갔다 나온 것처럼 정말 받지 않으셨잖아요."

말을 마치고 둘은 차를 마시며 쌍륙을 했다. 오래지 않아 한도국이 오니 서로 인사를 하고 자리에 앉았다. 응백작과 사희대가 윗자리에, 서문경은 주인 자리에, 한도국이 그 옆에 앉았다. 네 접시와 네 그릇의 요리를 담아 바로 탁자 위에 푸짐하게 차려놓았으나 다 먹지 못했다. 그런데도 다시 옥수수 국수를 거위 기름에 볶아 두 접시 가득 가지고 나왔다. 내안을 시켜 금화주를 곁에서 따게 하고는 구리병에 넣어서 데워오게 하고, 서동에게 따르게 하고, 화동은 안채로 과일과 요리를 가지러 왔다 갔다 했다. 술이 몇 잔이 돌고 나자, 백작은 서동에게,

"안채로 들어가 큰마님께 말씀드리거라. 어째서 게를 나한테는 주지 않느냐고 말이다. 내가 게를 먹고 싶어 한다고 말씀드리거라."

하니 서문경은,

"멍청하긴, 어디 게가 한 마리나 남아 있겠어? 솔직히 말해 관둔의 서대인이 두 꾸러미를 보내왔는데 부인들이 모두 먹어치우고, 단지

소금에 절인 것이 몇 개 남아 있을 게야."

라며 하인에게,

"소금에 절인 게를 몇 개만 가져오너라. 오늘은 부인네들이 모두 오대구 댁에 가서 없어."

라고 분부했다. 잠시 뒤에 화동이 소금에 절인 게를 두 접시 내왔다. 응백작과 사희대는 앞을 다투며 깨끗이 먹어치웠다. 서동이 술을 따르는 것을 보고서는 응백작이,

"나는 태어나서 벙어리가 따라주는 술은 마신 적이 없다. 듣자 하니 남곡[南曲]을 잘 부른다던데, 여태 들어보지 못했구나. 그러니 오늘 한번 잘 불러보거라. 그럼 내 이 술을 마시마."

하니, 이에 서동이 손뼉을 치며 노래를 부르려 하자 백작이 말했다.

"이렇게 부르는 건 만 곡을 불러도 소용없어. 하려면 제대로 해야지. 저 밑에 가서 여자처럼 화장하고 제대로 한번 잘 불러봐."

서동은 서문경의 눈치를 살필 뿐이었다. 서문경은 웃으며,

"이런 개자식이 있나! 사람을 이렇게 못살게 굴다니."

라고 욕을 하면서 서동에게,

"그리도 들볶으니… 대안더러 안채에 가서 여자 옷을 가져오게 해 밑에 가서 바꿔 입고 오너라."

하고 분부했다. 대안은 먼저 바깥채로 들어가 금련의 방으로 가서 춘매에게 달라고 했으나 주지 않았다. 다시 안채의 안방으로 가서 옥소에게 은비녀 네 개, 빗 하나, 얼굴 가리개 하나, 푸른 돌에 금 도금을 한 귀고리 한 쌍, 붉은 비단 저고리와 녹색 치마, 자주색 머리띠와 화장품도 약간 가지고 와서 서재에서 분을 바르고 눈썹을 그리니 영락없는 여자의 모습으로 요염하기까지 했다. 술좌석으로 나와 두 손으

로 먼저 응백작에게 한 잔을 들어올린다. 그런 후 목청을 가다듬고
곁에서「부용꽃은 옥과 같으니[玉芙蓉]」라는 곡을 부르기 시작했다.

떨어지는 꽃은 물 위에서 떠다니고
매실의 열매는 작기만 하네.
이럴 때 흐려진 눈썹은 누가 그리나?
봄이 근심을 가져왔다면
봄이 갔는데 어찌 근심은 사라지지 않는가?
헤어지니 산도 멀고 물도 멀기만 하네.
그대를 위해 돌아갈 날을 수없이 세다 보니
눈썹도 못 그리고 빗질도 못하네.
殘紅水上漂 梅子枝頭小
這些時 淡了眉兒誰描
因春帶得愁來到 春去緣何愁未消
人別後 山遙水遙
我爲你 數盡歸期 畵損了掠兒稍

백작은 노래를 듣고서 입이 마르도록 칭찬하기를,
"이런 애라면 먹는 것이 아깝지 않지요. 이 애 목소리는 마치 피리
같군요. 어느 기생집의 계집도 어림없어요! 기생들의 노래는 이미
신물이 날 정도로 들었는데, 어디 이 애가 부르는 것처럼 윤기가 있
겠어요? 형님, 제가 앞에서 괜한 말씀을 드리는 것이 아니라 이런 애
가 형님 곁에 있다니 정말로 복도 많으십니다그려."
하니, 이 말을 듣고 서문경은 그저 웃기만 했다. 이에 백작이 말했다.

"형님, 왜 웃으세요? 저는 진지하게 말을 하는데요. 이 아이를 함부로 다루지 마세요. 일이나 옷도 잘 해주면 따로 쓸 데가 있을 거예요. 어쩐지 이현령이 이 애를 보냈다 했더니, 역시 깊은 뜻이 있었군요."

"맞아, 내가 집에 없을 때 서재의 크고 작은 일들을 하지. 예를 들어 선물을 받거나 감사 편지를 쓰거나 하는 일 등을 모두 서동과 사위가 하고 있네. 사위는 가게 일도 겸하고 있지만 말일세."

응백작은 두어 잔을 더 마시고는 서동에게 말했다.

"나 대신 이것 좀 마시거라."

"감히 마실 수도 없고 마실 줄도 몰라요."

"마시지 않으면 괴로울 텐데. 너에게 특별히 주는 술인데 무엇을 두려워하는 게냐?"

서동은 단지 서문경의 눈치를 살필 뿐이었다. 서문경은,

"그래 괜찮아. 응씨 아저씨가 특별히 주는 것이니 마시거라."

하니, 이에 서동은 한쪽 무릎을 꿇어 인사를 하고는 얼굴을 숙여 잔을 받아 한 모금 마셨다. 반쯤 남은 잔을 손으로 다시 받쳐들고 응백작에게 올렸다. 그런 후에 다시 몸을 돌려 사희대에게 술을 따랐다. 그러면서 다시 한 곡을 불렀다.

새 연꽃이 연못에 드리워져 있고
비온 후 빗방울은 구르네.
남쪽에서 온 제비와 꾀꼬리의 정다운 쌍쌍의 모습은
내 마음을 어지럽히네.
눈물의 흔적이 화장한 얼굴을 지저분하게 하고

허리가 가늘어지니, 생각나네 그대의 가는 허리.

헤어지고 난 후에 얼마나 많은 고생을 할지

나 그대를 위해 돌아갈 날을 기다리노라니

기대었던 옥 난간에 흠집이 나네.

新荷池內翻 過雨瓊珠濺

對南薰 燕侶鶯儔心煩

啼痕界破殘粧面 瘦對腰肢憶小蠻

從別後 千難萬難

我爲你 盼歸期 靠損了玉欄杆


사희대가 서문경에게 묻는다.

"형님, 서동이 금년에 몇 살이죠?"

"아마 금년에 열여섯이 될걸."

사희대는 서동에게 다시 물었다.

"남곡을 몇 곡쯤 부를 줄 아니?"

"많이는 알지 못하고 단지 몇 곡, 나리님께 불러드릴 수 있을 정도예요."

사희대가,

"기특한 놈 같으니라고!"

하자, 서동이 사희대에게 술을 따라 올렸다. 그런 후에 아래로 내려와 한도국에게 술을 따라 올리려고 했다. 이에 한도국이,

"주인 나리께서 계신데 제가 어떻게 감히!"

하자 서문경이 말했다.

"자네는 오늘 손님일세."

"그럴 수가 있나요? 그래도 역시 나리께서 먼저 드시고, 제가 받아 마시겠습니다."

서동이 자리에서 내려와 잔을 서문경에게 올렸다. 그러면서 다시 노래를 불렀다.

동쪽 울타리에 국화가 피는데
우물가의 오동은 시드는구나.
남루에 올라 기러기 소리 들으니
마음이 애달프네.
봄의 정취를 매화에 부쳐 보내고 싶어라.
기러기는 돌아가건만 사람은 오지를 않네.
헤어진 뒤로 소식도 편지도 없으니
그대를 위해 한스러이 돌아올 날을 기다리나
헛되이 비단신만 찢어지네.
東籬菊綻開 金井梧桐敗
聽南樓 塞雁聲 哀傷懷
春情欲寄梅花信 鴻雁來時人未來
從別後 音乖信乖
我爲你 恨歸期 趺綻了繡羅鞋

서문경은 한잔 마시고 나서 한도국에게 잔을 건넸다. 이에 한도국은 황급히 일어나 잔을 받았다. 백작은,

"앉아 있어요. 그 애한테는 노래나 부르게 하고."

하니, 이 말을 듣고 한도국은 비로소 자리에 앉았다. 서동은 이에 네

번째 노래를 부르기 시작했다.

> 하늘 가득히 버들가지 날아다니고
> 나비와 벌이 어지럽게 춤을 춘다.
> 산등성이의 매화는 남쪽 가지에 피어 있네.
> 꺾어서 그대에게 소식을 전하려 해도…
> 문득 문득 바느질을 멈추고 긴 한숨만 내뱉누나.
> 헤어진 후 아침저녁으로 생각하네.
> 나 그대를 위해 돌아갈 날을 손꼽다가
> 손가락 끝이 다 상하누나.
> 漫空柳絮飛 亂舞蜂蝶翅
>
> 嶺頭梅 開了南枝
>
> 折梅須寄皇華使 幾度停針長嘆時
>
> 從別後 朝思暮思
>
> 我爲你 數歸朋 掐破了指尖兒

한도국은 노래가 다 끝나기 전에 급히 단번에 들이마셨다. 이렇게 한참 술을 마시고 있을 적에 내안이 들어와 말하기를,

"분사 아저씨가 오셨어요. 나리께 드릴 말씀이 있다고 합니다."

하자 서문경이 답했다.

"이리 들어와서 얘기하라 일러라."

잠시 후에 분사가 푸른색 비단옷에 술 달린 띠, 바닥이 평평한 검은 비단 신을 신고 앞으로 와 인사를 하고 곁에 조용히 앉았다. 대안이 급히 술잔과 젓가락을 가져다놓았다. 서문경은 대안에게 안채에

가서 안주를 더 가져오게 했다. 그러고는 분사에게 물어보았다.

"별장 수리는 잘 되고 있나?"

"앞채 한 동은 기와를 다 얹었고, 안채 놀이방은 어제 비로소 기초 공사를 했습니다. 근데 양쪽 상방과 뒤채 한 동은 방을 얹을 재료가 없습니다. 손님방과 놀이방에 쓸 두 치짜리 네모진 벽돌도 아직 오백 여 장 모자라고, 낡은 것들은 다시 쓸 수가 없어요. 담을 두를 큰 벽돌 도 없고요. 또 땅을 평평하게 고르려면 흙이 백여 수레 정도 더 있어 야 해요. 석회 가루는 은자 스무 냥어치 정도는 더 사야 하고요."

"석회는 염려하지 않아도 돼. 내일 관아에 나가 석회 가게에 얘기 해서 보내줄 테니. 그리고 어제 벽돌 공장의 유공공이 벽돌을 약간 보내준다고 했으니 필요한 만큼 숫자를 적어서는 은자를 몇 냥 싸서 보내면 알아서 보내줄 걸세. 단지 목재가 문제구만."

"어제 나리의 분부대로 성 밖 별장에 나가보았습니다. 장안을 데 리고 그 별장을 흥정하러 갔었는데, 원래는 상황친의 별장으로 육황 친[六皇親]이 죽고 나자 지금 상오가 사당까지 포함해 팔려는 것이 더군요. 그래서 우리는 그것은 필요 없고 단지 객실 세 칸과 상방 여 섯 개, 방이 여러 개 있는 집 한 채만 사겠노라고 했어요. 그랬더니 상 오는 대뜸 오백 냥을 요구하더군요. 돈을 가지고 가서 상오와 담판을 하면 삼백오십 냥 정도면 살 수 있을 것 같아요. 나무 목재는 그만두 고라도 벽돌과 기와와 흙만 해도 일이백 냥의 가치는 있어요."

응백작이 말했다.

"나는 누구 얘기인가 했지. 상오의 그 별장 얘기이군. 상오는 땅 문 제로 관가에 송사가 걸려 있어서 돈을 많이 썼어요. 그런데도 기생집 의 나존아 머리를 올려주었죠. 그러니 어디 수중에 돈이 있겠어요?

형님께서 필요하시면 삼백 냥만 주어도 잘될 수 있을 거예요. 제놈이 아쉬울 터인데 어찌 그것을 마다하겠어요!"

이에 서문경은 분사에게 이른다.

"자네가 내일 장안과 같이 가서 은자 삼백 냥에 잘 흥정해보고 될 것 같으면 사오게."

"소인이 잘 알아서 하겠습니다."

잠시 뒤에 안채에서 국 한 그릇과 찐 떡 한 접시를 내왔다. 분사는 음식을 먹은 후에 사람들과 함께 술을 마셨다. 서동은 노래를 한 곡 더 부르고는 내려갔다. 응백작이 말하기를,

"이렇게 술 마시는 건 재미가 없어요. 주사위를 가져와 내기를 하면서 마셔야 재미가 있어요."

하니, 이에 서문경은 대안에게 일렀다.

"여섯째 마님 방에 가서 주사위를 가져오너라."

잠시 뒤 대안이 주사위를 가져와 백작 앞에 내려놓고는 슬며시 서문경에게 다가가 귓가에 대고 입을 가리면서,

"여섯째 마님 방에서 관가 애기씨가 울고 있어요. 영춘 누이가 나리께 말씀을 드려 사람을 보내 여섯째 마님을 모셔와달라고 해요."

라고 말을 하자 서문경은,

"너는 술 주전자를 내려놓고 빨리 애들을 보내 모셔오도록 해라."

그러고는 물었다.

"애들 두 명은 어디 있느냐?"

"금동과 기동은 벌써 등불을 들고 모시러 갔어요."

백작은 그릇 안에 주사위 여섯 개가 들어 있는 것을 보고 손으로 하나를 집어들고는 떠들어댔다.

"내가 던져볼게요. 모든 사람들이 그 골패의 숫자를 알아맞히는 건데, 만약 틀리면 큰 잔으로 벌주를 한 잔 마시고 그다음 사람은 노래를 한 곡 부르는 거예요. 노래를 못 부르면 우스갯소리라도 해야 돼요. 두 가지 다 못하면 다시 큰 잔으로 벌주를 한 잔 마시기로 합시다."

서문경이,

"이 자식은 왜 이리 말이 많아."

하자 백작도 지지 않고,

"선을 잡은 대장 마음인데, 웬 참견이 이리 많습니까?"

하면서 대안을 불러,

"우선 나리께 벌주를 한 잔 따라드리거라. 그런 다음에 시작해야겠다."

하니 서문경이 웃으며 그것을 받아 마셨다. 백작이,

"자, 모두들 잘 들으세요, 저부터 시작합니다. 틀리면 벌주 한 잔입니다."

라며 말하기를,

"장생이 서상방에서 취해 쓰러졌는데 큰 병으로 하나, 작은 병으로 두 병을 마셨다네."

하면서 주사위를 열어보니 과연 숫자 서문경이 나왔다. 서문경은 서동을 불러 술을 따르게 했다. 그다음 사람인 사희대는 노래를 불러야 했다. 희대는 손뼉을 치면서 말했다.

"「계수나무 가지 꺾으며[折桂令]」라는 노래를 불러볼 테니 잘 들어보세요."

마음을 끄는 열대엿 살 아가씨
풍류도 알고 모든 일을 잘 알고 있네.
눈썹은 봄 산을 닮았고
눈은 가을 물을 담가놓은 듯
까마귀 머리 모양으로 틀어올린 머리
사모하는 마음에
잠시도 잊지를 못하네.
지척에 있건만
마치 바다와 하늘 끝에 떨어져 있는 듯.
몸이 마른 것도 그대 때문
병이 난 것도 그대 때문.
누군가 이 인연을 이루어만 준다면
바로 어려움 속에서 구해주는 보살이라네.
可人心二八嬌娃 百件風流 所事慷達
眉蹙春山 眼橫秋水 鬢縮着烏鴉
乾相思 撇不下一時半霎
咫尺間 如隔着海角天涯
瘦也因他 病也因他
誰與做個成就了姻緣
便是那救苦難菩薩


　백작은 술을 마시고 주사위를 사희대에게 주었다. 사희대가 그것
을 흔드니 서문경이 노래를 부를 차례가 됐다. 사희대는 주사위를 집
어들면서,

"홍랑(희곡 『서상기』의 등장인물)이 침대에 오르네. 몇 시인가? 삼경에 사 점이로다."

하고 괴이하게 흔들어 던지니 숫자 4가 나왔다. 백작은,

"사자순은 넉 잔을 마셔야 해."

했으나 희대는,

"두 잔만 마실게요. 전 잘 마시지를 못하니까요."

하니 서동은 가득 두 잔을 따랐다. 먼저 한 잔을 마시고 서문경이 노래 부르기를 기다리고 있었다. 그사이 백작은 자리에서 음식 한 접시를 깨끗이 먹어치웠다. 서문경은,

"나는 노래를 잘 못하니 우스갯소리를 들려줄게."

라면서 얘기를 시작했다.

"한 사람이 과일 가게에 들러 묻기를 '비자[榧子]라는 과일이 있소?' 하니, '있소이다'라며 꺼내와 보여주었지. 그랬더니 물건을 사려고 했던 사람은 연신 입에 가득 과일을 밀어 넣는 것이었어. 그래서 장사꾼이 '사지는 않고, 왜 먹기만 하시오?' 하니, 그 사람은 '내 이것을 먹으면 뱃속의 폐가 깨끗해질까 해서요'라고 하자, 상인은 '당신의 폐는 깨끗해질지 모르나, 내 가슴은 썩는다오' 했지."

사람들이 모두 웃었다. 백작이,

"형님께서 가슴이 썩으시더라도 다시 음식 두 접시를 내오게 하시죠. 저는 말똥을 줍는 할망구처럼 전혀 창피한 줄 몰라요."

하니, 이 말을 들으며 사희대는 잔을 비웠다. 세 번째로 서문경이 던지면서 말하기를,

"금비녀를 기념으로 남긴다. 무게가 얼마냐? 다섯 돈? 여섯 돈? 일곱 돈?"

하면서 주사위를 집어드니 숫자가 5가 나왔다. 서동이,

"두 잔만 따라드릴까요?"

하니 사희대가 말한다.

"형님께서는 주량이 있는데 두 잔 가지고 되겠느냐? 그럴 수는 없지. 형님께는 넉 잔을 올리거라. 우리들이 한 잔씩 드리는 셈 치고 말이다."

다음은 한지배인이 노래를 부를 차례였다. 한도국은 분사가 나이가 많다고 먼저 하라고 양보를 했다. 그러자 분사가 말한다.

"저도 노래를 못하니, 우스갯소리를 하나 할게요."

이때 서문경은 술을 두 잔째 마시고 있었다. 분사가 말했다.

"한 관리가 간통사건을 심문했습니다. '너는 처음에 어떻게 그와 간통을 했느냐?' 하니, 사내는 '머리는 동쪽을 향하고, 발도 동쪽을 향하여 그 짓을 했습니다' 했다. 이에 관리는 '닥치거라, 그렇게 굽은 모양으로 어찌 그 짓거리(행방[行房])를 할 수 있단 말이냐?' 했더니 곁에 있던 한 사람이 나와서 무릎을 꿇으며 '아뢰옵건대 만약에 형방[刑房]에 빈자리가 생기면 소인을 써주시기 바랍니다' 했지요."

이에 응백작이,

"어이구 분사형, 자네가 아무리 그래도 남을 대신할 수는 없다네. 나리께서는 아직 젊은데, 다른 것은 몰라도 어찌 그 짓거리를 함에 있어 당신이 나리의 그 짓을 대신할 수 있겠는가?"

하니, 분사는 이 말을 듣고 당황해 금세 얼굴이 벌게져서 말했다.

"형님은 무슨 말씀을! 저는 아무 뜻 없이 한 말이에요."

백작은,

"무슨 말은? 칼이 없어지면 단지 칼집만 남는 거잖아."

하니, 이에 분사는 좌불안석으로 앉아 있을 수도 갈 수도 없이, 마치 바늘방석에 앉아 있는 것과 같았다. 서문경은 술 넉 잔을 다 마시고, 분사가 던질 차례가 됐다. 분사가 막 일어나 던지려고 할 때 내안이 들어와,

"분씨 아저씨, 밖에서 웬 사람이 찾아요. 물어보니 기와장수인 듯해요."

하니, 이 자리를 빠져나가지 못해 어쩌지 못하고 있었던 분사는 마침 이 소리를 듣고는 얼씨구 잘됐다 싶어 휭 하니 밖으로 나갔다. 서문경이 말했다.

"분사가 나갔으니, 한지배인이 던져야겠군."

한도국은 자리에서 일어나 주사위를 던지며,

"그럼 소인이 던지지요."

라고 말하면서,

"부인이 막대로 홍랑을 때리니, 몇 대를 때리나? 여덟 대인가? 아홉 대인가? 열 대인가?"

하니 백작이,

"내가 노래 부를 차례인데 나도 우스갯소리를 하나 하지요."

라며 서동에게 일렀다.

"모든 분들에게 술을 따라 올리거라. 나리께도 따라드리고. 제가 얘기를 할 테니 잘 들어보세요. 한 도사가 있었는데, 스승과 제자 두 사람이 사람들 집에 들러 부적을 돌렸답니다. 어느 집 문 앞에 이르러 보니 제자의 허리띠가 풀어져 흘러내린 거예요. 그래서 스승이 '네 꼬락서니를 보니, 마치 엉덩이가 없는 것 같구나' 하자 제자 놈이 대답하기를 '제가 만약 궁둥이가 없다면, 사부님께서는 하루도 못 넘

기실 걸요!' 했답니다."

이에 서문경은,

"이런 개 같은 자식을 봤나! 하기야 개 같은 입에서 무슨 향기로운
것이 나오겠어!"

라고 떠들어대며 술을 마셨다.


한편 대안은 앞채로 나가 화동을 불러 호롱불을 들게 하고는 오대
구의 집으로 이병아를 맞이하러 갔다. 이병아는 집에서 아기가 울고
있다는 얘기를 듣고 더 앉아 있지 못하고 선물을 전한 뒤에 바로 작
별을 고하고 집으로 돌아가려고 했다. 그러나 오대구 부인과 오이구
부인은 좀 더 있다가 가라고 한사코 만류하기에 신혼부부가 인사할
때까지 겨우 자리에 앉아 있었다. 이에 월랑이,

"큰올케는 잘 모르시겠지만, 여섯째를 그냥 돌려보내주세요. 집안
에 사람도 없고 또 아기도 이 사람을 찾다 못해 울고 있다 하잖아요.
우리들이야 더 앉아 있더라도 별 상관이 없어요."

하니 이 말을 듣고 오대구는 비로소 이병아가 떠나도록 내버려두었
다. 대안은 화동을 남겨두고 금동과 둘이 가마를 따라 먼저 집으로
돌아왔다. 축하연이 끝나고 손님들이 흩어져 집으로 돌아갈 때, 월랑
과 가마 네 채에 호롱불이 오로지 하나였는데 바야흐로 그믐이 가까
운 팔월 스무나흗날이라 밤이 유달리 어두운 때였다. 이에 월랑이 묻
기를,

"다른 등불은 다 어디에 있느냐? 어찌 하나밖에 없지?"

하니 기동이 답했다.

"소인이 원래 두 개를 가져왔는데 대안이 하나를 가지고 화동과

함께 먼저 여섯째 마님을 모시고 집으로 돌아갔어요."

월랑은 모르는 체하고 더 묻지 않았다. 그러나 반금련은 달리 뜻하는 바가 있어 바로 기동에게,

"처음에 몇 개를 가져왔니?"

하고 묻자, 기동은,

"소인과 금동이 두 개를 가지고 와서 마님들을 모셔가려고 했는데, 나중에 대안과 화동이 와서 한 개를 달라길래 화동을 남게 하고 금동과 함께 먼저 여섯째 마님을 모시고 가버렸어요."

라고 대답을 했다. 이에 금련이 말했다.

"대안 그 싸가지 없는 놈은 등불을 안 가지고 왔니?"

화동이,

"저와 대안은 하나만 가지고 왔어요."

하니 금련이,

"한 개 있으면 됐지, 어째서 너한테 더 달라고 해?"

하자, 화동이 답했다.

"저도 그렇게 말을 했는데 대안이 억지로 뺏어갔어요."

이에 금련은 바로 월랑을 부르며,

"형님, 자 보세요! 대안, 그 싸가지 없이 아첨이나 떠는 자식이 하는 짓거리를! 집에 돌아가 단단히 혼을 내줘야겠어요!"

하니 월랑이 만류했다.

"공연히 왜 그래, 집에서 애가 눈이 빠지게 기다리고 있으니 먼저 가지고 갈 수도 있지 뭘 그래?"

"형님, 그렇지가 않아요. 저희들은 아무런 상관이 없지만, 형님은 집안의 가장 큰 어른이신데, 이것은 집안에 법도가 없는 거예요. 날

이 밝으면 몰라도 이렇게 어두운데 가마 네 채에 단지 등불 하나를 밝히는 게 어디 있을 법이나 한 일이에요!"

이렇게 말을 하는 사이에 어느덧 가마는 문 앞에 도착했다. 월랑과 이교아는 곧바로 안채로 들어갔고, 금련과 맹옥루는 함께 가마에서 내려서는 문 안으로 들어서자마자 물었다.

"대안은 어디에 있느냐?"

평안이 대답한다.

"아마 안채에 있을 거예요."

때마침 대안이 밖으로 나오자 금련은 대안을 보자마자 소리쳤다.

"이 아첨이나 떨고 다니는 자식아! 내 똑똑히 기억해두마. 끗발 있는 사람만 졸졸 따라다니고 다른 사람은 발가락의 때만치도 여기지 않다니! 등불을 하나만 가져가면 되지, 말도 안 되게 또 하나를 빼앗아 가? 게다가 하인도 바꾸어 가다니! 여섯째는 가마 한 채에 등불두 개를 차지하고, 우리들은 가마 네 채에 단지 등불 하나만 달고 오다니 될 법이나 해? 우리는 나리의 부인이 아니란 말이냐?"

"마님께서 뭔가 잘못 알고 소인을 탓하고 계세요. 나리께서 관가애기씨가 우는 것을 보시고 소인을 시켜 빨리 등불을 가지고 가서 여섯째 마님을 먼저 모시고 오라고 하셨어요. 아기가 울다 잘못이라도될까봐 염려를 하셔서요. 나리께서 보내지 않았다면 제가 어찌 감히모시러 갈 수 있겠어요?"

"요놈의 자식이, 허튼소리 하지 마라! 그 양반이 너더러 데리러 가라고 시켰더라도 등불을 가지고 가라고 하지는 않았을 거야. 네놈의자식이 끗발 좋은 곳만 찾아다니고 있구나. 그러나 잊지 마라, 쥐구멍에도 볕들 날이 있다는 것을! 우리들이 노상 이렇게 운이 없을 줄

아는 모양이지!"

"마님께서는 무슨 말씀을 그리 하세요. 제가 추호라도 그런 마음을 가지고 있다면 말을 타다가 떨어져 갈비뼈가 부러질 거예요!"

"요 사기꾼 같은 놈이! 헛소리하지 마라. 내 눈을 씻고 네놈을 지켜보고 있을 테다!"

금련은 말을 마치고 옥루와 함께 안채로 들어갔다. 이에 대안은 여러 사람들을 향해 말했다.

"난 재수에 옴 붙은 팔자인가봐! 나리께서 공연히 나를 보내 모셔 오라고 하셔서, 다섯째 마님께 이렇게 욕을 바가지로 얻어먹다니!"

옥루와 금련은 중간 문쯤 오다가 내안이 오는 것을 보고,

"나리께서는 어디에 계시냐?"

하고 물었다. 내안이,

"나리께서는 응씨 아저씨, 사씨 아저씨, 한지배인과 함께 아직까지 사랑채 안에서 술을 들고 계세요. 서동이 여장을 하고 거기서 노래를 부르고 있어요. 마님께서도 한번 가서 보세요."

하니, 이에 금련은 옥루를 잡아끌었다.

"우리 가서 봐요."

두 사람은 사랑방의 격자창 밖에서 안을 들여다보았다. 응백작은 상석에 앉아 있는데 모자를 삐딱하게 쓰고서 고주망태가 되어 몸을 제대로 가누지 못했다. 사회대도 취해서는 눈도 제대로 뜨지 못하고 있었다. 단지 서동이 여장을 하고 곁에서 술을 따르며 남곡을 부르고 있었다. 서문경은 몰래 금동을 시켜 백작 얼굴에 분을 바르게 하고, 볏단으로 몰래 뒤에서 쿡쿡 찌르거나, 머리통을 툭툭 건드렸다. 금련과 옥루는 밖에서 참지 못하고 계속 웃으며,

"저 옹백작 악당은 빨리 죽어야 죄가 없어질 거야, 온갖 추태를 다 보이니."

라고 욕을 했다. 서문경은 밖에서 나는 웃음소리를 듣고 하인을 시켜 밖에 누가 왔는가 물어보았으나, 두 사람은 재빨리 안으로 들어갔다.

서문경 등은 초경(오후 일곱 시에서 아홉 시 사이)이 지나 겨우 자리에서 흩어졌다. 서문경은 그날 이병아 방으로 가서 잠을 잤다. 금련은 방으로 돌아와 춘매에게,

"이병아가 집으로 돌아와 무슨 말을 하던?"

하고 물었다. 춘매는,

"별로 없었어요."

하자 금련이 재차 물었다.

"그 양심도 없는 양반은 안채에 들어왔었니?"

"여섯째 마님이 집으로 돌아오자 나리께서 두어 차례 안채에 다녀가셨어요."

"정말로 애가 울어서 여섯째를 데려왔니?"

"애가 오후부터 어디가 안 좋은지 안아도 울고, 내려놓아도 울고 도저히 방법이 없었어요. 그래서 사랑방에 있는 나리께 말씀드렸더니 하인을 보내 모셔오게 한 거예요."

금련은,

"그렇다면 몰라도 그 염치도 모르는 양반이 무슨 다른 꿍꿍이속이 있어 불러온 줄 알았지."

하고는 다시,

"서동 그놈은 누구 옷을 입고 있는 게냐?"

하고 물으니, 춘매가 답했다.

"처음에 제게 와서 빌려달라고 하기에 대안 놈한테 욕을 한차례 해주고 밖으로 쫓았더니, 아마 안방에 있는 옥소한테 가서 빌린 모양이에요."

"옷이 있다고 해도 그런 징그러운 놈한테는 절대로 빌려주지 마."

금련은 말을 마쳐도 서문경이 안으로 들어오지 않자 화가 나서는 문을 잠그고 잠을 잤다.


한편 응백작은 분사가 공사 감독을 하며 별장을 짓고 있다는 얘기를 들었다. 또한 다음 날 돈을 가지고 가서 상오 황친의 집을 사면서 돈을 몇 푼 남겨먹으려니 생각했다. 술을 마시다가 주의를 하지 않아 분사가 이 사실을 말한 것이다. 백작은 이러한 분사의 실수를 알려주었다. 분사는 이 같은 사실을 말한 것을 두려워해 이튿날 은자 석 냥을 싸가지고 몸소 응백작의 집에 찾아와 머리를 숙이며 인사를 했다. 백작은 짐짓 놀란 체하며 말했다.

"내 자네를 위해 뭐 하나 제대로 해준 것이 없는데 어째서 이러는 건가?"

"소인이 그동안 너무나 많은 것을 모르고 있었습니다. 항상 나리께서 저희 나리 앞에서 잘 말씀드려주기를 바랄 뿐입니다. 그렇게만 해주신다면 그 은혜를 어찌 잊을 수가 있겠습니까."

백작은 이에 은자를 거두고 차를 한 잔 대접한 다음 분사를 배웅해주었다. 분사가 떠난 뒤 백작은 은자를 꺼내들고 방으로 들어가 부인에게 주면서 말했다.

"남자가 악독하지 못하면 부인은 제대로 입을 치마도 없다고 하지 않소. 분사 그 개자식은 내가 추천해 장사도 하고, 또 그럭저럭 먹고 살게 되니까 나를 쓸모없다고 우습게 여겨. 서문영감이 그놈을 시켜 별장 짓는 공사를 감독하게 하고, 또 내일 돈을 가지고 가서 상오의 집을 사는 건수를 맡겨놓고 있으니 꽤 돈이 생길 게야. 내 어제 술자리에서 그놈 잘못을 몇 가지 슬쩍 들추어 말을 했지. 그랬더니 그놈이 당황하길래 내 오늘 그놈이 오리라 짐작했는데, 과연 은자 석 냥을 가지고 잘 봐달라고 왔구만. 이것으로 옷감을 사서 애들이 겨울에 입을 옷이라도 짓구려."

화를 내지 않으면 군자라 할 수 없고
독하지 않으면 장부라 할 수 없다.
恨小非君子 無毒不丈夫

한가로움과 근심은 번뇌를 만들고
처음의 영리함은 우둔함만 못한 법.
秪恨閑愁成懊惱 始知伶俐不如痴

# 공명출세야말로 남아대장부의 일

적렴이 편지를 보내 여인을 구해달라 하고,
서문경은 채장원과 친교를 맺다

부천[富川]*에서 바라보니 검강[劍江] 서쪽 멀리 보이고
한 조각 외로운 구름이 석양에 비치네.
눈물이 나면 나무를 부여잡고 울려무나
기러기에게 부탁할 편지도 없어라.
안부를 묻자니 이미 삼천리나 먼 곳에
타지를 떠돌며 헛되이 하루를 보내네.
넓은 바다 높은 하늘에 온통 생각뿐
누가 나에게 돌아갈 날을 말해주랴.
富川遙望劍江西 一片孤雲對夕渾
有淚應投煙樹斷 無書堪寄雁鱗稀
問安已負三千里 流落空懷十二時
海闊天高都是念 憑誰爲我說歸期

　얘기는 바뀌어, 서문경은 아침 일찍 하제형과 함께 교외로 나가
새로 오는 순안[巡安](각 지방의 민정을 살피는 감찰어사)을 맞이하고,

* 광서성 창오군

새로 별장을 짓는 곳에 가서 일꾼들의 노고를 독려하고 저녁 늦게야 돌아왔다. 평안이 안으로 들어와,

"오늘 동창부의 연락병이 동경에 갔다 오는 길에 편지를 한 통 가져왔어요. 태사 댁 적집사가 나리께 보내는 것이랍니다. 제가 받아서 큰마님께 가져다드렸어요. 심부름꾼은 내일 오후에 답장을 받으러 오겠다고 했고요."

라고 아뢰니, 서문경이 바로 안방으로 들어가 편지를 뜯어보았다.

경도에 있는 적겸이 서문대인께 고개를 조아려 편지를 올립니다. 오랫동안 존함을 들었사오나 아직까지 존안을 뵙지 못하고 있습니다. 그런데도 누차 두터운 정을 입으니 감격해 어찌할 바를 모르겠습니다! 전번에 말씀하신 바는 소인이 가슴속에 새겨 태사 나리께 힘을 다해 노력했습니다. 일을 처리함에 혹시 미흡한 점이라도 있지 않았나 심히 걱정이 됩니다. 또한 지난번 사사로운 일을 부탁해 여러 모로 폐를 끼쳤습니다. 마땅히 조처를 해놓으셨을 줄 알고 마침 인편에 은자 열 냥을 보내오니 비용에 보태 쓰시기 바랍니다. 원하옵건대 좋은 소식을 알려주시면 소생은 감격해 어찌할 바 모를 것이옵니다. 아울러 새로 장원급제한 채일천[蔡一泉]은 태사 나리의 양자입니다. 이번에 칙명을 받고 고향을 방문하는 길에 잠시 서문 나리가 계신 현을 지날 터이니 잘 접대해주시기 바랍니다. 그리하면 채장원께서도 결코 잊지 않을 것입니다.
무한한 축복을 기원하며 붓을 놓습니다.

서문경은 다 읽고, 아차 하고 탄식하면서 말했다.

"빨리 하인을 시켜 매파를 불러오게 하구려. 어찌 그런 중요한 걸 잊고 있었지."

오월랑이 바로 묻는다.

"무슨 일이에요? 말씀해보세요."

"동경 태사 댁에 있는 적집사가 일전에 편지를 써서 나더러 적당한 여자를 하나 찾아봐달라고 부탁했었다오. 가난하든 부자든 상관없고 돈이 얼마가 들어도 좋으니 좋은 여자만 구해주면 된다고 했지. 그저 자식만 잘 낳아주면 된다는 거야. 혼수비용으로 얼마가 들어도 좋으니 알려주기만 하면 다 보내주겠다고 했지. 일전에 적집사가 태사님 앞에서 잘 얘기해주었기에 내가 벼슬을 할 수 있었거든. 그런데 정신없이 잡다하게 일을 하다 보니 그 일을 깜빡 잊었구려. 그 일을 가지고 왔던 내보 놈은 노상 가게에 나가느라 전혀 귀띔해주지 않았지. 그런데 오늘 적집사가 멀리서 또다시 사람을 보내 부탁한 일이 어떻게 됐냐고 물어왔어. 게다가 은자 열 냥까지 보내면서 말이야. 내일 심부름꾼이 답장을 받으러 오겠다는 게야. 그러니 어떻게 답장을 써보내야 좋겠어? 만약 사실대로 전하면 화를 엄청 낼 거야! 그러니 중매쟁이를 불러 빨리 하나 찾아보게 부탁해봐. 집안은 볼 필요도 없고 단지 얼굴만 보기 좋고 나이는 열여섯이나 일곱 정도면 돼. 돈은 얼마가 들건 내가 다 낼 테니까. 정 안 되면 여섯째 방에 있는 수춘이 그런 대로 얼굴이 반반하니 그 애라도 보내야 할 것 같아."

"제가 당신 성격이 불같다고 하잖아요! 요 두세 달 동안 미리 말도 하지 않고 도대체 뭐하셨어요? 적집사가 우리에게 부탁을 했으니 좋은 애를 구해 보내주면 당신께 얼마나 고마워하겠어요. 수춘이는 이미 당신이 건드려놨는데 어찌 보낼 수가 있겠어요? 당신이 적집사를 위해 성심성의껏 힘을 써보세요. 그러면 나중에 적집사도 당신을 위해 보답해줄 거예요. 미리 준비해놓지 않고 이제 와서 그렇게 허둥댄다고 뭐가 되겠어요? 무슨 물건을 사는 것과는 비교할 수 없어요. 보통 물건이라면 돈만 가지고 시장에 가서 바로 살 수 있지만 말이에요. 양가집 규수는 그런 것하고는 다르니 역시 중매쟁이를 시켜 천천히 알아보게 해야 해요. 그러니 당신이 적당히 잘 둘러대세요!"

"내일 와서 회신을 가져가려고 하는데 어찌한단 말이오?"

"당신이 적당히 알아서 처리하시구려! 그 사람은 단지 심부름꾼 아니에요? 내일 심부름꾼이 오면 여비를 몇 푼 주어서 답장을 가지고 가게 하세요. 여자를 구하기는 구했는데 아직 옷가지며 살림살이 등 준비가 덜 되어 그러니 준비를 다 마치는 대로 사람을 시켜 보내겠노라고 하세요. 일단 그렇게 심부름꾼을 보낸 후에 시간을 벌고서 사람을 시켜 찾아도 늦지는 않을 거예요. 이렇게 되면 일거양득으로 좋은 일도 하고 남의 부탁을 들어주는 것도 되잖아요."

이 말을 듣고 서문경은 웃으며,

"맞는 말이야."

라면서 진경제를 들어오게 해 답장을 쓰게 했다. 다음 날 심부름꾼이 오자 서문경은 몸소 나가 여러 가지 일들을 자세히 물어보았다. 그러면서 다시 묻기를,

"채장원이 탄 배가 언제쯤 도착하는가? 그래야 맞을 준비를 잘 할 텐데."

하니 심부름꾼이 답했다.

"소인이 떠날 때 채나리께서 막 황제께 출장을 간다고 인사를 올리고 서울을 떠나셨어요. 적집사께서 말씀하시기를 채나리께서 고

향으로 돌아가실 적에 혹시라도 여비가 부족할지 모르니 번거로우
시더라도 나리께서 얼마간 좀 꾸어주시라고 하셨어요. 그런 후에 적
집사께 편지로 알려주시면 그 액수만큼 갚아드리겠답니다."

서문경은,

"자네는 돌아가서 적집사님께 채장원이 얼마를 필요로 하건 내가
다 알아서 처리해드리겠다고 말씀드리게나."

말을 마치고는 진경제에게 바깥 사랑채로 데리고 가서 술과 음식
을 잘 대접해주라고 일렀다. 떠나갈 즈음에 답장을 건네주고 노잣돈
으로 닷 냥을 주었다. 심부름꾼은 감사하다고 수차례 인사하고는 기
뻐하며 대문을 나서 먼 여행길을 떠났다.

마음이 급하면 말이 쉬는 역도 흔들리고, 마음이 조급하면 검붉은
채찍도 부서지는 법이니.

여러분 내 말 좀 들어보소. 당초 안침[安忱]이 장원으로 과거에 합
격했는데 선대의 재상 안순[安惇]의 동생으로 반대당 자손인 고로
장원으로 할 수 없다고 신하들이 간했다네. 휘종 황제는 어쩌지 못하
고 채온[蔡蘊]을 일등으로 뽑아 장원으로 삼았으니. 그런 후에 채경
의 문하에 넣어 양자로 삼게 하고, 비서성에 관직을 주고는 휴가를
주어 고향에 다녀오게 한 것이다.

한편 월랑은 하인을 시켜 풍노파와 설씨 등 중매쟁이들을 불러,

"여기저기 잘 알아봐서 참한 아가씨가 있으면 알려주게."

하고 분부했다. 잠시 이 얘기는 접어두자.


어느 날 서문경은 내보를 신하구[新河口]에 보내 채장원이 탄 배
를 알아보게 했는데, 같이 진사에 급제한 안심도 같은 배에 타고 있

었다. 이 안진사 역시 집이 가난해 아직까지 후처도 제대로 얻지 못하고 무엇 하나 제대로 되는 게 없었다. 이번에 특별 휴가를 얻어 후처를 하나 얻으려고 고향으로 잠시 돌아가는 길에, 둘은 우연히 같은 배를 타게 된 것이다. 배가 신하구에 도착하자 내보는 서문경의 명함을 가지고 배 위로 올라가 인사를 하고 바로 술, 국수, 닭, 거위, 마른 안주, 소금, 장류 등을 전해주었다. 채장원이 동경에 있을 때 적겸이 말하기를,

"청하현에 채태사 나리의 문하생으로 서문천호라는 사람이 있는데 아주 큰 부자이면서 예의를 아는 사람입니다. 나리께서 잘 돌봐주셔서 이형관을 하고 있습니다. 거기에 가시면 잘 대해줄 것입니다."

했기에 채장원은 적집사의 이 말을 잘 기억해두었던 터였다. 서문경이 사람을 보내 이렇게 환대하고 또한 푸짐하게 음식을 보내 융숭하게 대접하는 것을 보고 마음속으로 매우 기뻐했다. 다음 날 채장원은 안진사와 함께 성안으로 들어와 서문경에게 인사를 했다. 서문경은 요리사에게 술좌석을 잘 준비하라고 일렀다. 또 이지현과 함께 관아에서 술을 마실 때 들어본 노래를 잘하는, 소주에서 온 배우들을 생각해내고는 서동을 불러 배우들에 대해 물어보았다. 이에 서동은,

"남문 밖 마자영[磨子營]에 살고 있어요."

하고 대답했다. 이에 서문경은 즉시 네 명을 불러오게 했다. 채장원은 그날 명주 한 필과 책 한 권과 비단신 한 벌, 안진사도 역시 증정본 책 두 권, 차 두 주머니, 항주산 부채 네 개를 가지고 예복을 입고 검은 사모관대를 쓰고 먼저 명함을 안으로 들여보낸 후에 안으로 들어왔다. 서문경도 의관을 갖추어 입고 응접실에서 두 선비를 맞이해 인사를 나누었다. 집안의 하인이 두 선비가 가져온 예물을 가지고 들

어와 다시 한 번 인사를 한 후에 각기 자리에 앉았다. 먼저 채장원이 손을 마주 잡고 허리를 굽혀 말하기를,

"서울에 있을 적에 적운봉 적집사가 현공의 존성대명을 얘기하면서 대대로 이곳 청하현의 명문가라고 했습니다. 일찍부터 이름만 듣다가 오늘에서야 뵙게 되니 참으로 영광입니다."

하니, 이에 서문경은,

"과찬의 말씀을. 어제 운봉 나리께서 편지를 보내 두 분께서 배편으로 들르실 거라고 알려주었습니다. 제가 나가 영접을 해야 마땅한 일이었으나 공사가 바빠 그러지 못했으니 널리 헤아려 용서해주시기 바랍니다."

그러면서 다시 물었다.

"두 분께서 고향은? 또 존함은 어찌되시는지?"

채장원은,

"저는 채온이라 하고, 본관은 저주[滁州](안휘성) 광로[匡盧](노산) 사람으로 미천한 호는 일천[一泉]이라 합니다. 요행히 장원이 되어 비서성의 정자로 있습니다. 황공하게도 황제께서 잠시 집에 가볼 수 있게 윤허해주셨습니다. 뜻하지 않게 운봉선생이 말씀을 많이 하시기에 가는 길에 이렇게 찾아뵙고 폐를 끼치게 됐습니다."

안진사도,

"소생은 절강성 전당현 사람으로 호는 봉산[鳳山]이라 합니다. 공부[工部]의 관정[觀政]으로 있으며 저 역시 휴가를 얻어 고향에서 부인을 맞이하려고 합니다. 그런데 현공의 존함은 어떻게 되시는지?"

묻자 서문경은 답했다.

"저는 미천한 무관으로 있는데 어찌 호 따위가 있겠습니까?"

이렇게 수차례나 사양했지만 자꾸 묻자,

"호는 사천[四泉]입니다. 다행히도 채태사님의 은혜스러운 천거와 운봉의 도움을 얻어 금의천호직[錦衣千戶職]에 있습니다. 이형[理刑]으로 임명됐으나 감히 뭐라 할 게 못 됩니다."

하니 채장원이 말한다.

"현공께서는 포부도 범상치 않고, 또한 사람들에게 명망도 자자하신데 무슨 겸손의 말씀을 그리 하십니까?"

이렇게 서로 인사를 나눈 후에 사랑채로 나가 좀 쉴 것을 권했으나 채장원은 사양하며 말했다.

"소생은 고향에 돌아갈 발길도 급하고 배도 해안에 있으니 돌아갈까 합니다. 그렇지만 이렇게 존안을 뵙고 보니 그냥 떠나기도 무엇하고 실로 난감합니다. 어찌할꼬, 어찌할꼬!"

"두 분께서 제 누추한 집을 꺼리지 않으신다면, 잠시 쉬시면서 한 끼 식사라도 하며 서로 정을 나누면 좋을 성싶습니다."

이에 채장원은,

"그렇게 말씀하시니 소생은 말씀을 따르겠습니다."

이렇게 말하면서 둘은 옷을 벗고 자리에 앉았다. 좌우의 소동이 차를 바꾸어 내왔다. 채장원은 서문경의 화원이 크고 넓으며 수목이 우거지고 기화요초가 만발한 것을 바라보며 입에 침이 마르도록 극구 칭찬했다.

"여기는 전설에 신선들이 살고 있다는 봉래도[蓬萊島]나 동해에 있다는 영주[瀛州]보다 훨씬 좋군요!"

그러고는 바둑판을 가져오게 해 바둑을 두기 시작했다. 서문경은,

"오늘 배우 두세 명을 대령해놓았는데 한번 감상해보시는 것이 어

떨지요?”

하니 안진사는,

"어디에 있지요? 어찌 부르지 않으십니까?”

해서 잠시 후 배우 넷이 나와 인사를 올렸다. 채장원이 묻는다.

"어느 사람이 남자 역이고 어느 사람이 여자 역이냐? 이름은 무엇
인고?”

이에 한 명이 앞으로 나오면서,

"소생이 남자 역을 하는 구자효이옵고, 저쪽이 여자 역을 하는 주
순입니다. 그리고 저 사람은 조역인 원염이고, 저자는 꼬마 역을 하
는 호조입니다.”

하니 안진사가 다시 물었다.

"너희들은 어디 출신들이냐?”

구자효가,

"저희들은 모두 소주 사람들입니다.”

하자 안진사가 말했다.

"그럼 먼저 분장을 하고 와서 노래를 해보거라.”

이에 배우들은 분장을 하러 내려갔다. 서문경은 안채에 일러 옷과
분장에 필요한 비녀나 빗을 갖다 주게 했다. 서동도 같이 분장을 하
게 했다. 결국 여자 역이 셋, 남자 역이 둘인 셈으로 먼저 「향주머니
이야기[香囊記]」를 부르게 했다. 큰 대청의 정면에 좌석을 두 개 마
련하여 채장원과 안진사가 상석에 앉고 서문경은 그 아래 자리에 앉
아 상대했다. 술을 마시는 동안 노래 한 곡조가 끝났다. 안진사는 서
동이 젊은 여자로 분장한 것을 보고서 물어보았다.

"이 아이는 어디에서 데려왔습니까?”

"소생이 데리고 있는 서동이라는 하인입니다."

안진사는 서동을 위로 불러 상으로 술을 따라주면서,

"아주 절묘해서 나무랄 데가 없구나!"

했다. 채장원도 다른 배우들을 불러 술을 따라 마시게 했다. 그러면서 다시,

"자, 이번에는 「조원가[朝元歌]」 중의 「꽃가와 버드나무 언저리[花邊柳邊]」를 불러보거라."

라고 분부했다. 이에 구자효가 대답을 하고 곁에서 손뼉을 치며 노래를 부르기 시작했다.


꽃가와 버드나무 언저리, 처마 끝에 말려져 있는 발
산기슭과 물가, 말 위를 스치는 부드러운 동풍
스스로 행적을 탄식하노니 정처 없이 떠도네
집에 갈 날이 기다려지고 고향이 그립구나.
기러기는 날아가고 고기는 물속에 잠겨버리니
가슴에 가득한 그리운 심정을 누가 전해줄거나?
날은 짧고 부모님은 멀리 떨어져 있어
헛되이 꿈속에서나 만나누나.
(합창) 낙양 길은 멀고먼데
언제나 벼슬길에 오르려나!
花邊柳邊 簾外晴絲捲 山前水前 馬上東風軟
自嘆行蹤 有如蓬轉 盼望家鄉留戀
雁杳魚沉 離愁滿懷誰與傳
日短北堂萱 空勞魂夢牽

洛陽遙遠 幾時得上九重金殿

노래를 한 곡조 부르고 난 뒤 술을 한 잔 마시고 다시 이 절을 부르기 시작했다.

십여 년간 등잔불을 켜서 책을 보고
반딧불로 책을 비추어 보고
흰 눈빛에 책을 비추어 보며 공부를 했네.
가문의 영광과 일신의 이름 떨치기를 바라네
과거장에서 수백 명이 예악으로 우열을 다투니
빨리 조생[祖生]*의 채찍을 잡아
천자를 가까이서 볼 수 있기를.
(합창) 낙양 길은 멀고먼데
언제나 벼슬길에 오르려나!
十載靑燈黃卷 螢窗苦勉旃 雪案費精硏
指望榮親 姓揚名顯 試向文場鏖戰
禮樂三千 英雄五百爭後先
快着祖生鞭 行瞻尺五天

안진사는 구자효에게,
"너는 『옥환기[玉環記]』 중에서 「은덕은 끝이 없어라[恩德浩無邊]」를 알고 있겠지?"

---

* 서진[西晉] 때 유곤[劉琨]이 자신의 친구인 조적[祖逖]이 등용됐다는 소식을 듣고 '항상 조생이 나보다 먼저 채찍을 잡을까 두려웠다[常恐祖生先吾着鞭]'고 한 고사에서 유래

하고 물으니 구자효는 답했다.

"「눈썹을 그리네[畫眉序]」라는 것으로, 소인은 알고 있습니다."


은덕은 끝이 없어라

부모님 다시 뵈오니 그 감격 깊어라.

다행히 한평생 몸을 의탁하고 또 혼인을 하는 인연

바람 불고 구름 낀 날에 만나 다른 날에 높이 나네.

난새와 봉황이 짝을 이루니

그 깊은 정을 떼어놓기 힘들구나.

(합창) 생각건대 부부는 금세에 이루어진 것이 아니라

전생에 이미 인연이 있었던 것이라네.

恩德浩無邊 父母重逢感非淺

幸終身托與 又與姻緣

風雲際會異日飛騰 鸞鳳配今諧繾綣

料應夫婦非今世 前生玉種藍田


서동이 술을 따르고 손뼉을 치면서 노래했다.


약하지만, 이젠 다 자란 여자의 몸

부모님의 은혜는 깊고 넓기가 하늘과 같아라.

갚을 길이 없으니, 부끄러운 마음이 항상 마음에 걸려 있네

원만한 결혼 생활로 부모님 은혜에 보답하고파라

결혼을 해서는 남편의 부귀영달을 기원하네.

(합창) 생각건대 부부는 금세에 이루어진 것이 아니라

전생에 이미 인연이 있었던 것이라네.

弱質始笄年 父母恩深浩如天

報無由愧赧 此心縈牽

鴛鴦配深沐親恩 箕帚婦願夫榮顯

안진사는 항주 사람으로 동성애자였다. 그래서 서동이 노래를 잘하는 걸 보고서는 서동의 손을 잡아끌고 주거니 받거니 술을 마셨다. 잠시 뒤에 술자리가 끝났다. 서문경은 두 선비를 데리고 화원을 산책한 뒤 사랑채로 나가 바둑을 두었다. 그러면서 하인에게 명해 찬합을 두 개 내오게 했는데 그 안에는 맛있고도 신선한 술안주가 서른 가지 정도 들어 있었다. 채장원이 말하기를,

"소생들은 처음 뵙는데 너무 많은 폐를 끼친 것 같습니다. 날도 벌써 저물었으니 이만 물러갈까 합니다."

하니, 이에 서문경은,

"무슨 말씀을 그리 하십니까?"

그러면서 다시,

"그럼 두 분께서는 다시 배로 돌아가시겠다는 말씀입니까?"

하고 물었다. 채장원은,

"잠시 성 밖에 있는 영복사에서 머물까 합니다."

했다. 서문경이 말했다.

"지금은 성 밖으로 나가기에도 너무 늦었습니다. 그러니 시중들하인 한두 명만 남게 하고 나머지는 돌아갔다가 내일 두 분을 모시러 오게 하는 것이 어떨지요. 그러면 좀 더 즐기며 계실 수 있을 텐데요."

채장원은,

"현공의 호의는 잘 알겠지만 어찌 그런 폐를 끼칠 수 있겠습니까?"

하면서 한편으로는 하인들에게 분부했다.

"너희들은 모두 성 밖 절에 가서 쉬고 있거라. 그리고 내일 아침 일찍 말을 가지고 오너라."

하인들은 알겠노라고 대답하고 모두 물러갔다. 두 사람은 사랑채에서 바둑을 두어 판 두고 배우들은 노래를 몇 곡 더 불렀다. 날이 너무 늦어지면 안 되겠기에 서문경은 배우들에게 수고비를 주고는 돌아가게 했다. 단지 서동만 남아서 술시중을 들었다. 술을 마시고 놀다가 등불을 켤 무렵에 서문경과 채장원은 화장실에 갔다. 그때 채장원이 서문경을 살며시 잡아끌며 말했다.

"실은 이번에 고향에 돌아가 부모님을 뵈려 하는데 여비가 좀 부족합니다…."

"말씀하지 않으셔도 운봉이 이미 말해두어서 다 잘 준비해놓았습니다."

그러고 나서 서문경은 둘을 다시 화원에 데리고 나와,

"작은 정자가 있는데 한번 보시지요."

하고는 둘을 인도해 담장 몇 개를 돌아 장춘오에 이르렀다. 이곳은 한적한 곳으로 설동 안에는 사방을 밝히는 등불이 켜져 있었고 작은 탁자 위에는 맛있는 과일과 술안주 등이 준비되어 있었다. 침상도 그대로였고 거문고와 책들도 다 깨끗했다. 세 사람은 새롭게 마시기 시작했다. 서동이 곁에서 노래를 불렀다. 채장원이 묻는다.

"「붉게 선도가 되네[紅入仙桃]」로 시작하는 노래를 할 줄 아느냐?"

하자 서동은,

"「금당의 달빛[錦堂月]」이라는 것으로 알고 있습니다."

하니 채장원이,

"알고 있다면 한번 불러보려무나."

하며 술을 따라주었다. 이에 서동은 목청을 가다듬고 손뼉을 치면서
노래를 부르기 시작했다.

붉은 것은 복숭아나무, 푸른 것은 버드나무

꾀꼬리 우는 숲에 봄은 아직 이르구나.

발에는 동풍이 맴돌고

비단 소맷자락에는 새벽 한기가 남아 있네

선녀를 좋아해 푸른 난새에 편지를 부치네.

자상한 어머니를 그리는 것이나

은혜를 갚으려 하는 것은 새와 같구나.

(합창) 경치가 좋으니

오래오래 살며

봉래섬에서 재미있게 살고파라.

紅大仙桃 靑歸御柳 鶯啼上林春早

簾捲東風 羅襟曉寒猶峭

喜仙姑書付靑鸞 念慈母恩同烏鳥

風光好 但願人景長春 醉游蓬島

안진사가 듣고는 좋아서 어찌할 줄 모른다. 서문경을 향해,

"정말로 대단합니다!"

라고 칭찬하면서 잔을 들어 단숨에 들이마셨다. 그 자리에 서동은 푸른 저고리에 붉은 치마를 입고 금빛 무늬가 있는 머리띠를 두르고 있었다. 서동은 물소뿔 잔에 술을 높이 따라서는 잔을 돌리고 또 노래를 불렀다.

갚기 어려운 건 부모의 은혜, 보답하려 하나 끝이 없구나
단지 오래오래 사시기만을 바랄 뿐.
아침저녁 문안을 드릴 수 있고 형제가 많기를
봄바람을 즐기며 형제간에 우의가 있기를
밤의 풍경을 즐기며 송백처럼 지조가 있고파라.
(합창) 경치가 좋으니
오래오래 살며
봉래섬에서 재미있게 살고파라.
難報母氏劬勞 親恩罔極 只願壽比松喬
定省晨昏 連枝上有兄嫂
喜春風棠棣聯芳 娛晚景松柏同操

이렇게 놀고 마시다가 밤이 깊어서야 비로소 쉬게 되었다. 서문경은 장춘오와 비취헌 양쪽에 잠자리를 준비하고 비단 이불과 요를 깔아 준비하고는 서동과 대안을 보내 시중을 들게 했다. 서문경은 편히 쉬라고 인사를 하고 안채로 돌아왔다.

다음 날 채장원과 안진사의 시종들이 가마와 말을 가지고 모시러 왔다. 서문경은 대청에 음식을 준비해 두 선비를 대접했다. 그런 뒤 하인에게 예물을 담은 함을 내오라고 했는데, 채장원에게는 비단 한

필과 명주 두 필, 향료 오백 근과 은자 백 냥을 주었고, 안진사에게는 비단 한 필과 명주 한 필과 향료 삼백 근과 은자 서른 냥을 주었다. 채장원은 수차례나 사양하면서,

"은자 열댓 냥만 있으면 충분한데, 왜 이리 과분하게 주십니까! 너무 폐를 끼치는 듯합니다!"

했고, 안진사도,

"채장원께서는 받으시더라도, 저는 받을 수가 없습니다."

하자 서문경은 웃으며 말했다.

"이 변변치 않은 것은 단지 제 작은 성의일 뿐입니다. 대인께서 고향에 돌아가시면 부인도 맞이하실 텐데, 작은 뜻으로 찻값에라도 보태 쓰셨으면 합니다."

이에 두 사람은 어쩌지 못하고 자리에서 나와,

"이 은정, 이 은덕을 영원히 잊지 않겠습니다."

라며 감사의 말을 했다. 그러고는 하인들에게 명해 물건을 받아 짐 안에 잘 싸서 넣게 분부했다. 서문경과 이별하면서 채장원이,

"소생이 이제 떠나면 당분간 뵙지 못하게 될 것입니다. 머지않아 서울로 돌아가 다행히 벼슬길에 나가게 되면 오늘 은혜를 반드시 갚겠습니다."

하자 안진사도 답했다.

"오늘 이렇게 헤어지면 언제 또다시 현공을 만나뵈올 수 있을는지요!"

서문경은,

"소생의 이런 누추한 집에 두 분께서 머물고 떠나시니 어찌 크나큰 영광이라 아니하겠습니까! 미흡한 점이 있더라도 널리 양해해주

시기 바랍니다. 마땅히 멀리까지 전송해드려야 하나 관직에 묶여 있
는 몸이라 여기서 작별 인사를 드려야겠습니다."
하며 문 앞까지 전송하니, 두 사람은 말을 타고 바로 출발했다.

　진정 금의환향, 공명출세야말로 남아대장부가 할 일이려니.

# 제37화 중매쟁이는 지옥의 작은 귀신

## 풍노파가 한씨 딸을 시집보내게 하고, 서문경은 왕륙아를 제 것으로 삼다

남쪽의 배는 가벼운데 더욱 느리기만 하고
이별의 술잔을 거듭 나누니 애석함이 더하네.
푸른 바다는 슬피 출렁이고
어지러이 펼쳐진 산들은 한없이 높고 또 낮구나.
그대가 타고 있는 배의 정은 어찌나 깊은지
난간을 쥐고 지는 저녁노을을 바라보네.
파도 넘어 가까운 저곳에 땅이 있으니
그리 처량한 마음을 갖지 마소서.

吳船輕舸更遲遲 別酒重斟惜醉擴
滄海侵愁光蕩漾 亂山那恨色高低
君馳蕙揖情何極 我恣蘭干日向西
腿尺煙波幾多地 不須懷抱重萋萋

이렇게 서문경은 채장원과 안진사를 접대해 보냈다.
어느 날 말을 타고 얼굴을 가리고 호위병들이 소리를 질러 길을
트게 하고는 거리를 지나다가 우연히 풍노파를 보았다. 서문경은 바

로 하인을 시켜 노파를 불러 물었다.

"나리께서 규수를 하나 구해달라고 부탁을 하셨는데 어찌됐는지 알아보라고 하십니다. 왜 소식이 없냐구요."

이에 풍노파가 두세 걸음 앞으로 다가와 대답했다.

"최근에 몇몇 아가씨를 보았는데 모두 푸줏간집 딸이거나 장사치의 딸인지라 아직 말씀을 드리지 못했습니다. 하늘의 도움으로 눈앞에 좋은 규수가 있었는데 미처 생각하지 못하고 있었습니다. 인물도 괜찮고 말띠니 이제 열다섯이 됐지요. 마침 어제 그 집 앞을 지나가는데 아가씨의 어미가 차 한 잔 마시고 가라 하지 않았으면 볼 수 없었지요. 머리를 틀어올린 지 며칠 되지 않았고, 머리에는 구름 같은 쪽머리를 얹었어요. 몸매는 붓대롱처럼 아주 늘씬하고, 발은 아주 작고, 갸름한 얼굴에 작고 귀여운 입이며 아주 영리하게 생겼어요! 오월 단오생으로 이름은 애저[愛姐]라 한답니다. 우리가 봐서 귀여운 것은 말할 것도 없고, 영감마님께서 보시더라도 얼마나 귀여워하실지 모르겠어요!"

서문경은,

"이런 할망구 봤나! 내가 왜 그 아가씨를 탐내? 집안에 젊은 여자들이 잔뜩 있는데! 내 솔직히 말해주지. 동경 채태사 댁 집사로 있는 적영감이 둘째 마누라로 삼아 애를 낳으려고 해서 적집사를 대신해 사람을 찾고 있는 게야. 이번 일만 잘되면 섭섭지 않게 잘해줄 테니 그리 알게."

그러면서 다시 물었다.

"그런데 뉘 집 애야? 사주단자를 한번 가져와봐."

"누구 딸이긴요? 말씀드리면 바로 아실 텐데요. 멀리 떨어진 게 아니라 벽돌 하나 떨어진 아주 가까운 곳에 있어요. 다른 사람이 아니라 바로 나리 댁에서 실가게를 하는 한지배인의 딸이에요. 나리께서 원하신다면 한씨에게 말해 사주단자[四柱單子]를 가져오고 적당한 날을 잡아 데려가서 보여드리면 되겠네요."

"기왕에 그렇다면 한씨에게 말을 해봐. 만약 괜찮다고 하면 사주단자를 가지고 우리 집으로 오게 해."

이에 풍노파는 대답을 하고 갔다. 이틀 뒤 서문경이 응접실에 앉아 있을 때 풍노파가 들어와 증명서를 보여주었다. 위에는 '한씨의 딸: 십오 세, 오월 닷새 자시생'이라고 쓰여 있었다.

풍노파가 말문을 연다.

"나리의 말씀을 한씨에게 전했습니다. 한씨는 나리께서 자기 딸을 어여삐 여겨주신다면 딸자식에게 크나큰 복이라고 기뻐했어요. 단지 한씨 집이 가난해 제대로 준비할 수 없다고…."

"한지배인에게 말을 해주게. 그쪽에서는 아무것도 준비 안 해도 된다고. 모든 옷이며 장식옷장 등 필요한 일체를 다 내가 알아서 준비해준다고 말일세. 그뿐만 아니라 사례금으로 은자 스무 냥을 준다고 하게나. 한씨 집에서는 단지 신부가 신을 신발이나 하나 마련하면 된다고 하게나. 준비가 다 되면 한씨가 동경까지 데려다주게 할 거야. 이건 하녀로 보내는 것과 근본적으로 다른 거야. 적집사는 한씨의 딸을 부인으로 삼으려고 하고 있는데, 한씨의 딸이 아들이나 딸을 낳기만 한다면 앞으로 부귀영화는 걱정할 필요가 없어."

"한씨 쪽에서 언제 나리께 인사를 드리러 올지 여쭤봐달라고 했어요. 준비를 해야 한다면서요."

"기왕에 한씨가 응낙을 했으니 내일 건너가서 보지. 적집사 쪽에서도 몇 번씩이나 편지를 보내 몹시 서두르고 있어. 한씨에게 아무것도 준비하지 말라고 이르게, 내 단지 차나 한 잔 마시고 바로 일어날 테니까."

"영감마님, 무슨 말씀을 그리 하십니까! 그쪽 집안이 별로 볼 것은 없지만 그래도 잠시 앉았다 가셔야지요. 한씨 집은 다 나리 덕에 먹고사는 건데요."

"그런 게 아니래도. 나도 일이 있는 걸 모르겠나?"

"정히 그러시겠다면 그렇게 전하지요."

풍노파는 바로 한도국의 집으로 건너가 한씨 아내인 왕륙아에게 자세히 얘기해주었다.

"주인 나리께서 당신네 딸 증명서를 보고는 여간 기뻐하는 게 아니에요. 당신네 집에는 터럭 하나도 폐를 끼치지 않게 하겠답니다. 혼숫감이나 동경으로 보내는 것도 모두 그 댁에서 책임지고 알아서 하겠다고 했어요. 게다가 당신들한테 은자 스무 냥에 예물도 주며 이쪽에서는 단지 신발이나 하나 장만해주면 된다 했어요. 나중에 한지배인에게 동경까지 바래다주게 한대요. 만약에 일 년이나 반년이 지난 후에 좋은 소식이 있으면 당신네 집은 평생 부귀영화를 누릴 수 있대요. 내일 나리께서 관청 일을 다 마치고 건너와서 보시겠답니다. 잠시 앉았다가 차나 한 잔 마시고 보고서는 바로 가시겠다며 아무 준비도 하지 말라고 이르셨습니다."

"정말요? 설마 거짓말은 아니겠지요!"

"내가 왜 당신을 속이겠어요? 나리께서 원체 일도 많고 집안에 많은 사람들이 오고가기에 통 짬을 낼 수가 없어요."

부인은 이 말을 듣고 술과 음식을 준비해 풍노파를 대접하고 이튿날 일찍 다시 보자고 약속하고 작별했다. 저녁 늦게 한도국이 돌아와 부인과 상의했다. 아침 일찍 일어나 우물가로 가서 물을 한 통 길어 오고 좋은 과일을 사다준 뒤 평소와 마찬가지로 가게에 나와 장사를 했다.

한편 집에 혼자 남은 부인은 화장을 짙게 하고 한껏 모양을 내었다. 손을 씻고 손톱을 깎고, 잔을 깨끗이 닦고 과일 씨를 벗겨놓거나 좋은 차를 준비하고는 서문경이 오기를 기다렸다. 그러던 차에 풍노파가 건너와 왕씨가 준비하는 것을 거들어주었다. 서문경은 관청 일이 끝나자 집으로 돌아와 평복에 평소에 쓰는 모자를 쓰고 말에 올라 얼굴을 면사포로 가린 후에 대안과 금동 둘을 거느리고 곧장 한도국의 집으로 건너가 말에서 내려 바로 안으로 들어갔다. 풍노파가 급히 안으로 모셔 자리에 앉게 했다. 잠시 뒤에 왕륙아가 애저를 데리고 나와 인사를 시켰다. 이때 서문경은 한씨의 딸은 거들떠보지도 않고 왕륙아만을 뚫어지게 쳐다보았다. 그때 왕륙아는 보라색 저고리에 옥색 치마를 입고 있었고, 그 아래로 작고 아담한 발이 보였는데 검은색 양가죽으로 만든 신을 신고 있었다. 생김이 키도 크고 늘씬하고, 갸름한 얼굴에 긴 머리칼을 나풀거리고 있었다.

마음이 어떠한지를 알지 못하면, 먼저 화장한 모습을 보라 하지 않던가. 그 모습을 보아하니 이랬다.


의젓하고 우아한 모습, 화장을 하지 않아도
자연히 요염함이 드러나네.
여인의 단아한 모습은 얼굴에 분을 바르지 않아도
날 때부터 빼어난 아름다움이라네.

양미간은 먼 산을 그려놓은 듯하고

눈은 마치 가을 호수 같네.

붉은 입술이 가볍게 열리면 벌과 나비가 미칠 듯하고

가는 허리는 몰래 은은한 정을 돋우네.

만약 몰래 약속한 최앵앵이 아니라면

아마 비파를 들은 탁문군이리라.

淹淹潤潤 不搽脂粉 自然體態妖嬈

孃孃嫋嫋 懶染鉛華 生定精神秀麗

兩彎眉畫遠山 一對眼如秋水

檀口輕開 勾引得峰狂蝶亂

纖腰拘束 暗帶着月意風情

若非偸期崔氏女 定然聞瑟卓文君


서문경은 왕륙아의 모습을 보고는 마음이 흔들리고 눈이 어지러워 마음을 진정시키지 못했다. 그래서 말도 하지 못하고 단지 마음속으로,

'한도국에게 이런 마누라가 있었구나. 어쩐지 일전에 불량배들이 집적댄다 했더니 다 이유가 있었구나!'

라면서 딸애를 보니 과연 빼어난 인물이기에 속으로 생각했다.

"그 어미에 그 딸이라더니 딸애도 꽤 쓸 만하군!"

왕륙아가 먼저 인사를 한 후에 딸 애저더러 서문경에게 공손하게 인사를 올리게 했다. 인사하는 모습이 바람에 흔들리는 꽃가지 같고, 바람에 나부끼는 비단 허리띠 같았다. 고개를 네 번 숙여 인사를 하고는 일어나 곁에 서 있었다. 풍노파가 급히 차를 내오니 왕씨가 받아

찻잔 물기를 닦고 딸에게 올리게 했다. 눈앞까지 다가온 애저를 서문경이 위에서 아래까지 살펴보았다. 윤이 흐르는 검은 머리에 분을 약간 바른 얼굴이라 눈썹이 선명했다. 또 그 자태가 그윽한 꽃처럼 아름다웠고, 살결은 부드러운 옥과 같았고 향기가 풍겨났다. 바로 대안을 시켜 가죽주머니에서 손수건 두 개와 금반지 네 개, 은자 스무 냥을 꺼내게 하고, 풍노파를 시켜 차 쟁반 위에 올려놓게 했다. 왕륙아는 급히 반지를 들어 딸의 손에 끼워주고 서문경에게 감사의 말을 하게 하고는 방으로 돌아가게 했다. 서문경은 왕씨를 향해,

"이삼 일 뒤에 따님을 우리 집으로 보내도록 해요. 그때 옷을 맞춰 줄 테니. 그리고 이 은자는 집안에서 신을 만드는 데 쓰구려."

하니 이에 왕륙아는 고개를 조아려 고맙다고 인사를 했다.

"저희는 머리끝부터 발끝까지 모두 나리의 것이온데, 이번에 저희 딸년 일로 나리께 더욱 폐를 끼칩니다. 저희 부부는 죽어도 그 은혜를 다 갚지 못할 것입니다! 그런데 또 이런 많은 물건과 돈까지 주시다니!"

"한지배인은 집에 없소?"

"그 양반은 아침 일찍 말을 해두고 가게로 나갔어요. 나중에 나리 댁으로 인사를 드리러 갈 거예요."

서문경은 왕씨가 말하는 모습이 매우 귀엽고 또 말끝마다 '나리' '나리' 하고 부르니 마음이 흔들렸다. 이러한 마음을 억누르며 문가에 이르러,

"이제 그만 가겠소."

하니 부인은,

"좀 더 앉았다 가세요."

하며 권한다. 서문경은,

"됐소."

하고는 바로 집으로 돌아와 이 사실을 모두 오월랑에게 얘기해주었다. 오월랑이 말했다.

"정말로 천리 인연이란 것이 따로 있는 모양이에요. 한지배인 딸이 그렇게 괜찮다면 우리도 서둘러봐야죠."

"내일 그 애를 우리 집으로 오게 해 이삼 일 머물게 하면서 옷가지나 몇 벌 맞춰줍시다. 그리고 한 열 냥쯤 내어 먼저 머리 장신구나 비녀, 귀고리 등을 장만하게 합시다."

"서두르게 해요. 준비가 다 된 후에 그 애 아버지더러 데리고 가게 하세요. 우리 쪽에서는 사람이 가지 않아도 될 것 같아요."

"가게 문을 이삼 일 닫더라도 내보와 함께 보내는 것이 좋겠어. 가는 길에 요전에 보낸 채부마의 선물을 잘 받았는지도 물어보고 말이야."

이틀이 지나 서문경은 과연 하인을 시켜 한씨 딸을 데려오게 했다. 왕씨도 선물을 사서는 몸소 딸아이를 데리고 집안에 들어서서는 오월랑을 비롯한 여러 사람들에게 모두 고개를 조아리며 인사를 올렸다.

"나리와 큰마님을 비롯해 여러 마님들이 제 딸년을 위해 이렇게 마음을 써주시니 저희 부부는 뭐라 감사의 말을 올려야 좋을지 모르겠습니다!"

이에 오월랑의 방에서 차를 내와 대접했다. 이교아, 맹옥루, 반금련과 이병아도 자리를 함께했다. 서문경은 붉고 푸른 노주 비단과 무명베 두 필을 주며 옷을 해입게 했다. 또 옷을 깁는 조씨를 불러 붉은

긴 저고리를 한 벌 짓게 했다. 왕륙아는 딸을 잘 달래고 저녁 무렵에 집으로 돌아갔다. 서문경은 금가루를 박은 칠기 옷상자와 화장 경대, 찬합, 동으로 만든 세숫대야와 화롯대 등을 준비하니 며칠 안 되어 준비가 다 됐다. 편지를 한 통 쓴 뒤에 구월 초열흘날에 동경으로 출발하기로 했다.

이날 서문경은 관청에서 인부 네 명을 빌리고 군사 두 명을 차출해 활과 화살을 들고 따라가며 보호하게 했다. 내보와 한도국도 말네 필을 빌려 신부의 짐을 싣고 동경으로 출발했다.

한편 혼자 남은 왕륙아는 집안이 텅 빈 것 같아 이삼 일을 눈물로 지냈다. 하루는 서문경이 특별한 일 없이 말을 타고 사자가에 있는 집으로 가니 풍노파가 차를 내왔다. 서문경은 노파에게 은자 한 냥을 주며,

"지난번 한지배인 일에 자네가 고생을 많이 했는데, 이 돈으로 옷이나 한 벌 해입게나."

하니 노파는 돈을 받고 연신 고맙다고 인사를 했다. 서문경은 다시 물어보았다.

"요 이삼 일 사이에 한씨네 집에 가보았는가?"

"저는 하루도 빠짐없이 가서 말상대가 되어주었지요. 딸이 떠난 후에 집에 아무도 없고 보니 적적하기 그지없어 이삼 일을 울며 지냈답니다. 최근에야 겨우 진정이 됐어요. 그 와중에서도 '나리께 이번에 크게 신세졌어요'라고 하며, '나리께서 수고비라도 좀 주시던가?'하고 묻기에 저는 '나리께서는 너무 바빠서 댁에 가서도 통 뵙지 못했어요. 나리께서 얼마를 주시건 제가 상관할 수 있겠어요'라고 대답했지요. 아마도 한지배인이 돌아오시면 제게 잘 해주시겠지요."

이에 서문경도,

"그 애 아버지가 돌아오면 반드시 잘 해줄 걸세."

하면서 주위에 아무도 없는 것을 보고는 살며시 노파의 귓가에,

"시간이 있으면 왕씨에게 한가할 때 다시 만나고 싶어 한다고 전해줘. 그래서 왕씨 생각이 어떤지, 만약에 괜찮다고 하면 돌아와 나에게 알려주게."

했다. 노파는 입을 가리고 빙그레 웃으며 말했다.

"정말 여자라면 그냥 두지를 않으시는군요! 방금 딸을 꾀어내 시집을 보내시더니 이제 그 어미를 차지하려고 하시다니! 여하튼 저녁에 제가 가서 얼굴에 철판을 깔고 한번 말해볼게요. 나리께서 알고 계실지 모르겠지만, 왕씨는 뒷골목에서 푸줏간을 하는 왕도[王屠]의 여동생으로 집에서 여섯째로 뱀띠이며 나이는 스물아홉이에요. 비록 옷차림은 야하지만 아직까지 몸을 함부로 굴리지는 않았어요. 나리께서 다시 이곳에 오시면 왕씨에게 물어보고 대답을 알려드릴게요."

이에 서문경은,

"잘 부탁함세."

말을 마치고 바로 말을 타고 집으로 돌아갔다.

노파는 서문경을 보내고 밥을 먹은 후에 문을 잠그고 천천히 우피항[牛皮巷]에 있는 왕륙아의 집으로 갔다. 왕륙아는 문을 열고 노파를 맞이해 안으로 들어와 앉게 하고는 말했다.

"어제 국수를 만들어서 같이 먹으려고 했는데 어째 오지 않으셨어요?"

"오려고 했는데 웬 일들이 그리도 많아 나를 붙들고 늘어지는지 꼼짝할 수 없었어요."

왕씨는,

"좀 전에 지은 밥과 볶음 국수 좀 드세요."

하고 권했다. 노파는,

"식사는 방금 했으니 차나 한 잔 주구려."

하니 이에 왕씨는 차를 진하게 끓여 노파에게 주고 자기는 혼자 식사를 했다. 부인은,

"보세요, 제가 얼마나 괴로워하는지. 애가 집에 있을 적에는 서로 의지를 했었지요. 그 애가 떠난 후로 집안이 텅 비어 있는 것 같고 모든 일을 내가 해야만 해요. 그러자니 코도 까매지고, 입도 시커메지는 게 사람 꼴이 말이 아니에요! 차라리 죽어버리면 창자를 끊는 아픔이라 할지라도 잊기나 할 터인데! 이렇게 멀리 떠나가버리니 내 마음이 어떻겠어요! 만나고 싶어도 만날 수가 없어요!"

하면서 눈물을 찔끔 흘렸다. 이에 노파가 위로했다.

"말해서 뭐해요. 옛날 아들을 낳으면 집안이 떠들썩하고 딸을 낳으면 집안이 조용하다고 하잖아요. 비록 백 살까지 산다고 해도 딸자식은 남의 사람이라니깐요! 지금은 헤어져 조금 섭섭하더라도 따님이 그 댁에서 아들딸이라도 낳게 된다면 당신들 두 내외는 팔자가 늘어지게 되고, 그때 가서 어디 저 같은 늙은이는 쳐다보기나 하겠어요!"

"큰집 살림살이는 너무 복잡해 우리 같은 사람들은 알 수가 없잖아요! 설사 그 애가 잘된다고 할지라도 우리 처지야 지금하고 매일 반이지요!"

"무슨 말씀을 그리 하세요. 댁의 따님이 얼마나 총명하고 영리한데 그러세요? 바느질을 못한다고 걱정하세요? 먹고 입는 것을 걱정

할 필요가 없잖아요?"

이렇게 쓸데없는 잡담을 잠시 나누다가 점차 말머리를 본론으로 돌렸다. 노파는,

"내 어리석은 얘기 같은데, 남편도 집에 없고 집안도 텅 빈 듯하니 혼자서 밤을 보내기가 무섭지 않으세요?"

하고 슬쩍 물었다.

"말해 뭐하겠어요. 이게 다 할머니 때문이에요. 그래 저녁에 와서 내 말벗이 되어주실려고 그러세요?"

"내가 올 수는 없어요. 그래서 좋은 사람을 하나 소개해주려고 하는데 어떠우?"

"누군데요?"

이에 노파는 입을 가리고 웃으며 말했다.

"이거 양쪽으로 번거롭게 하는 것이라. 실은 어제 주인댁 나리께서 저쪽 집으로 오셔서 여차여차한 것을 내게 말씀하셨다오. 딸아이도 떠나고 당신도 홀로 쓸쓸히 집에 남아 있을 터인데, 그분이 여기와서 말벗이나 해주고 싶다는 거예요. 그러니 어떡할라우? 마침 사람도 없으니 당신이 원하기만 한다면 먹는 것, 입는 것, 쓰는 것은 이제 걱정할 필요가 없어요. 잘만 되면 적당한 방도 하나 마련해줄 테니 이런 후미진 곳에 사는 것보다 훨씬 낫잖아요."

왕류아가 이 말을 듣고 미소를 지으며,

"그분 댁에는 예쁘고 잘생긴 마님들이 많이 있는데, 왜 나같이 못생긴 것을 원하시죠?"

하자 이에 노파가 말한다.

"무슨 말씀을 그리 하세요? 자고로 '남자의 눈에는 사랑하는 여인

이 절세미인인 서시로 보인다'잖아요. 게다가 당신은 나리와 연분이 있는 거예요. 그분은 한가한 사람이기는 해도 마음이 없으면 어제 뭐 때문에 굳이 일부러 내 집으로 와서 말을 하겠어요? 은자 한 냥을 주시며 일전에 아이 일로 신세를 졌다고 말을 하잖아요. 그러다가 주위에 사람이 없는 것을 보고서는 이런저런 말을 하면서 만약 당신이 응낙한다면 회답을 기다리겠노라고 했어요. 땅을 저당 잡히건, 밭을 팔건 간에 부인 댁에는 좋은 일인데 내가 왜 거짓말을 하겠어요?"

"그렇게까지 원하신다면 내일 여기로 오시게 하세요. 제가 여기서 기다릴게요."

노파는 왕륙아가 속마음을 드러내보이자 잠시 앉아 몇 마디 나누고 고맙다고 인사를 한 후에 바로 돌아갔다.

다음 날 서문경의 집으로 가서 하나에서 열까지 자세하게 얘기해주었다. 서문경은 이를 듣고 좋아 어찌할 줄 모르며 급히 은 한 냥을 달아 주며 먼저 가서 이 돈으로 술과 안주를 준비하라고 일렀다. 한편 부인은 서문경이 온다는 말을 듣고는 방을 깨끗하게 치우고, 향을 피우고 휘장을 두르고 안주를 준비했다. 잠시 뒤에 노파가 바구니에 가득 닭이며 생선이며 채소며 과일을 사가지고 와서 왕씨를 대신해 부엌에서 깔끔하게 씻어 정리해주었다. 왕씨는 손을 씻고 손톱을 자르고 밀가루 떡을 굽고 탁자도 반들반들 윤이 날 정도로 닦아놓았다.

서문경은 정오쯤에 옷을 갈아입고 작은 모자를 쓰고 얼굴가리개를 드리우고 대안과 기동 둘을 데리고 곧장 문 앞으로 와 말에서 내려 바로 안으로 들어갔다. 말은 사자가에 있는 가게로 끌고 갔다가 저녁에 다시 맞이하러 오라고 이르고 대안만 남아 시중을 들게 했다. 서문경은 바로 객실로 안내를 받아 들어갔다. 잠시 뒤에 왕륙아가 옷을 잘 차려입고 밖으로 나오며 인사를 했다.

"일전에 저희 딸년 일로 너무나 큰 심려를 끼쳤습니다. 뭐라 감사의 말씀을 올려야 좋을지!"

이에 서문경이 답했다.

"설사 미흡한 점이 있다 할지라도, 두 분 내외는 원망하지 마시기를…."

왕륙아가,

"저희 집안이 이처럼 크나큰 은혜를 입고 있는데 어찌 감히 원망을 하겠습니까?"

라며 고개를 숙여 네 번 절을 했다. 풍노파가 차를 내오니 왕륙아가 차를 받아 서문경에게 건넸다.

한편 말이 돌아가는 것을 보고 대안은 문을 걸어 잠갔다. 왕륙아는 잠시 앉아 얘기를 나누다가 방으로 들기를 청했다. 방 정면에는 종이로 만든 문이 있고 침대 옆에는 온돌이 있는데 그 주위로 비단에 장생이 앵앵을 만나는 거며 갖은 모양의 꽃과 벌들을 그린 그림들이 걸려있었다. 또 그 위쪽 탁자에는 화장대며 여자들이 사용하는 잡다한 용기들이 놓여 있었다. 바닥 마루에는 긴 향초가 꽂혀 있었고, 그 옆에는 등거리 의자가 놓여 있었다. 서문경이 자리에 앉자 왕륙아가 다시 호두에 죽순을 넣어 진하게 달인 차를 권했다. 서문경이 이를 다 마시자 잔을 받아들고, 옆의 온돌가에 앉아 집안의 사소한 일들을 물어보았다. 서문경은 왕륙아가 손수 잔을 들고 있는 것을 보고 말했다.

"이 집에도 일하는 아이가 있으면 좋겠군."

"솔직히 말해 딸아이가 떠난 후에 불편한 게 한두 가지가 아니에요. 집에 있을 적에 그 애가 하던 일도 지금은 제가 직접 해야만 하거든요."

"그래서야 쓰나. 내일 내가 풍노파를 시켜 열서넛쯤 되는 아이를 하나 구해보게 하지. 그런 잔심부름 정도는 할 수 있을 걸세."

"말씀이야 고맙지만 어디 애를 부릴 만한 처지가 되나요."

"신경쓰지 말게. 필요한 돈은 내가 주면 될 게 아닌가."

"어찌 다시 나리께 폐를 끼치겠어요? 여태까지 폐를 끼친 것도 적지 않은데…."

서문경은 왕륙아가 이렇게 말하는 것을 보고 여간 마음에 드는 게 아니었다. 마침 풍노파가 음식을 가지고 안으로 들어와 탁자에 내려놓기에 서문경은 바로 일하는 계집아이를 하나 구해보라고 일렀다. 풍노파는 말했다.

"나리께서 그렇게 말씀을 하시니, 어서 고맙다고 인사 올리세요. 남쪽 끝에 있는 조씨 아주머니 집에 열세 살 난 애가 하나 있는데, 내일 데리고 와볼게요. 작은집 딸로 아버지는 수비대 포졸인데 말을 잘못 다루어 쓰러뜨려 죽였어요. 돈은 없고 수비대에서 매 맞는 것이 두려워 이 딸애를 팔려고 내놓았는데 은자 넉 냥이면 살 수 있으니 나리께서 사게 하세요."

이에 왕륙아는 바로 앞으로 나가 고맙다고 인사를 했다. 잠시 뒤에 요리가 놓이고 술이 올라왔다. 왕륙아는 술을 한 잔 가득 따라 두 손으로 서문경에게 올렸다. 그러고는 머리를 조아려 절을 올리려고 하자 서문경은 급히 손을 붙잡아 일으키면서,

"방금 인사를 했는데 새삼스럽게 무슨 인사를 하려 한단 말이오."

하니, 이에 왕륙아는 웃으며 나지막이 고맙다고 인사를 하고 작은 의자를 끌어다가 곁에 앉았다. 부엌에서는 풍노파가 반찬과 과일 요리

를 해서 하나하나 안으로 내오며, 전병도 두 개 내왔다. 이에 왕씨가 고기를 잘게 찢고 야채를 그 안에 넣어 잘 싸서 작은 접시에 담아 서문경에게 권했다. 둘은 방 안에서 잔을 주거니 받거니 하며 사이좋게 놀고 있었다. 한편 대안은 부엌에서 풍노파와 함께 음식을 먹었다.

술이 몇 순배 돈 후에 왕륙아는 자리를 옮겨 서문경에게 바짝 다가앉으며 다정하게 말을 하고 음식도 집어 건네주었다. 그러다가 잔 하나로 술을 주거니 받거니 마시며 들어오는 사람이 없는 것을 보고 목을 끌어안고 입을 비벼 맞추었다. 왕륙아가 손을 아래로 뻗어 서문경의 물건을 주무르니 음심이 서로 동해 술 마시기를 멈추고는, 바로 문을 걸어 잠그고 옷을 벗어젖히며 왕륙아가 온돌 위에 이부자리를 펴니 때는 이미 해는 서산으로 기울고 있었다. 서문경은 술기운을 이기지 못해 주머니에서 은탁자[銀托子]를 꺼내 사용하려고 했다. 왕륙아가 그것을 손으로 만지작거리니 자색을 띤 거무튀튀한 것이 더욱더 커지는 것이었다. 서문경은 왕씨를 끌어안고 입을 맞추었다. 왕씨는 손을 써서 서문경의 물건을 자기의 그곳에 갖다대며 둘은 한참을 부벼댔다. 서문경은 왕륙아의 그곳 살결이 매끄럽고, 그곳 털이 부드러워 더욱더 강렬한 성욕을 느꼈다. 이에 왕륙아에게 침상의 모서리를 잡게 하고 두 손으로 왕륙아의 허리를 잡고는 운우의 정을 맛보았다. 그때의 광경을 보자.

위풍은 푸른 의자를 현혹시키고 살기는 원앙 침구를 가둔다.
산호 베개 위에서 영웅스러움을 펼쳐 보이고 비취 빛 휘장 안에서 용맹을 다툰다.
남자는 성이 나서 검은 수실이 달린 창을 연달아 찌르고

여자 장수는 성을 내어 사타구니를 치며 추명검을 흔든다.

한 번 왔다 갔다, 안록산이 양귀비를 만나는 듯하고

한 번 분탕질을 했다 가라앉고 하는 것이 군서가 최씨를 쫓은 듯하다.

좌우로 조이면 하늘에서 견우와 직녀가 만나는 듯하고

위아래로 흔들면 선동[仙洞]에서 교자[嬌姿]가 완조[阮肇]를 만나는 듯하구나.

찌르는 창을 방패로 막으니 최랑[崔郞]이 설경경[薛瓊瓊]과 어울리는 듯하고

포로 치고 칼로 맞으니 쌍점[雙點]이 소소소[蘇小小]와 어울린다.

하나가 앵무새 소리같이 역역 하고 내는 것이

마치 측천무후가 설오조[薛敖曹]를 만난 듯하구나.

하나는 제비같이 우우 소리를 내는 것이 마치 심재[審在]가 여치[呂雉]를 만난 듯하구나.

처음 싸울 적에는 창이 어지럽게 찌르고 날카로운 검이 가볍게 맞이한다.

그러다가 점차 쌍방이 공격을 하니 방광과 사타구니를 바싹 조인다.

남자는 숨이 가빠 창으로 그저 굴속을 찌르려 한다.

여 장수는 마음이 다급해져 황급히 입을 벌리고 가슴을 풀어헤친다.

한편이 쌍포를 쏘며 안쪽의 병사를 공격하니

다른 한쪽은 방광을 돌리며 상하로 배꼽 아래에서 장수를 맞이한다.

하나가 누런 닭이 홀로 서 있는 자세로 옥 같은 다리를 번쩍 들고 정신을 어지럽힌다.

다른 하나는 마른 나무 줄기처럼 거꾸로 선 자세로 골짜기를 자극

한다.

이렇게 싸움을 오래 하니 눈도 몽롱해지고 움직임도 무뎌진다.

싸움이 오래되니 허리도 시큰해져 다시 싸우려 해도 시름이 떨쳐지지 않는다.

산모동주[散毛洞主]가 다리를 거꾸로 해 물을 흘려 군사를 적시니

오갑장군[烏甲將軍]은 허점을 노려 창을 써서 몸을 돌려 도망친다.

배꼽 아래 말에서 떨어지니 삽시간에 살이 진흙으로 변하고

따스하게 쥐어주면 바로 깊은 골짜기에 빠져버린다.

대피괘[大披掛]는 엉망으로 흩어지는 것이

마치 소나기가 내려 얼마 남지 않은 꽃을 때리는 것 같고

금투두[金套頭]는 힘이 다해 흐물대는 것이

마치 거센 바람에 낙엽이 흩날리는 듯하네.

유황원수[硫黃元帥]는 투구가 삐뚤어지고 갑옷이 흩어져 달아날 문이 없고

은갑장군[銀甲將軍]은 오래된 진영을 지키며 목숨을 보전한다.

威風迷翠榻 投氣瑣死衾

珊瑚枕上施雄 翡翠幅中鬪勇

男兒忿怒 挺身連刺黑纓鎗

女帥生嗔 拍胯着搖追命劍

一來一往 祿山會合太眞妃

一撞一衝 君瑞追陪崔氏女

左右迎湊 天河織女遇牛郎

上下盤旋 仙洞嬌姿逢阮肇

鎗來牌架 崔郎相共薛瓊瓊

砲打刀迎 雙漸迸連蘇小小

一個鶯聲嚦嚦 猶如武則天遇敖曹

一個燕喘吁吁 好似審在逢呂雉

初戰時 知鎗亂刺 利劍微迎

次後來 雙砲齊攻 膀脾夾湊

男兒氣急 使鎗只去扎心窩

女帥心忙 開口要來吞胸袋

一個使雙砲的 往來攻打內襠兵

一個輪膀脾的 上下夾迎臍下將

一個金鷄獨立 高蹺玉腿弄精砷

一個枯樹盤根 倒入翎花來刺牝

戰良久 朦朧星眼 但勤些兒麻上來

鬪多時 款擺纖腰 再戰百愁挨不去

散毛洞主倒上橋 放水去洽葷

烏甲將軍虛點鎗 側身逃命走

臍膏落馬 須臾踐踏肉爲泥

溫緊粧呆 頃刻跌翻深澗底

大披掛 七零八斷 猶如急雨打殘花

錦套頭 力盡觔轆 恰似猛風飄敗葉

硫黄元帥 盔歪甲散走無門

銀甲將軍 守住老營還要命


이는 바로,
근심스러운 구름은 구중 하늘에 맡기고

패잔병 한 무리가 연달아 땅바닥에 구르는 일.
愁雲托上九重天 一塊敗兵連地滾


　왕륙아는 한 가지 병이 있었으니, 무릇 성행위를 할 적에 남자에
게 뒤에서 그 행위를 해달라고 요구하는 것이었다. 또한 남자의 정액
을 빨아먹기를 좋아해 하룻밤에도 수차례나 그것을 요구하곤 했다.
이런 자세를 서문경에게도 해달라고 하면서 둘은 진탕 음행을 벌였
다. 그날 서문경은 늦게까지 놀다가 자리에서 일어나 집으로 돌아가
려고 했다. 이에 왕씨가 서문경에게,
　"나리, 다음에는 좀 더 일찍 오세요. 그래야 낮에 시간도 많으니 옷
도 다 벗어버리고 실컷 놀 수 있잖아요."
하자 서문경은 크게 기뻐했다.
　다음 날 사자가에 있는 실가게에 나가 은자 넉 냥을 풍노파에게
주면서 계집 하인애를 사오게 한 후에 이름을 금아[錦兒]라 고쳐 불
렀다. 서문경은 달콤했던 지난번 일들을 생각하고는 이삼 일이 지나
자 다시 말을 타고 왕륙아의 집으로 갔다. 처음처럼 대안과 기동이
서문경을 따랐다. 문 앞에 이르자 기동에게 말을 끌고 사자가 집으로
돌아가 기다리고 있으라고 분부했다. 풍노파는 서문경을 위해 술을
사오거나 거리에 나가 물건을 사와 다정하게 굴며 음식을 해주고 약
간 얻어먹으며 지냈다. 서문경은 한 번 올 때마다 왕씨에게 은자 한
두 냥을 용돈으로 건네주었다. 벌건 대낮에 왔다가 저녁 무렵 돌아가
니 집안사람들은 아무도 이를 알아차리지 못했다. 풍노파는 매일 왕
륙아가 있는 곳에서 일을 거들어주느라 자연 서문경의 집으로 가는
일이 뜸해졌다. 이병아가 하인을 시켜 두세 차례 불렀으나 매일 바쁘

다고 할 뿐이었다. 그러고는 문을 걸어 잠그고는 온데간데없이 사라지는 것이었다. 하루는 하인 화동이 우연히 노파를 보고는 집으로 데려왔다. 이병아는,

"할멈, 하루 종일 그림자도 볼 수 없으니 도대체 무슨 일을 하고 있는 게지? 불러도 집에 있지 않고 통 오지도 않고, 뭐가 그리 바빠? 이웃들이랑 기저귀도 할멈이 와서 하인 애들을 데리고 빨아주기만 학수고대하고 있는데 오지 않다니."

했다.

"마님 말씀은 맞는데, 사실은 제가 정신없이 바빴어요."

"할멈, 자네가 석불사[石佛寺]의 장로라도 된 모양이군. 아무리 불러도 시간이 없다니 말이야. 도대체 하루 종일 어디에서 돈을 벌고 있는 게야?"

"정신없이 쏘다니기만 할 뿐 어디 돈을 벌겠어요? 마님께서 부르시기에 저도 마음이 다급해 빨리 오려고 했으나, 틈이 없다가 오늘에서야 겨우 오게 됐어요. 저도 도대체 온종일 뭐하고 다니는지 모르겠어요! 안채 큰마님께서도 일전에 은자를 주시면서 부처님께 제사 올릴 때 깔고 쓰는 방석을 하나 구해오라고 분부하셨지요. 그런데 깜박 잊고 있다가 오늘 대문을 들어서면서 비로소 생각이 나지 않겠어요. 그런데 방석을 파는 사람은 이미 남쪽으로 가버렸으니 마님께 어떻게 말씀을 드려야 좋죠?"

"감히 이제 와서 방석이 없다고 하다니, 자네는 차라리 스님이나 따라가는 것이 좋겠어! 마님이 이미 은자까지 주었는데 아직도 사오지 않다니. 어찌 그리 멍청하게 일을 하지!"

"감히 큰마님께 말씀드리지 못해 돈을 돌려드리려구요. 어제는 나

귀를 타고 가다 다른 생각을 하느라 하마터면 그 돈을 떨어뜨릴 뻔했어요."

"만약에 그 돈을 떨어뜨렸다면 자네는 살아남지 못할 걸세."

이에 풍노파는 바로 안채로 가서 곧장 오월랑의 방으로 가지 않고 먼저 부엌에 들러 분위기를 살펴보았다. 옥소가 내흥의 마누라와 함께 앉아 있다가 풍노파를 보고 말했다.

"풍노파가 오셨군요! 높고 귀하신 분께서 어디를 갔다가 이제야 오셨어요? 여섯째 마님께서 당신 살점을 질근질근 씹어 먹겠대요. 그림자도 보이지 않는다면서요."

노파는 앞으로 다가서며 두세 차례 인사를 하면서,

"방금 갔다가 된통 혼나고 오는 길이야."

하니 옥소는 물었다.

"참, 일전에 큰마님께서 부탁하신 방석은 어찌됐죠?"

"어제 내가 돈을 가지고 성 밖으로 가보니 방석을 파는 사람이 다른 데로 가버렸어. 내년 삼월이 되어서야 다시 온대요. 돈은 여기에 있으니, 아가씨가 받아놓으시구려."

옥소는 웃으며,

"괴상한 할머니네, 나리께서 집안에서 아직 은을 달고 계시니 나가다가 직접 나리께 돌려드리세요."

했다가 다시 말했다.

"참, 잠시만 앉아보세요. 제가 뭐 좀 물어볼 게 있는데, 한지배인은 딸을 바래다주고 언제쯤 돌아오지요? 이번에 돌아오면 할머니도 한 밑천 톡톡히 잡으시겠군요. 당신께 후히 사례를 할 테니 말이에요."

"사례를 하건 말건 한씨가 알아서 하겠지. 떠난 지 겨우 여드레밖에 되지 않았으니 아무래도 월말이나 되어야 돌아오지 않겠어?"

잠시 뒤에 서문경은 은을 달아 분사에게 주어 별장을 짓는 데 가져가게 하고 밖으로 나갔다. 노파는 바로 안방으로 들어가 오월랑을 보았으나 돈은 꺼내지 않고 단지,

"그 방석 장사꾼이 조잡한 방석 몇 개를 다 팔고 돌아가버렸어요. 내년에나 다시 좋은 방석을 만들어 오겠다면서 말이에요."

라고 했다. 오월랑은 원래가 착한 사람인지라,

"됐네, 은자는 잠시 자네가 가지고 있게나. 내년에 두어 개 갖다 주면 돼."

하면서 차를 내어 마시게 했다. 풍노파는 잠시 뒤에 다시 이병아의 방으로 건너왔다. 이병아는 풍노파를 보고 물었다.

"큰마님께서 자네를 꾸짖지 않으시던가?"

"제가 사실대로 다 말씀드리니 기뻐하시며, 도리어 차를 주시고 게다가 상으로 큰 떡도 두 개 주셨어요."

"그건 어제 교대호 집에 가셨다가 얻어온 떡이야. 할멈은 하도 입심이 세서 유월의 모기도 침에 맞아 죽을 거야!"

그러면서 이병아는 다시 말했다.

"여하튼 오늘은 내 옷을 다 빨아주기 전에는 돌아갈 수 없네."

"먼저 풀이나 잘 준비해두세요, 그러면 제가 내일 와서 깨끗하게 빨아드릴게요. 점심때쯤에 아는 집에 가서 또 일을 해드려야 하거든요."

"요 빼질빼질한 할멈 같으니라구! 언제나 쓸데없는 변명만 늘어놓고 있다니까! 내일 만약 오지 않으면 가만두지 않겠어."

노파는 한차례 웃고는 몸을 빼 일어나려고 했다. 이에 이병아는

노파를 잡으며 말했다.

"밥이라도 먹고 가지!"

"아직도 배가 잔뜩 불러 먹을 수가 없어요."

실은 서문경이 왕륙아의 집에 가 있을지도 몰라 부리나케 걸음을
재촉한 것이다.


중매쟁이는 지옥의 작은 귀신

양편에 다리를 걸치고 거짓말로 둘러댄다.

하루 종일 수없이 왔다 갔다 하니

단지 두 다리만이 고생이라네.

媒人婆地里小鬼 雨頭來回抹油嘴

一日走勾千千步 只是苦了兩隻腿

# 향기는 시들어도 아름다운 해당화려니

서문경은 사기꾼 한이를 때려주고,
반금련은 눈 오는 밤에 비파를 타다

아름답고 온화하니 더욱 빼어나며
옥으로 만든 잔과 명월같이 고결한 사람의 정.
가볍게 돌아보는 옥 같은 얼굴에 꽃 같은 웃음을 머금고
이맛살을 찌푸리니 구름 같은 머리칼이 나풀댄다.
벌을 미친 듯이 꼬이게 하는 복숭아 같은 얼굴
나비를 어지러이 끌어들이는 버드나무 같은 허리.
사람을 항시 생각하게 하지만
기녀들이 보내는 엷은 정은 배우지 마소.
麗質溫柔更老成　玉壺明月適人情
輕回玉臉花含媚　淺蹙蛾眉雲髻鬆
勾引蜂狂桃蕊綻　潛牽蝶亂柳腰新
令人心地常相憶　莫學章臺贈淡情

　한편 풍노파가 사랑채 문 앞까지 나오자 대안이 대청 발 아래에서
차 쟁반을 들고 시중을 들고 있었다. 대안은 노파를 보고 입을 삐쭉
내밀면서 말했다.

"할멈은 또 어디 가려고 하세요? 지금 나리께서는 응씨 아저씨와 말씀을 나누고 계세요. 얘기를 다 하시면 바로 출발하실 거예요. 벌써 기동을 시켜 술을 보내셨어요."

노파는 이 말을 듣고 쏜살같이 걸어 나갔다.

응백작이 찾아와 얘기한 것은 남두[攬頭](해상 운수 대리업자)에 관한 것이었다.

"선박 운송 대리업자인 이지[李智]와 황사[黃四]가 예년처럼 향과 밀초를 삼만 개 정도 관청에 납품하는 청부를 맡았는데, 대략 은자 일만 냥 정도로 상당한 이익이 있다 합니다. 위에서는 이미 허락했고 바로 동평부에서 은자를 주는 모양입니다. 와서 나리와 상의를 하면 어떡하시겠습니까?"

"내가 어찌 관아에 있으면서 그런 짓을 할 수 있겠어. 관아에 있기 때문에 그 사람들을 잡아 옥에 처넣어야 할지도 모르는데 어떻게 그런 짓을 하겠어?"

"만약 형님께서 하지 않으시겠다면 다른 사람을 소개해주세요. 그리고 형님께서 이천 냥 정도 빌려주시면 매월 이자를 오 부로 쳐서 드릴게요. 동평부에서 돈이 나오면 바로 돌려드리게 할 테니, 형님 생각은 어떠세요? 형님께서 승낙하시면 제가 둘에게 말해 내일이라도 당장 서류를 꾸며 가져오게 할게요."

"자네 얼굴도 있고 하니 내 한 천 냥 정도만 빌려주겠네. 나도 요사이 별장을 다시 손보느라 돈이 없어."

백작은 서문경이 응낙하는 것을 보고서는 다시 말했다.

"형님이 만약에 현금이 부족하시다면, 물건이라도 좀 더 보태어 천오백 냥을 내시는 것이 어떠세요. 그들이 형님 돈을 떼어먹지는 않을 거예요."

"감히 내 돈을 떼어먹을 수가 있나, 그렇다손 치더라도 다 받아낼 방법이 있어. 한 가지 부탁할 일은 그들에게 돈을 건네주더라도 내 이름을 밖에서 함부로 떠벌려 사기치지 못하게 하라는 게야. 만약 그런 소문이 조금이라도 들리면 우리 관아의 감옥에서 가만두지 않을 걸세."

"형님께서는 무슨 걱정을 그리 하세요? 보증인은 책임을 벗어나지 못한다고 하잖아요. 그들이 밖에서 형님 이름을 함부로 팔고 다닌다 해도 별일이 없으면 다행이지만, 만약 일이 잘못된다면 제가 어찌 가만있겠어요? 그러니 형님께서는 절대 안심하고 계세요. 조금이라도 잘못되면 제가 형님께 말씀드릴게요. 자, 얘기가 다 됐으니 그들에게 내일 문서를 만들게 할게요."

"내일은 안 돼. 일이 있네. 모레 오게 하게."

말을 마치자 백작은 밖으로 나갔다. 서문경도 바로 대안을 불러 말을 대령시키고 얼굴을 가리고,

"기동은 갔느냐?"

하고 물었다.

대안은,

"벌써 갔다 왔어요. 채찍을 가지러 갔어요."

답했고, 잠시 뒤에 기동이 채찍을 가지고 나오니 서문경은 곧바로 우피항으로 출발했다.

그런데 뜻하지 않게도 한도국의 동생인 한이가 노름판에서 돈을 잃고, 술이 곤드레만드레 취해서 형 집에 와서는 왕륙아에게 술을 달라고 조르고 있었다. 소맷자락에서 순대 하나를 꺼내면서 말하기를,

"형수님, 형님께서는 아직 돌아오지 않으셨지요. 저랑 같이 술이나 한잔 하시죠."

했으나, 왕륙아는 서문경이 곧 올 것을 알고 또 풍노파가 부엌에 있는 것을 알고서는 거들떠보지도 않고,

"전 안 마셔요. 마시고 싶으면 다른 데 가서 드세요. 여기서 시끄럽게 하지 마시구요! 형님도 집에 없는데 공연히 이상한 소문만 나면 어쩌려고 그러세요!"

하니, 이에 한이는 눈을 둥그렇게 뜨고 쳐다보면서 가려 하지 않았다. 그러다가 탁자 밑에 있는 술병에 붉은 종이가 붙어 있는 것을 보고서는 말했다.

"형수님, 이건 웬 술이지요? 뚜껑을 따서 우리 같이 한잔 합시다. 아야, 어찌 혼자만 드시려 합니까?"

"함부로 건들지 말아요. 주인 댁 나리께서 보내신 것인데, 형님께서 아직 보지도 못하셨어요! 형님이 돌아오시면 서방님께도 드릴 거예요."

"형님을 기다리기는요. 설사 황제폐하께서 내리신 술이라 할지라도 내가 먼저 한 잔 마셔야겠어요."

이렇게 말하고 병마개를 따려 하자 왕륙아가 손을 뻗어 밀어젖히고는 술을 빼앗아 방으로 들어갔다. 떠밀린 한이는 뒤로 벌렁 자빠졌다가 겨우 일어나서는 부끄러움이 화로 변해 입으로 투덜대며 욕을 했다.

"음탕한 계집이! 내가 호의를 베풀어 혼자 쓸쓸하게 있는 것이 딱해 보여 술이나 같이 한잔 하려고 찾아왔는데, 이런 나를 상대하지 않고 도리어 밀어 자빠지게 하다니. 내 아무것도 모르는 줄 아는 모

양이지. 네가 새로 돈 있는 놈을 서방으로 만들어놓고는 나를 아는 체하지 않는 것을… 나를 떼어버리려고 고의로 불평하고 트집 잡고 생떼를 써서 나를 쫓아내려고 하지만 그만두는 게 좋을 거야. 내 이 한 푼의 가치도 없는 화냥년에게 일러두겠는데, 만약에 그런 짓을 했다가는 시뻘건 피 맛을 보게 될 거야!"

왕륙아는 한이가 두서없이 지껄이는 말을 듣고 얼굴이 귀밑까지 빨개지면서 곧 양 뺨까지 뻘게졌다. 바로 방망이를 손에 들고 밖으로 뛰쳐나오면서,

"이 염병할 놈의 자식아! 어디서 술을 처먹고 취해서 행패를 부리고 지랄이야! 내 손이 네놈의 자식을 그냥 두나 봐라!"

라고 욕을 해댔다. 그 말을 듣고 한이는 입으로 연신 '화냥년'이라고 욕을 하면서 문밖으로 나갔다. 마침 이때 서문경이 말을 타고 오다가 한이를 보고는 누구냐고 묻자 왕씨가 답했다.

"누군지 알고 계시잖아요! 바로 한이라는 놈인데, 제 형이 집에 없는 것을 보고서는 노름판에서 돈을 잃고 어디서 술을 처먹고 와서는 행패를 부리는 거예요. 형이 집에 있었다면 한차례 또 난리가 벌어졌을 텐데."

이때 한이는 서문경의 모습을 보자 잽싸게 도망쳤다.

서문경이 말했다.

"그 거지발싸개 같은 놈의 자식이! 내 내일 관아에 나가면 손을 좀 봐주지."

"또 공연히 나리께 폐를 끼치는군요."

"자네는 몰라, 저런 놈은 그냥 두어서는 안 돼."

"나리님 말씀이 맞기는 해요. 예로부터 '사람이 좋으면 업신을 당

하고, 자비를 베풀면 환란이 생긴다'고 했어요."

라면서 왕륙아는 서문경을 객실 안으로 들게 해 자리에 앉게 했다. 서문경은 기동에게 말을 끌고 집으로 돌아가라 하고 대안을 불러,

"문 앞에서 잘 보고 있다가 그 싸가지 없는 자식의 그림자라도 비치거든 바로 잡아와 묶어두었다가 내일 관아로 끌고 오너라."

라고 분부했다. 이에 대안은,

"그놈의 자식은 나리께서 오셨다는 소식을 듣고는 어디론지 줄행랑을 쳤습니다!"

했다. 서문경이 자리에 앉자 왕륙아는 인사를 올린 후에 급히 하인 금아를 불러 과일 씨로 만든 차를 내오게 해 서문경에게 올리게 한 후 절을 올리게 했다. 서문경은,

"됐다, 쓸 만해 보이는군. 잠시 데리고 써보게."

하고는,

"그런데 풍노파는 어디에 있지? 어째 풍노파가 차를 내오지 않고?"

라고 물었다. 이에 왕륙아는,

"할머니는 저 대신 부엌에서 음식을 만들고 있어요."

하니 서문경은,

"방금 애들을 시켜 술을 보냈는데, 그것은 환관 집에서 보내온 죽엽청[竹葉淸]이라는 술이야. 술 안에 여러 가지 약재가 들어 있어 맛이 괜찮아. 일전에 너희 집에서 마신 술이 입에 맞지 않아서 내가 가져온 게야."

라고 했다. 이에 왕륙아는 다시 고맙다고 인사를 하면서 말했다.

"술을 보내주셔서 감사드려요! 솔직히 말씀드려 누추한 곳에 살

다 보니 좋은 술집도 없고, 그러다 보니 또 어디서 좋은 술을 살 수 있겠어요! 사려면 큰거리로 나가야 겨우 사올 수 있어요."

"한지배인이 돌아오면 잘 상의해봐. 사자가 부근에 쓸 만한 집을 한 채 사서 줄 테니 자네 부부가 그리로 이사하게. 그렇게 하면 가게도 가깝고, 물건 사는 것도 훨씬 손쉬울 테니까."

"나리 말씀이 맞아요. 나리께서 그렇게 해주신다면 당장이라도 여기를 떠날 수가 있어요. 나리께서 오가시더라도 공연히 사람들 입방아에 오르내리지 않아도 되고요. 물론 우리가 하는 일이 그 사람들에게 부끄러운 일은 아니지만 말이에요. 나리께서 마음을 정하셨으면 그렇게 하세요. 제 남편이 집에 있건 없건 마찬가지로 그렇게 할 거예요."

이렇게 말하고 방 안에 탁자를 펴고, 서문경을 방 안으로 들어오게 해 옷을 벗고 편히 앉게 했다. 잠시 뒤에 술과 안주를 내오는데 탁자 위에 닭고기·오리 고기·생선·고기와 반찬류 등 없는 것이 없었다. 부인은 곁에 앉아 술을 따르며 시중을 들었다. 잠시 뒤에 둘은 어깨를 나란히 하고 무릎을 포개어 앉았다. 그렇게 마시다 술기운이 돌자 함께 옷을 벗어던지고 침상에 올라 놀기 시작했다. 왕씨는 일찌감치 온돌 위에 푹신푹신한 이부자리를 깔아놓았고 이불 안에 향을 피워놓고 있었다. 서문경은 왕륙아가 놀 줄 아는 것을 보고서는 한번 잘 놀아볼 심산으로 집에서 소매 안에다 비단 꾸러미를 가지고 왔다. 그 꾸러미를 풀어보니 안에는 은탁자[銀托子]·상사투[相思套]·유황권[硫黃圈]·약을 넣은 흰 비단 허리띠·현옥환[懸玉環]·봉제고[封臍膏]·면령[勉鈴]으로 모두 성행위를 할 때 사용하는 음기구[淫器具]들이었다. 왕륙아가 침대에 누워 옥 같은 다리를 높이 들어 벌리고 입으로 야릇한 신음을 토하니 서문경은 먼저 면령을 왕씨의 비경 속으로 집어넣고 은탁자를 자신의 물건 끝에 묶고 유황권을 그 끝에 입히고 봉제고를 배꼽 위에 붙이니 왕륙아가 서문경의 물건을 손으로 잡아 자신의 비경으로 이끌어 둘은 서로 화합해 점입가경의 지경에 이르렀다. 왕륙아는,

"사랑하는 서방님, 당신의 다리가 시릴까 걱정이 되니 베개를 갖다 편히 앉으시면 제가 알아서 할게요!"

하면서 다시,

"그렇게 하면 자유스럽지 못할지도 모르니 나리께서 제 다리 하나를 쳐들면 될 텐데 어떠세요?"

하니 서문경은 이에 정말로 감싸고 있던 다리 중 하나를 풀고 왕씨의 다리 하나를 침대 모서리에 묶으니 왕씨의 비경이 그대로 훤히 보이면서 여인이 흥분해 어쩔 줄을 모르면서 하얀 체액을 쏟아낸다. 서문경은 이를 보고,

"자네는 왜 이런 것을 흘리는가?"

하고 물으면서 닦아주려고 하자 왕륙아는,

"닦지 마세요, 제가 핥아먹을게요."

하면서 몸을 굽혀 그것을 핥아먹으며 야릇한 소리를 내니 이를 보고 서문경은 다시 음심이 일어나 자신도 몸을 굽혀서는 왕륙아의 뒤쪽에서 행위를 벌였다. 서문경 물건의 머리에 있는 유황권이 축축해져 삽입이 힘들어지자 왕륙아는 이마를 찌푸리며 애를 쓰다가 손으로 잘 어루만지고 나서 반쯤 삽입하고 겨우 서문경의 무릎 위에 앉을 수가 있었다. 왕륙아는 고개를 돌려 새치름히 바라보면서 애교 섞인 코맹맹이 소리로,

"영감님, 천천히 하세요! 그렇게 거칠게 하시면 제가 어찌 참을 수가 있겠어요?"

했다. 서문경은 왕륙아의 엉덩이를 붙잡고 계속 왕복 운동을 하면서 말했다.

"귀여운 왕륙아야, 네가 어찌 내 마음을 알겠느냐마는 정말 아주 잘 놀았단다. 뜻하지 않게 너를 만난 것도 다 뜻이 있는 모양이구나. 너와 나는 앞으로 죽어도 헤어지기가 힘들겠구나."

"서방님, 몇 번 놀다가 싫증난다고 저를 버리시면 어쩌죠?"

"좀 더 사귀어보면 알겠지만 나는 그런 사람이 아니란다."

얘기를 나누면서 둘은 어느새 밥을 한 번 먹을 정도를 붙어 놀았다. 서문경은 왕씨의 자세를 낮추게 하고 몇 번 더 왕복 운동을 하니 왕씨는 야릇한 소리를 지르다 마침내 손으로 엉덩이를 받쳐들고 그 정액을 받아들이니 즐거움이 극에 달하고 정이 진함에 그 쏟아내는 것도 마찬가지였다. 일을 끝내고 물건을 꺼내고 유황권을 푸니 왕씨가 입으로 그것을 핥아 깨끗하게 해주었다. 둘은 머리를 나란히 하고 침대에 누웠다.

모든 것이 맛이 있지만, 좋은 놀이는 뒤에서 하는 후정화[後庭花] 자세라네.

시가 있어 이를 밝히나니,

아름다운 사람이
일편단심으로 뒤뜰의 꽃을 꺾으려 하네.
언제나 문 앞만 지나다가도
문을 열면 예봉은 멈추네.

집안으로 어렵게 맞이해 들이나
꼭 고삐에 매인 말처럼 돌아가려 하네.
그렇게 즐기다 내 몸 위에서 기진맥진
나의 얼굴도 녹초가 되고
화장한 얼굴에는 붉은 빛이 감도네.
美冤家 一心愛折後庭花
尋常只在門前里走
又被開路先鋒把佳了
放在戶中難某受
轉絲韁 勒回馬
親得勝 弄的我身上麻
蹴損了奴的粉臉
粉臉那丹霞

  서문경은 왕륙아를 껴안고 밤 열 시경까지 있다가 하인이 말을 가
지고 모시러 왔기에 비로소 몸을 일으켜 집으로 돌아갔다.
  다음 날 아침 관아로 나가 바로 포졸 두 명을 보내 한이를 제형원
으로 잡아오게 한 후 다짜고짜 도적으로 몰아 이유를 따지지 않고 곤
장 이십여 대를 내려치니 볼기가 다 찢어지고 유혈이 낭자해 집으로
돌아와 한 달이 지나서야 겨우 거동할 수 있었다. 이런 일이 있고 나
서는 겁이 나 두 번 다시 부인의 집에 가서 행패를 부리지 않았다.
  화를 내지 않으면 군자라 할 수 없고, 독을 품지 않으면 장부라 할
수 없건만.

그로부터 며칠이 지나 내보와 한도국이 동경에서 돌아와 갔다 온 일을 소상하게 서문경에게 보고했다.

　"적집사께서 그 아가씨를 보고 대단히 좋아하시면서 나리께 큰 신세를 졌다고 하셨습니다. 저희들을 그 댁에 이틀간 머물게 하시면서 답장을 써주시고, 나리께는 검은 말 한 필을 선물로 주시고, 한지배인에게는 아가씨의 혼례 수고비로 은자 쉰 냥을, 제게는 노자 스무 냥을 주셨습니다."

　이에 서문경은,

　"수고들 했다."

하며 편지를 받아보니, 편지 내용은 감사의 글귀가 아닌 것이 없었다. 이로부터 두 집은 서로 친척이 됐음은 물론이다.

　한도국은 서문경에게 인사를 하고 집으로 돌아가려고 했다. 이에 서문경은,

　"한지배인, 이 혼례 비용으로 받아온 쉰 냥은 아무래도 자네가 가져가는 것이 좋겠어. 자네 부부가 그동안 딸자식을 키우느라 여간 고생했겠는가!"

하니 한도국은 한사코 사양하면서 말했다.

　"나리의 두터운 은혜와 혼사에 필요한 돈은 전에 이미 다 받았습니다. 그런데 어찌 이 돈을 받을 수 있겠습니까? 전부터 적지 않게 나리의 신세를 지고 있는데 말입니다!"

　"받지 않으면 내가 화를 낼 걸세. 이것을 가지고 가서 함부로 쓰지 말게. 따로 쓸 데가 있으니 말이야."

　이 말을 듣고서야 비로소 한도국은 감사하다고 인사를 하고 집으로 돌아갔다. 왕륙아는 남편이 돌아온 것을 보고 몹시 기뻐했다. 집

을 건네받고 옷의 먼지를 털어주며 여행 중의 일을 이것저것 물으며 딸아이가 간 곳은 어떠한지 물어보았다. 이에 한도국은 여행 중의 일을 대충 얘기해주고는,

"딸이 그곳에 가자 바로 세 칸짜리 집을 주고 시중드는 하인 둘을 딸려주셨어. 의복이나 먹는 것은 말할 필요도 없어. 다음 날 바로 안채로 데리고 들어가 마님을 뵈었지. 적집사께서 몹시 좋아하시고 우리를 그 댁에 이틀이나 머물게 하면서 술과 음식을 다 먹지 못할 정도로 실컷 주셨어. 그리고 혼례 비용으로 쉰 냥을 주시기에 가지고 와서 서문 나리께 드렸더니, 나더러 가지고 가라 하시기에 수차례 사양하다가 완강히 말씀하셔서 마지못해 집으로 가져왔어."

라면서 은자를 꺼내 왕륙아에게 주니, 왕륙아는 안도의 숨을 내쉬었다.

"내일 당신이 은자 한 냥을 가지고 풍씨 할머니한테 가서 감사하다고 말씀드리세요. 당신이 없을 때 풍씨가 말벗을 해줬어요. 서문 나리께서도 풍씨에게 한 냥을 주셨대요."

왕륙아가 이렇게 말하고 있을 때 하인이 차를 들고 들어왔다. 한도국이,

"어느 집 아가씨야?"

하고 물었다. 왕륙아는,

"새로 산 여종으로 이름은 금아라고 해요. 와서 주인어른께 인사 올리거라."

하니 금아가 다가와 한도국에게 절을 올리고는 부엌으로 내려갔다. 왕륙아는 여차저차해서 서문경을 꼬였다는 얘기를 들려주었다.

"당신이 가고 나서 서너 차례 찾아왔는데, 은자 넉 냥을 써서 저 하

인 애를 사줬어요. 그리고 한 번 올 때마다 한두 냥씩 주고 가요. 시동생 한이가 하늘 높은 줄 모르고 술에 취해 행패를 부리다가 나리께 들켜 관아에 끌려가 죽도록 얻어맞고 지금까지 코빼기도 보이지 않고 있어요. 나리께서는 여기 오시기가 불편하다고 하시면서 우리를 위해 큰거리 부근에 집을 한 채 사줄 테니 거기로 이사하라고 하셨어요."

"아하, 어쩐지 좀 전에 이 돈을 나더러 집으로 가지고 가서 함부로 쓰지 말라고 하더니, 그런 이유가 있었군."

"이렇게 쉰 냥이 있으니 일간 나리가 반드시 돈을 좀 더 보태 집을 한 채 사주지 않겠어요? 이게 다 내가 나리에게 몸을 허락했기 때문이에요. 덕분에 먹고 입는 것은 나리가 대줄 거예요!"

"내가 내일 가게에 나간 사이 나리가 오면 당신은 내가 전혀 모르는 것처럼 하고 나리를 모시는 데 태만하지 말고 잘 모시도록 해요. 이렇게 손쉽게 돈을 벌 수 있는데 뭐하러 다른 방법을 쓴단 말인가!"

왕륙아는 웃으며,

"날강도 같은 양반, 길에 엎어져 뒈지구려! 당신이야 자빠져서 편안히 밥을 먹을 수 있지만, 당신은 내가 얼마나 괴로워하는지 모를 거예요!"

하니 둘은 한바탕 웃은 후 식사를 하고 잠자리에 들었다.

다음 날 한도국은 서문경의 집에 가서 열쇠를 받아 사자가에 있는 가게로 나가 가게문을 연 후에 풍노파에게 은자 한 냥을 주며 감사의 말을 건넸다. 이날 서문경은 하제형과 함께 관아를 나왔다. 하제형은 서문경이 윤이 흐르는 까만 말을 타고 있는 것을 보고 물어보았다.

"서문대인, 어째 백마를 타지 않으시고 이 말로 바꾸셨습니까? 보아하니 아주 좋은 말 같은데 이빨은 어떻습니까?"

"지난번에 타던 말은 집에서 이삼 일 쉬고 있습니다. 이 말은 동경에 있는 채태사 댁 집사인 적운봉 나리께서 선물로 보내준 것인데, 서하[西夏]에 있는 유참장[劉參將]에게 받은 것이랍니다. 이빨이 네 개밖에 없어(말이 두 살밖에 안 됐음을 의미) 걸음이 다소 느리기는 하나 그런대로 탈 만합니다. 흠이 있다면 달릴 때 제대로 제어가 안 되고 먹이를 먹을 때 사람들이 가까이 하기가 힘들고 탈 때 약간 힘이 들긴 합니다. 처음 탈 때 익숙지 않아 꽤 고생했으나 이삼 일이 지나고 나니 많이 좋아졌습니다."

"이 정도면 좋은 물건입니다. 오래 타시려면 날마다 거리를 천천히 달리시고, 너무 멀리 가지는 마십시오. 여기서 사려면 적어도 은자 칠팔십 냥은 줘야 할 겁니다. 제가 타던 말은 어제 또 죽어서 오늘 일찍 관아에 나오자마자 편지를 보내 친척 말을 빌려 타고 왔는데 정말로 불편하기 그지없습니다."

"그야 어려운 일이 아니지요. 대인께서 말이 없으시다면, 제 집에 누런 말이 한 필 있으니 그 말을 드리겠습니다."

이에 하제형은 손을 내저으며 말했다.

"대인께서 정히 그렇게 생각을 해주신다면, 제가 값을 쳐드리겠습니다."

"무슨 말씀을 그리 섭섭하게 하십니까. 집에 가는 즉시 하인을 시켜 보내드리겠습니다."

둘이 서가 입구에 이르자, 서문경은 손을 들어 작별인사를 하고 집으로 돌아왔다. 집으로 돌아와서는 바로 대안을 시켜 말을 보내주었다. 하제형은 말을 보고는 대단히 기뻐하며 대안에게 은자 한 냥을

수고비로 주고,

　'두터운 은혜, 내일 관아에서 감사의 말씀 올리겠습니다.'

라고 답장을 보냈다.

　두 달여가 지나 때는 바야흐로 시월 중순경이었다. 하제형의 집에서는 국화주를 빚어 준비하고, 배우를 두 명 부른 뒤 서문경을 초대해 말을 보내준 것에 대한 감사 턱을 냈다. 서문경은 집에서 점심을 먹은 후에 사무를 대충 정리하고 하제형의 집으로 갔다. 원래 하제형은 한 상 딱 벌어지게 준비를 해놓았는데 이 모든 것이 오로지 서문경 한 사람만을 위한 것이었다. 서문경이 오는 것을 보고서는 반가워 어쩔 줄 모르면서 계단 아래로 내려가 친히 맞이해 대청으로 안내하고 인사를 나누었다. 서문경은,

　"장관께서 어찌 이리 신경을 쓰십니까!"

하니 하제형은,

　"금년에 국화 술을 빚었기에 시간을 내어 한잔 마시려고 하는 것입니다. 다른 손님은 더 없습니다."

　이렇게 말을 하고 서로 옷을 벗어 편히 하고 자리에 앉았다. 차를 마시며 바둑을 둔 후 술을 마시며 환담을 나누었다. 배우 두 명이 곁에서 악기를 연주하며 노래를 불렀다.


　금잔에는 향기로운 술이 넘실대고

　상아로 만든 박자판은 악기와 노래 소리 은은하네.

　金尊進酒浮香蟻 象板催箏唱鷓鴣


　서문경은 하제형의 집에서 술을 마시며 놀고 있었다.

한편 반금련은 서문경이 오랫동안 자기 방을 찾지 않아 점점 비취빛 이불은 차갑기만 하고, 부용꽃을 화려하게 수놓은 휘장은 썰렁하기만 했다. 이날도 쪽문을 열어놓고 방에다 등불을 높이 켜놓고 병풍에 기대어 비파를 타고 있었다. 밤 열 시가 지나도록 춘매를 시켜 수차례 나가보라 했으나 아무 동정도 없었다.

은으로 만든 쟁[箏]을 밤새 은근히 가지고 놀 수는 있지만
적막하고 빈 방에서 차마 연주할 수 없구나.
銀箏夜久慇懃弄 寂寞空房不忍彈

비파를 들어 무릎 위에 걸치고 나지막이 「강물이 서로 넘나드네[二犯江兒水]」라는 곡을 타며 시름을 달랬다. 옷을 입은 채로 침대 위에 누워보았으나 역시 잠은 오지 않았다.

울적한 마음을 병풍에 기대보다가
옷을 입은 채 억지로 잠을 청해보네.
悶把幃屏來靠 和衣强睡倒

그러고 있노라니 처마 끝 풍경이 요란히 울리기에 서문경이 돌아와 문고리를 두들기는 소리인 줄 알고 급히 춘매를 나가 보게 했다. 춘매가 돌아와,

"마님이 틀렸어요. 바깥에는 바람이 불고 눈도 조금씩 내리고 있어요."

했다. 이에 반금련은 다시 비파를 타며 노래를 불렀다.

바람소리 은은히 들려오고
눈은 창가에 흩날리는데
얼어 꽃처럼 나풀대누나.
聽風聲嘹喨 雪洒窗寮 任水花片片飄

그러는 사이에 등잔의 등불도 희미해지고 향도 다 사그라져간다.
마음속으로는 다시 돋우려 했으나 서문경이 오지 않는 것을 보고 꼼
짝도 하기 싫었다. 그래 다시 노래했다.

게을러지니 등불도 돋우기 귀찮고
향을 다시 붙이기도 싫구나.
(단지 하루를 여삼추처럼 지내고
하룻밤을 반여름같이 기다리고만 있구나)
이대로 하룻밤을 지새우며 내일이 밝아올까 두렵네.
자세히 생각해보네, 이 번뇌 언제나 끝날 것인가?
(가만히 생각해보니 사랑하던 님이 당초 했던 말이 나의 마음을 더욱 아
프게 하네)
생각건대 오늘밤 마음의 초조함
내 청춘을 얼마나 버려놨는가!
(당신이 나를 버려두고 다른 여자를 사랑할 줄 누가 생각이나 했겠는가)
매정한 사람 정말로 다시는 안 오실는지!
懶把寶燈挑 慷將香篆燒 捱過今宵 怕到明朝
細尋思 這煩惱何日是了
想起來 今夜裡心兒內焦 誤了我靑春年少

你撒的人 有上稍來沒下稍

　한편 서문경은 일경(오후 일곱 시에서 아홉 시 사이)이 지나 거나하게 취해 하제형의 집에서 나왔다. 도중에 하늘이 흐려지고 날씨가 음산해지며 하늘에서 싸리눈이 내리기 시작했는데, 옷에 떨어지자마자 바로 녹아내렸다. 말을 재촉해 급히 집으로 돌아와 하인에게 등을 들게 하고 안채로 들어가지 않고 곧장 이병아의 방으로 향했다. 이병아는 반갑게 맞으며 서문경의 옷 위에 쌓인 눈을 털어주었다. 이때 서문경은 검은 실로 짠 두꺼운 마고자에, 말을 탈 때 입는 비단 저고리, 비단 두건을 쓰고 털신에 담비 목도리를 하고 있었다. 이병아는 옷을 받아 걸고 마른 옷을 주어 입게 한 뒤 의자에 앉게 했다. 그러고 나자 서문경이 물었다.

　"그래, 애는 자나?"

　"관가는 좀 전까지 놀다가 이제 겨우 잠이 들었어요."

　"그럼 자게 내버려둬요. 공연히 자다가 깨 놀랄지도 모르니."

　이렇게 말을 하고 있을 적에 영춘이 차를 내왔다. 이병아가 묻는다.

　"술을 드신다더니 일찍 돌아오셨네요?"

　"일전에 하제형에게 말을 한 마리 선물했는데, 오늘 오로지 나만을 위해 술자리를 마련해놓고 초청한 것이었어. 배우도 두 명 부르고 말이야. 그들과 잠시 앉아 놀다가 보아하니 눈도 내리고 날씨도 좋지 않기에 일찍 돌아왔지."

　"술을 더 드시겠어요? 애를 시켜 술을 좀 데워오게 할게요. 큰눈을 맞고 집으로 돌아오시느라 추우셨을 거예요."

　"포도주가 남아 있으면 데워와 좀 마시고 싶군. 하제형의 집에서

직접 만든 국화주를 내왔는데 향기가 너무 진해서 많이 마시지 않았
거든."

영춘은 탁자를 내려놓고 바로 소금에 절인 닭고기 반찬과 야채,
과일 안주를 준비했다. 이병아도 의자를 가지고 곁으로 다가와 앉고,
탁자 옆에는 몸을 녹이게 작은 화롯불을 놓고 술시중을 들었다.

이렇게 둘이 즐겁게 술을 마시고 있을 때 반금련은 다른 방에서
쓸쓸히 침대 위에 앉아 비파를 가슴에 품고 있었다. 탁자 위에는 외
로운 등불이 어슴푸레하게 빛을 발하고 있었다. 잠을 자려 하다가도
서문경이 언제 불쑥 찾아올지 모르고, 자지 않으려고 해도 피곤하고
날씨도 추워 참지 못하고, 비녀를 빼니 검은 머리가 어지러이 흐트러
졌다. 어쩔 수 없이 휘장을 반쪽만 내리고 이불을 끌어안고 앉아 있
었다.

비단 잠자리에 들어 자려 하나
낮게 드리운 휘장에는 비단 이불만이.
일찍이 버림받을 줄은 알았지만
나의 일편단심을 이렇듯 저버리다니.
倦倚繡床愁懶睡 低垂錦帳繡衾空
早知薄幸輕抛棄 辜負奴家一片心

그러면서 다시 노래하기를,

박정하게도 가볍게 버리다니
이별하고서는 혼자 괴로워하네.

懊恨薄情輕棄 離愁閑自惱

노래를 마친 후에 춘매를 불러서는,

"밖에 가서 다시 한 번 나리께서 돌아오셨는지 살펴보거라. 빨리 돌아와 알려다오."

하니 춘매가 나갔다가 바로 돌아와서는,

"마님께서는 나리께서 아직 돌아오지 않으셨다고 생각하실지 모르지만, 나리께서는 돌아오셔서 모든 게 다 귀찮으시다고 바로 여섯째 마님 방에서 술을 들고 계시지 않겠어요?"

하자 반금련이 이 말을 듣지 않았다면 몰라도 듣고 나니 마음이 마치 예리한 칼로 도려내는 듯했다. 수차례 정을 저버린 나쁜 양반이라고 욕을 했지만 결국 구슬 같은 눈물을 뚝뚝 흘렸다. 그러다가 다시 비파를 치켜들고 입속으로 노래를 불렀다.

사람을 죽인 자는 좋게 용서할 수 있으나
사랑을 저버린 자는 용서키 어려워라.
사랑을 저버린 것을 하늘이 보고 있으리!
(허나 솔직히 말하자면 그가 좋기도 하고 밉기도 하다네)
마음이 아프나 씻기 어렵고
가슴속 고통을 스스로 어루만지네.
(소리를 질러보네 무정한 사람아, 내가 그와 비교해 어떻단 말인가?)
소금은 소금이고 식초는 식초이며
벽돌은 원래 두껍고 기와는 원래가 얇은 것을
(당신은 옛것을 버리고 새것만을 좋아하다니!)

달콤한 복숭아를 버려두고 새콤한 대추만을 가서 찾다니.
(이제 다시는 당신에게 속지 않으리!)
내가 당신같이 야속한 사람을 잘못 본 거야.
(합창) 생각하니 애달픈 내 마음이여
나의 청춘을 망쳐놓고서
매정한 당신은 다시는 오지 않으려 한단 말인가!
論殺人好恨 情理難饒 負心的天鑒表
心癢痛難掃 愁懷悶自焦 讓了甛桃 去尋酸棗
奴將你這定盤星兒錯認了
想起來 心兒裡焦 誤了我靑春年少
你撇的人 有上稍來沒下稍


사람으로 나려거든 여인으로 태어나지 마라
모든 고통과 즐거움이 남자에게 달려 있다네.
어리석은 여인의 마음 남자에게 버림받으니
당초 잘못 보았거늘 후회한들 무엇하리.
爲人莫作婦人身 百般苦樂由他人
癡心老婆負心漢 悔莫當初錯認眞


처음 만나던 일을 항상 기억하며
어리석은 마음에 늙을 때까지 기다리네.
(오늘 그의 마음이 변할 줄 누가 생각이나 했겠는가.
하루아침에 나를 버리고 아는 체를 않는구나.
어찌 그럴 수가 있단 말인가)

구름이 초수[楚岫](무산[巫山])를 가리고

물은 남교[藍橋]*를 뒤덮으니

봉황과 난새가 나뉘어 날아가네.

(얼굴을 대고 말을 하려고 하나 마음이 산에 가로막혀 있네.

겨우 벽돌을 하나 사이에 두고 있으며

지척에 있으면서도 만나볼 수가 없네)

마음은 멀리 가 있어도 길은 가까운 곳

(마음이 다하니 마치 소금이 물에 떨어진 듯

물이 모래에 엎질러진 듯하구나)

정이 다하니 소식도 없구나.

(누구에게도 하소연하기가 힘들구나)

땅은 넓고 하늘은 높네.

(나는 꿈속에서조차 양대[陽臺]에 가지 못하네)

꿈은 끊어지고 마음은 피곤한데

얄미운 그 사람은 그 사이에 마음이 변했네.

(합창) 생각하니 애달픈 내 마음이여

나의 청춘을 망쳐놓고서

매정한 당신은 다시는 오지 않으려 한단 말인가!

常記的當初相聚 癡心兒望到老

被雲遮楚岫 水淹藍橋 打拆開鸞鳳走

心遠路非遙 情疏魚雁杳 地厚天高 夢斷魂勞

俏冤家這其間 心變了

---

* 미생[尾生]이라는 사람이 섬서성 남전현 섬수에 있는 다리에서 여인을 기다렸으나 여인은 오지 않고, 홍수가 져 다리를 붙잡고 죽어갔다는 이야기

想起來 心兒裡焦 誤了我 青春年少
你撇的人 有上稍來無下稍


이때 서문경은 한참 이병아 방에서 술을 마시고 있다가 저편에서 들려오는 비파 소리를 듣고 바로,

"누가 비파를 타고 있느냐?"

하고 물으니 영춘이,

"다섯째 마님께서 타고 계세요."

하자 이에 이병아는 말했다.

"다섯째 형님께서 아직까지 주무시지 않고 계셨구나! 수춘아, 빨리 가서 다섯째 마님께 술을 드시러 오시라고 해라. 마님께서 청하는 것이라 말씀드리고 말이다."

수춘이 가자 이병아는 급히 영춘을 시켜 의자를 준비하고 잔과 수저를 그 앞에 놓았다. 잠시 뒤에 수춘이 와서는,

"다섯째 마님께서는 이미 머리를 다 풀고 계셔서 오지 않으시겠답니다."

하니 이병아가 다시 말했다.

"영춘아, 네가 다시 한 번 가서 오시게 해라. 나리와 큰마님께서 부르시는 것이라고 말씀을 드리면서 말이다."

잠시 뒤에 영춘이 돌아와,

"다섯째 마님께서는 쪽문을 걸어 잠그시고 등불도 다 끄시고 잠자리에 드셨어요."

하니 이에 서문경은,

"그 음탕한 계집을 믿어서는 안 돼. 우리 둘이 함께 가서 끌고 오자

구. 무슨 수를 쓰든지 끌어와 금련과 함께 바둑이나 두며 놀자구.”

하고는 이병아와 함께 반금련의 쪽문으로 갔다. 한참을 두들기니 춘매가 쪽문을 열었다. 서문경이 이병아를 이끌고 방 안으로 들어가 보니 반금련이 휘장 안에 앉아 있고 그 곁에 비파가 놓여 있었다. 서문경은 이를 보고,

“이 음탕한 계집아, 왜 두세 차례나 불러도 오지 않는단 말이냐?”

하니 금련은 단지 침상 머리에 앉아 전혀 미동도 하지 않고, 얼굴을 파묻고 한참 동안 아무런 말도 하지 않다가 이내 내뱉었다.

“더럽게 재수 없는 년이 여기서 쓸쓸히 있는데, 내 맘대로 그냥 있게 내버려두지 왜 또 치근거리는 거예요? 공연히 마음 쓰지 말고 다른 데 가서 알아보세요.”

“이런 못된 것이, 여든 먹은 이빨 빠진 노인네처럼 웬 쓸데없는 주둥이를 놀리는 게야! 관가 에미가 있는 곳으로 너를 불러 바둑이나 두며 놀려고 했는데 기다려도 왜 오지 않고 자빠져 있어?”

“형님, 왜 그러세요? 제 방에 바둑판이랑 다 준비해놓고 있으니 같이 놀며 내기 술을 마시셔요.”

“여섯째, 자네나 가게. 나는 이미 자려고 머리도 풀었고 마음도 편치 않은 것을 자네는 모를 거야. 지금 잠을 잔다고 해도 당신들만큼 맘이 그렇게 한가롭지 않아요. 요 이삼 일간 단지 숨만 내쉴 뿐이었어요. 술이건 물이건 무엇을 먹든 제대로 맛을 모르고, 단지 눈만 멀건하게 뜨고 날을 지새울 뿐이에요!”

“이런 미친년이, 잘 지내고 있구만, 뭐가 몸이 좋지 않다고 그래? 어디가 안 좋으면 일찍 말을 해. 그러면 내 의사를 불러줄 테니.”

“정히 못 믿겠다면 춘매더러 내 거울을 가져오게 해 비춰볼게요.

요 며칠 사이에 마른 모습이 사람 꼴이 아니에요!"

춘매가 거울을 가져와 정말로 금련의 손에 쥐어주자 등불을 밝혀 바라보니, 정말로 그러했다.

부끄러이 화장 경대를 대하고 보니
그대 때문에 초췌해지고 야위어 아름다운 모습은 다 없어졌네.
문을 잠그고 세상일에 관여치 않으니
매화만이 멋대로 피는구나.
羞對菱花拭粉粧 爲郎憔瘦減容光
閉門不顧閑風月 任您梅花自主張

부끄러이 거울에 비추어 보니
눈썹 그리기도 귀찮구나.
마음이 다하니 외모도 꺼칠해지고
마른 모습 더욱 보기 안 좋구나.
羞把菱花來照 蛾眉懶去掃 暗消磨了精神
折損了豐標 瘦伶仃不甚好

서문경도 거울을 낚아채 비춰보고는,
"나는 어째서 마르지 않지?"
하자 금련이 답한다.
"누가 당신 팔자에 비할 수 있겠어요? 매일 술에 고기에 그렇게 먹어대 뚱뚱해지는데 말이에요!"

이렇게 말을 하고 있는데 서문경은 느닷없이 금련이 앉아 있는 침대 위에 엉덩이를 들이밀고 금련의 목덜미를 끌어안고 입을 맞추었다. 그러면서 다시 손을 이불 속으로 뻗어 금련의 몸을 더듬어보고서 아직 옷을 벗지 않은 것을 알았다. 양손을 금련의 허리춤으로 집어넣으며,

"나의 귀여운 것, 정말로 약간 말랐구나!"

라고 말했다. 이에 금련도,

"엉큼한 양반 같으니라구! 그 차가운 손을 어디다 넣고 있어요. 차가워 죽겠어요. 그럼 내가 거짓말이라도 하는 줄 아신 모양이지요?"

했다.

향기는 시들어도 해당화는 아름답네
옷 안에서 황홀하게 떠오르는 버드나무 같은 허리.
香褪了海棠嬌 衣惚了楊柳腰

금련은 계속해 말하기를,

"내 향기로운 뺨에 구슬 같은 눈물이 흐르고 있잖아요. 제 괴로움은 누가 알까요? 눈물이 뱃속에서부터 흘러나오고 있어요."

라며 노래를 불렀다.

무료한 이 마음, 어지럽기 그지없어라.
눈물방울도 다 말랐구나.
(합창) 생각건대 마음이 어지럽구나
나의 청춘을 망쳐놓고서
매정한 당신은 다시는 오지 않으려 한단 말인가!

悶悶無聊 攘攘勞勞 淚珠兒到今滴盡了
想起來 心裡亂焦 誤了我青春年少
撇的人來 有上稍來落下稍

　한바탕 소란을 피운 후에 서문경은 금련을 반 강제로 끌고서 이병
아 방에 데리고 와서는 바둑을 한 판 두고 술을 한차례 마셨다. 이병
아는 금련이 일어서 나갈 때 얼굴에 질투의 기색이 있는 것을 보고
서문경을 잘 구슬려 금련의 방에 건너가 자게 했다.

　허리가 야윈 것은 헛된 근심 때문이고
　눈물 자국은 님 그린 탓이라네.
　腰瘦故知閒事惱 淚痕只爲別情濃

시가 있어 이를 알리나니,

　이별한 후에 빛을 잃은 용모
　수천 번을 침상 위에서 뒤척이네.
　다행히 병아가 좋은 일을 성사시켜주니
　무산의 선녀가 양왕을 만난 듯하구나.
　自從別後減容光 萬轉千回懶下床
　虧殺瓶兒成好事 得敎巫女會襄王

# 제39화 홍련의 혀에서 쏟아지는 빛들

서문경은 옥황묘에서 제사를 지내고
오월랑은 여승에게 불경을 듣다

한무제는 깨끗이 목욕을 하고 밤에 제단을 쌓고
스스로 맑은 물을 마시고 신선들께 기도했네.
대전 앞에 궁녀들이 향로를 옮기고
구름가에 신선들이 이슬 받침대를 들고
화려했던 영화도 다 꿈속으로 들어가니
푸른 복숭아는 어디에서 다시 무성할는지
무릉[茂陵]*에 안개비 내려 활과 검을 묻고
돌로 만든 말에는 무성한 풀만 소리 없이 차디차네.

漢武淸齋夜築壇 自斟明水醮仙宮

殿前玉女移香案 雲際金人捧露盤

絛節幾時還入夢 碧桃何處更驂鸞

茂陵煙雨埋弓劍 石馬無聲蔓草寒

그날 밤 서문경은 반금련의 방에서 함께 잤다. 금련은 서문경의
뱃속에 들어가지 못하는 게 한스러워 베갯머리에서 온갖 교태와 아

---

* 섬서성 흥평현 동북쪽에 자리한 한무제의 무덤

양을 떨며, 울다가 혹은 종알거리며 서문경의 마음을 붙잡으려고 했다. 그러나 서문경은 밖에다 한도국의 부인을 꼬여 사자가에 있는 돌다리 동쪽에 백이십 냥의 은자를 들여 좌우 두 채에 네 칸짜리 집을 사 살림을 차려주었다. 방 하나는 손님을 맞이하는 객실이고, 다른 방 하나는 불상과 조상을 모시는 방, 나머지 방 하나는 살림살이 방이었다. 안에는 원래대로 온돌 침상이 있고 그 맞은편에는 불을 지피는 아궁이가 있는데 아주 깨끗하게 정리되어 있었다. 다른 한편은 주방 겸 땔감을 쌓아놓는 곳이고, 뒤편에는 측간이 있었다.

이사 온 이후에 주위 사람들은 한씨가 바로 서문경 집에서 관리인으로 일하고 있으며, 또 한씨가 항상 깨끗한 비단옷을 입고 거리를 활보하며, 한씨의 부인도 늘 머리 장식을 화려하게 하고 화장을 곱게 하고 문 앞에 서 있는 것을 보았다. 이러한 모습을 모르는 체할 수 없어 모두 차와 과자를 사와서 이사 온 것을 축하해주었다. 이웃 사람들 중 비슷한 연배들은 이 부부를 한대가[韓大哥]나 한대수[韓大嫂]라고 부르고, 나이가 어린 사람들은 아저씨나 아주머니라고 불렀다.

서문경이 한씨 집으로 오면 한도국은 바로 가게에서 자면서 자기 부인이 서문경과 부담 없이 즐길 수 있게 해주었다. 아침에 왔다가 저녁에 가니 주위 사람들이 자연스레 이 일을 알게 됐다. 그렇지만 서문경은 돈도 있고 권세도 있으니 감히 누가 간섭할 수 있겠는가! 한 달 동안 서문경은 서너 차례 오가면서 왕륙아와 뜨거운 숯불처럼 몸을 불사르니 입고 쓰는 가재도구가 전과 같지 않았다.

어느덧 시간이 흘러 동지섣달이 되자, 서문경은 바쁘게 동경과 부현의 고위 관리들에게 선물을 보냈다. 이때 옥황묘의 오도관이 제자를 시켜 선물 네 상자를 보내왔는데, 고기 한 상자, 은어 한 상자, 과일 두 상자와 함께 천지신과 집안의 부엌 등에 부치는 부적이었다. 서문경은 때마침 안방에서 식사를 하고 있는데 대안이 선물 쪽지를 가지고 들어왔다. 위에는 '옥황묘소도오종희돈수배[玉皇廟小道吳宗喜頓首拜]'라고 쓰여 있었다. 서문경은 상자를 열어보고,

"출가한 사람이 신경을 써서 이런 좋은 선물을 보내주다니!"
하면서 대안에게 분부해 서동에게 감사 편지를 쓰게 하고 심부름 온 사람에게 은자 한 냥을 주라고 일렀다. 이때 월랑이 곁에 있다가 말했다.

"출가한 사람한테 연말에 이런 좋은 선물을 받기만 하는군요. 일전에 여섯째가 아이를 낳았을 때 정성스런 제사를 올리겠다고 한 적이 있으니 이번에 오도관에게 부탁하세요."

"백이십 분의 제사를 올리겠다고 했는데 깜빡 잊었군!"

"정말 무심하시네요. 자기가 기원한 걸 잊는 사람이 어디 있어요! 당신이 마음에는 없이 말로만 해도 천지신명께서는 모두 기억하고 계세요. 어쩐지 아기가 온종일 칭얼거린다 했더니 이 모든 게 나리께서 약속을 제대로 지키지 않아서 그래요! 그러니 당신이 해결하셔야죠."

"기왕 말이 나왔으니 정월에 오도관 묘에 가서 제사를 지냅시다."

"어제 여섯째가 관가가 잔병치레를 너무 자주 하니 어디 절이나 묘에 가서 다른 이름을 얻어봐야겠다고 했어요."

서문경은,

"다른 데 가서 이름을 얻을 게 뭐 있나? 오도관 묘에 가서 얻으면 되지."

하면서 대안에게 물었다.

"옥황묘에서 누가 왔느냐?"

"둘째 제자인 응춘이 선물을 가지고 왔습니다."

서문경이 밖으로 나와 보니 응춘이 급히 머리를 조아리며 말했다.

"저희 스승님께서 나리를 뵈면 안부를 여쭈라고 이르셨습니다. 또 변변치 못한 물건을 보내드리니 거두어 아랫사람들에게 나누어주시라고 하셨어요."

서문경은 대강 인사를 받고,

"돌아가 스승님께 보내주신 물건을 감사히 잘 받았다고 전해드리거라."

라면서 자리에 앉게 했다. 그러자 응춘이,

"소인이 어찌 감히 앉을 수 있겠습니까?"

하니 서문경이 말했다.

"앉아. 내 자네에게 할 말이 있으니."

그 도사는 머리에 작은 모자를 쓰고, 검은 마로 만든 옷을 입고 신발과 깨끗한 버선을 신고 있었는데, 몇 차례 사양하다가 겨우 의자를 끌어와 곁에 앉았다.

서문경이 차를 바꿔 마시게 하니 응춘이 물었다.

"무슨 분부가 계신지요?"

"정월에 제사를 올리려 하는데 자네 스승께서 나 대신 수고를 좀 해주셨으면 해. 또 내 아들애를 보내 좋은 이름도 하나 더 짓고 말일세. 그런데 자네 스승께서 시간이 있는지 모르겠군?"

이에 제자는 자리에서 급히 일어나며 말했다.

"나리의 분부시라면 설사 다른 곳의 불사[佛事]가 있다 할지라도 어찌 감히 거절할 수 있겠습니까. 나리께서는 언제쯤으로 날짜를 잡고 계신지요?"

"초아흐레가 옥황상제의 탄신일이니 그날로 정하지."

"그날은 대단히 좋습니다. 옥갑기[玉甲記](정양허진군[旌陽許眞君]이 편찬했다는 성명학[星命學] 책)에 이르기를 땅과 하늘의 길일이 겹치고 오복[五福](수[壽], 복[富], 귀[貴], 안녕[安寧], 고종명[考終命] 혹은 자손중다[子孫衆多])이 모두 모여 있으니 몸을 깨끗하게 하고 제사를 올리기에 아주 좋다고 했습니다. 그날 대전을 열고 나리를 위해 제단을 마련해놓겠습니다. 그런데 제사는 몇 차례나 올리려고 하시는지요?"

"금년 칠월에 애가 태어나 백이십 분께 제를 올리겠다고 약속했지. 그런데 바쁘다 보니 실행치 못했는데 정월에야 올릴까 해! 그리고 아이를 자네 스승께 보내 좋은 법명을 지을까 하네."

"그럼 그날 도사는 몇 명이나 부르시게요?"

"스승께 말해 열여섯 명을 부르게."

말을 마치고 하인들에게 명해 차를 내오게 한 뒤 먼저 열닷 냥을 싸서 그날 경전을 읽는 경비로 쓰게 주고, 따로 한 냥을 싸서 선물을 가져온 수고비로 주었다. 그러고는 다시 말하기를,

"다른 도사에게 돈을 보시하는 것 등 자네 사부께서는 아무것도 준비할 게 없다고 전하게. 여기에서 그날 쓸 일체의 지전, 향, 초 등 모든 것을 가지고 갈 테니."

하니, 이 말을 듣고 도사는 좋아 오줌을 찔끔찔끔 흘리며 밖으로 나가면서도 거듭 고개를 조아려 고맙다고 인사했다.

정월 초여드레가 되자 먼저 대안을 시켜 쌀 한 가마와 지전 한 꾸

러미, 초 열 근, 향 닷 근, 흰 무명 열두 필을 시주하는 데 쓰라고 보내고 또 경단 한 필과 남주[南酒] 두 동이, 오리 네 마리, 닭 네 마리, 돼지 족발 하나, 양 다리 하나, 은자 열 냥을 관가의 이름값으로 보냈다. 그리고 대안을 시켜 미리 안내장을 보내 오대구, 화대구, 응백작, 사희대 네 사람을 동행인으로 초대했다. 진경제는 말을 타고 먼저 묘에 가서 서문경을 대신해 인사를 하고 준비한 사항을 둘러보았다.

초아흐레에 서문경은 관아에 가지 않고 아침 일찍 의관을 차려입고 흰말을 타고 시종들을 앞뒤에서 호위하게 하면서 동문으로 나와 바로 옥황묘를 향해 출발했다. 멀리서 바라보니 울긋불긋하게 엮은 깃발이 보이고 아치형의 문도 보이는 것이, 성에서 얼마 떨어지지 않은 곳에 자리 잡은 옥황묘였다. 산문 앞에 이르러 말에서 내려 눈을 크게 뜨고 바라보니 과연 좋은 위치에 웅장한 묘당이 자리 잡고 있었다. 그 모습이 다음과 같다.

푸른 소나무는 울창하고 잣나무는 빽빽하네.
쇠못은 붉은 문에 박혀 있고
다리 그림자가 얕게 드리워져 있네.
푸른 기와 조각한 처마
수놓은 장막이 기둥에 높게 걸려 있어라.
일곱 칸 대전에는 황제가 하사한 글자가 걸려 있고
양편의 긴 복도에는
잘 그려진 하늘의 신들이 있네.
상서로운 구름 그림자 아래
높은 문은 푸른 하늘까지 솟아 있어라.

상서로운 노을빛 가운데
계단은 푸른 은하수까지 뻗쳐 있다.
황금으로 만든 대전 안에는
하늘의 제왕을 모신 상이 서른두 개
천제를 모신 백옥경 안에는
수많은 촛불이 켜 있네.
삼천문 밖에는
이루[離婁]*와 사광[師曠]**이 흉악하게 다투고
좌우 계단 아래에는
백호와 청룡이 용맹을 다툰다.
보전 앞에는 선녀와 옥녀가
향기로운 꽃을 바치고 있네.
옥 계단 아래에는 고위관리들이
붉은 신을 신고 조례를 드리네.
아홉 마리 용을 조각한 침상 위에는
불멸의 금신이 앉아 있으니
만천교주옥황장대제[萬天敎主玉皇張大帝]라네.
머리에는 열한 개의 면류관을
몸에는 용무늬가 있는 긴 옷을 입고
허리에는 푸른 띠를 두르고
팔괘구궁을 안배해
손으로 백옥홀을 집고

---

\* 황제시대 신화 중의 인물로 백 보 밖의 터럭이 떨어지는 것도 보았다 함. 신괴소설 중의 '천리안[千里眼]'임
\*\* 춘추시대 진나라의 음악가로 귀가 예민했다 함. 신괴소설 중의 '순풍이[順風耳]'임

삼귀오계[三歸五戒]를 듣고 있다.

금종이 울려 퍼지면

온 세상이 모두 귀의하고

옥경이 울리면

삼라만상이 복종한다.

조천각 위에는

하늘의 바람이 도사들이 경 읽는 소리를 감싸고

설법을 하는 연단에는

깊은 밤에 선패[仙佩] 소리 울린다.

이곳이야말로 진실한 신선들의 거처라 할 수 있으니

신선들이 머무는 봉래[蓬萊]보다 더욱 뛰어나도다.

青松鬱鬱 翠柏森森

金釘朱戶 玉橋低影

軒宮碧瓦雕 繡幕高懸寶檻

七間大殿 中懸勅額金書 兩應長廊 彩畫天神帥將

祥雲影裡 流星門高接靑

瑞霞光中 鬱羅臺直侵碧漢

黃金殿上 列天帝三十二尊 白玉京中 現臺光百千萬億

三天門外 離婁與師曠獰 左右階前 白虎與靑龍猛勇

寶殿前仙妃玉女 霞帔曾獻御香花

玉陛不四相九卿 朱履肅朝丹鳳闕

九龍床上 坐着個不壞金身 萬天敎主玉皇張大帝

頭戴十一冕旋 身披袞龍靑袍 腰繫藍田帶

按八卦九宮 手執白玉圭 聽三歸五戒

金鐘撞處 三千世界盡歸依 玉磬鳴時 萬象森羅皆拱極
朝天閣上 天風吹下步虛聲 演法壇中 夜月常聞仙佩響
只此便爲眞紫府 更于何處覓蓬萊

서문경이 정문으로 들어가니 첫 번째로 유성문이 있는데, 그 위에
는 칠 척 높이의 붉은 패에 두 줄의 대구가 걸려 있다.

황도[黃道]가 하늘에 열리니
상서로움이 구천[九天]의 천문[天門]으로 인도하고
금빛 가마 푸른 덮개를 갖추고 은혜로 마중하도다.
도관에는 햇빛이 빛나고
성스러운 온갖 깃발이 나부끼니
경전을 읽고 깨우치리.
黃道天開
祥啓九天之閭闔
迓金輿翠蓋以延恩
玄壇日麗
光臨萬聖之旛幢
誦寶笈瑤章而闡化

다시 보전 위에 오르니 스물넉 자의 재제[齋題]가 큰 글자로 쓰여
걸려 있다.

도를 닦아, 하늘에 답하고 땅에 감사하고

보국하고 은혜를 갚아라.
옥구슬 굴대를 아홉 번 굴리며
이름을 맡길 것을 맹세하니
길하고 상서로움이 재단에 가득해라.
靈寶答天謝地
報國酬恩
九轉玉樞
酬盟寄名
吉祥普滿齋壇


그리고 다시 양편에 대구로 쓰여 있다.


먼저 하늘에 지극함을 세우고
큰 도의 위대함을 우러러보니
중용이 지극함에 이른다.
옥황상제가 존귀하게 거처하니
깨끗한 수양의 공경스러움을 거울삼아
위로 넓은 은혜에 보답하리.
先天立極
仰大道之巍巍
庸申之悃
昊帝尊居
鑒淸修之翼翼
上報洪恩

서문경이 제단 앞 향을 피워놓은 탁자 앞으로 나가자 곁에 있던 작은 소동이 손 씻을 물과 수건을 건네주었다. 손을 씻고 깔개를 깔고 무릎을 꿇으니 향을 올리라고 하여 몸을 조아려 예를 올렸다. 원래 오도관의 이름은 종가[宗嘉]며 법명은 도진[道眞]으로, 그 생김이 훤칠하고 빼어났으며 얼굴에는 구레나룻을 길렀고 성격이 활발하고 쾌활해 친교를 넓게 맺고 있으며 사람들에게 베풀기를 좋아했다. 오도관이 옥황묘의 주지가 되자 주위 고관대작들이 모여들었고, 오도관은 제를 준비할 때도 정갈하고 깔끔하게 했으며 손님을 접대함에도 친절과 온화함으로 했다. 수하에는 제자 대엿이 있었는데 한결같이 말을 잘 들었다. 서문경은 모임을 가질 때 언제나 제를 올리고 매번 생일을 맞이할 때에도 예를 차렸다. 그러한 서문경이 제형관이 되고 일부러 이런 제를 올리겠다고 하고 또 자신의 아들을 보내 좋은 이름을 하나 더 짓게 해달라고 하며 많은 돈까지 보내 준비를 부탁하니 오도관이 어찌 감히 소홀히 대할 수 있겠는가? 그날 오도관은 법사를 주관하여 옥구슬로 만든 구양뇌건[九陽雷巾]을 쓰고 별자리 이십팔수를 본뜬 소매가 넓은 학창의를 입고 명주실로 짠 띠를 두르고 있었는데, 서문경이 들어오는 것을 보고 경을 읽는 자리에서 급히 내려와 고개 숙여 인사를 했다.

"빈도가 나리의 두터운 은덕을 입어 훌륭한 예물을 받고 보니, 실로 거절하자니 불경한 짓이 되고 받자니 부끄러운 생각이 드는군요! 아드님의 이름을 짓는 것에 관해서는 빈도가 정성을 다해 부처님께 축원해 수명을 늘릴 수 있게 기원하겠지만, 어찌 그것으로 나리의 후덕한 은혜에 다 보답할 수 있겠습니까. 게다가 나리께서 이렇게 많은 물건도 보내주시니 진실로 몸 둘 바를 모르겠고 빈도를 좌불안석케

합니다."

"여러 가지로 심려를 끼치는데 이까짓 게 뭐 큰 거라 할 수 있겠소. 그저 얇은 정을 표시하는 것일 뿐입니다!"

두 사람이 서로 인사를 나누자 양편에 있던 도사들이 다가와 모두 절을 하면서 한편으로는 밖의 방장이 거처하는 세 칸짜리 대청으로 안내를 했다. 거기는 송학헌[松鶴軒]이라고 불리는 곳으로 대부분 붉은 격자 창문으로 되어 있는데 거기서 자리 잡고 차를 마셨다. 서문경이 둘러보니 사면이 벽으로 둘러쳐 있으며 집안에는 의자와 탁자가 놓여 있는데 광이 나고 윤이 흐르며 왼편 벽에는 '황학루백일비승[黃鶴樓白日飛昇]', 오른편에는 '동정호삼번도과[洞庭湖三番渡過]'라고 쓴 것이 걸려 있었다. 그리고 정면에는 족자 두 개가 걸려 있는데 초서로 '인양수청풍학무[引兩袖淸風鶴舞], 대일방명월담경[對一方明月談經]'이라고 쓰어 있었다.

서문경은 자리에 앉으며 바로 기동에게,

"말을 가지고 가서 응백작을 모셔오너라. 말이 없어 그런가, 어째 여태 안 오는 게야?"

하자 대안이 답했다.

"서방님이 타고 오신 말이 아직 이곳에 있습니다."

서문경은 기동에게,

"그럼 빨리 그걸 가지고 가거라."

하고 분부했다. 이에 기동은 산문 안쪽에서 말을 끌고 나와 바로 타고 나갔다. 오도관은 경을 다 읽고 아래로 내려와 차를 건네며 자리에 앉아 서문경을 벗해 얘기를 나누었다.

"나리의 신을 모시는 경건한 마음을 빈도가 어찌 감히 소홀히 할 수 있겠습니까? 그래서 도사들도 새벽 두세 시경에 일어나 모두 제단 앞에 가서 선경[仙經]과 옥황참행초경[玉皇參行醮經]을 읽게 했습니다. 오늘은 세 번째 아침으로 구전옥추[九轉玉樞]의 법사가 있는데 거의 다 준비해놓았습니다. 아드님이신 관가의 생년월일 여덟 자도 다른 종이에 준비해서 삼보 앞에 올려놓고 새로운 이름으로 오응원[吳應元]이라고 부르기로 했습니다. 우주 만물의 근원인 태을[太乙]을 보면 수명이 길고 집안에 번영과 부귀가 지속한다고 합니다. 빈도도 따로 스물네 분께 감사를 올렸고 상제 열두 분께도 감사를 올렸으며 돌아가신 스물네 분께도 제를 올렸으니 도합 백팔십 분께 축원을 드린 것입니다."

"너무 많은 폐를 끼치는군요!"

잠시 뒤에 북소리가 울리니 오도관은 서문경을 제단 앞으로 청해 문서를 보게 했다. 이에 서문경은 다섯 색상으로 사자 무늬를 수놓은 옷으로 갈아입고 물소뿔 허리띠를 두르고 제단에 나아갔다. 그러자 곁에 있던 도사가 제문을 읽기 시작했다.

대송국 산동성 청하현 패방에 거주하며 도를 받들고 은혜를 기원하며 제를 올려 평안을 얻고자 하는 신관[新官] 서문경은 병인년 칠월 스무여드레 자시생으로 부인 오씨가 있으며 경진년 팔월 보름 자시생입니다.

다시 도사는,

"가족이 더 있습니까? 빈도가 미처 다 써넣지 못해서…."

하고 묻자, 서문경은,

"이씨로 신미년 정월 보름 오시생이라고 써넣고, 아이는 관가라 하며 병신년 유월 삼십일 신시생이오."
라고 했다. 이에 도사는 계속해 읽었다.

집안 식구들을 거느리고 오늘 마음을 다해 천신께 감사의 제사를 올리는 바입니다. 생각건대 경[慶]은 미천한 태생으로 재주가 부족합니다. 일을 함에 매번 하느님의 보호에 감사를 드립니다. 또한 춥거나 덥거나 한결같이 신성함을 입어왔습니다. 직책은 무반[武班]의 반열에 들어 금위직에 있습니다. 은혜로운 총애를 입어 넉넉한 봉록을 받고 있으며 형명[刑名]에 임명되어 매번 보답하려고 했습니다. 다행히도 이렇게 태평성세를 만나 우러러 비호[庇護]하심을 비옵니다. 이에 스물네 분의 제단을 차려 천지의 크나큰 은혜에 보답을 하고 하느님의 큰 은혜에 감사를 드리고자 합니다. 또 열두 분을 모셔 하느님의 탄생을 경축하고 더불어 오복의 번성함을 기원하며 여러 천제님들의 강림을 경축드리는 바입니다. 더불어 제가 원이 있다면 지난해 유월 삼십일 후실인 이씨가 사내아이 관가를 낳았는데, 이에 경은 엎드려 바라옵건대 이 아기가 무병장수하며 만복이 넘치기를 기원합니다. 그래서 이 아기를 삼보전에 맡겨 법명을 오응원이라 받았습니다. 이제 막 돌이 지난 터라 따로 천지신명께 청원을 드리며 일백이십 분께 제를 올려 이 아이가 가업을 잇고 수명이 오래하기를 청하는 바입니다. 보태어진 제물은 서문가 삼대문중의 선인들을 위한 것으로, 할아버지 서문경량[西門京良]·할머니 이씨·아버지 서문달[西門達]·어머니 하[夏]씨·죽은 부인 진[陳]씨와 그 밖의 죽은 사람들을 위한 것으로 어느 곳으로 갔는지는 알지 못하겠습니다. 이에 따로 열두 분의 제단을 꾸며 자비로운 도력[道力]으로 그분들의 가신 곳을 알아 극락장생을 빌고자 합니다. 이상으로 모두 백팔십 분을 모시니 넓게 굽어 살피시어 자비로운 은혜를 베풀어주소서. 삼가 정화[政和] 오 년 정월 초아흐렛날 천탄[天誕]의 좋은 날을 맞이해 특별히 대자대비하신 옥황전에 이르러 여러 도관들에게 부탁해 새롭게 영험한 제단을 만들고 천지신명께 감사를 드리며 나라의 은혜에 보답하고 신을 믿어 감사하고 이름을 바치고 경을 읽으며, 길조와 상서로움이 충만한 가운데 큰 제를 하루 밤낮을 올리고자 합니다. 도가 최고의 경지에 이른 사존[司尊]을 모시고, 만천의 제가[帝駕]를 영접하고자 합니다. 나날이 푸른빛에 가까워지며 금문으로 출입함에 항상 기쁨이 있으며, 때때로 후한 봉록이 더해지고 직책이 더욱 오르기를 바라고, 집안이 오래 평안하며, 일 년 내내 모든 일이 순조롭게 이루어지기를 바랍니다.

도력[道力]으로 이러한 모든 것이 이루어지기를 삼가 기원드립니다.


도사는 읽기를 마치고 단 아래에 준비한 문서와 부적을 하나하나 서문경에게 보여주었다. 하나를 펼쳐 보이며,

"이것은 세상을 버리고 출가한 공덕을 보이기 위한 문서로 삼천삼경상제[三天三境上帝], 십극고진[十極高眞], 삼관사성[三官四聖], 태현도성[泰玄都省] 및 천조대황만만진군[天曹大皇萬滿眞君], 천조장초사진군[天曹掌醮司眞君], 천조강성사진군[天曹降聖司眞君]께서 이 제단에 오셔서 그 공덕을 주상[奏上]한 것을 확인해주십사 하고 간청을 드린 것입니다."

라고 말하며 두 번째 것을 펴면서 다시 읽었다.

"이것은 동악천제대생신성제[東岳天齊大生神聖帝], 자손낭낭[子孫娘娘], 감생위방성모원군[監生衛房聖母元君]과 당시 축원을 드리던 날에 그 축원을 받으시기로 약속한 신들과 오늘 그 축원을 들어주실 신들께서 이 단에 하강하시어 기원을 받아주시고 길이 후손이 대를 이을 수 있게 하시고 나리께서 종전에 하셨던 쓸데없는 기원은 취소하겠나이다. 또한 일흔다섯 부의 지옥을 관장하며 죽은 사람의 죄를 심판하는 심판관께서 이곳 제단까지 오셔서 추천을 받아주시어 죽은 사람이 하늘에서 다시 태어나게 부탁을 드린 것입니다. 이것은 옥녀영관[玉女靈官], 천신수장[天神帥將], 공조부사[功曹附使]와 토지의 여러 신들이 삼천문의 관문에 부치는 증빙서류입니다. 이것은 옥청[玉淸]이 온갖 신령들을 소집하는 부적이며 고공[高功](법사에 공이 많은 도사)이 발행한 공문서, 일을 수임한 관부[官符]입니다. 또한 이것은 구두양망유성[九斗陽芒流星]인 화전진대장[火全紗大將]을 불러 천문을 열게 하는 부명[符命]입니다."

읽기를 마치고 다른 탁자로 가서 다시 한 장을 집어들고는 말했다.

"이것은 이른 아침에 무녕태보강원수[無佞太保康元帥]와 구천영부[九天靈符]를 청해 제를 감독하는 것으로 제를 엄하게 다스릴 것과 부엌 등의 감독을 부탁드리는 것입니다. 이것은 법을 바르게 하는 마[馬], 조[趙], 온[溫], 관[關] 등 사대 원수와 최[崔], 노[盧], 두[竇], 등[鄧] 사대 천군을 불러 제단과 문을 감시토록 청하는 것입니다. 또 현단사령신군[玄壇四靈神君], 구봉파기대장군[九鳳破機大將軍]에게 부탁해 단을 깨끗하게 하고 더러움을 씻어버리게 해 그 격을 높이게 부탁하는 것입니다. 이 글자는 이른 아침, 저녁에 오사[五師]에게 바치는 글입니다. 이 글자는 개벽이대권렴화단진부[開闢二代捲廉化壇

眞符]이고, 이 글자는 신소벽비대장군[神霄僻非大將軍]을 청해 쇠종을 울리게 하는 것이며, 신뢰금단대장군[神雷禁壇大將軍]을 불러 옥풍경을 치게 하는 문서입니다. 이 글자는 다섯 방향을 다스리는 진인들의 모습으로 동쪽은 구기진천옥자진문[九炁鎭天玉字眞文], 남쪽은 삼기진천옥자진문[三炁鎭天玉字眞文], 서쪽은 칠기진천옥자진문[七炁鎭天玉字眞文], 북쪽은 오기진천옥자진문[五炁鎭天玉字眞文], 중앙은 일기진천옥자진문[一炁鎭天玉字眞文]으로써 이들 다섯 상제[上帝]를 청해 단을 굳건하게 하고 공덕을 증명케 하려고 합니다. 이들은 모두 다섯 가지 색으로 그려져 있습니다. 이 글자는 이른 아침에 첫 번째로 높이 신소[神霄]의 옥진왕남극장생대제[玉眞王南極長生大帝]에게 바치고, 두 번째는 높이 벽소[碧霄]의 동극청화생대제[東極靑華生大帝]에게 바치고, 세 번째는 높이 청뢰[淸雷]의 구천응원뢰성보화천존[九天應元雷聲普化天尊]에게 바치고, 정오에 네 번째로 높이 옥소[玉霄]의 구천뢰조대제[九天雷祖大帝]에게 바치고, 다섯 번째로 높이 태소[泰霄]의 육천동연대제[六天洞淵大帝]에게 바치고, 밤에 여섯 번째로 높이 자소[紫霄]의 심파천주제군[深波天主帝軍]에게 바치고, 일곱 번째는 높이 경소[景霄]의 청성익산가간사장인진군[靑城益算可幹司丈人眞君]에게 바치고, 여덟 번째로 높이 강소[絳霄]의 구천채방사진군[九天採訪使眞君]에게 바치는 것입니다. 여덟 도인에게 뜻을 전함으로써 보응[報應]을 받을 수 있고 어려움이나 억울함도 다 풀 수 있기에 사사[四司](도교에서 말하는 바 천조지부[天曹地府]의 네 가지 직책)를 청해 감사를 드리는 편지입니다. 또한 이 글자는 정오에 오도관께서 이천[二天] 옥계에 나가 황색 바탕에 붉은 옷을 입고 부적을 소지한 사자를 파견해 당일 공적을 조사한 문건을

받아 장표전[章表殿]으로 호송한다는 공문입니다. 이 글자는 삼천
[三天](도가 최고의 신이 머문다는 청미천[淸微天], 우여천[禹餘天], 대적
천[大赤天]을 가리킴)에서 보록을 가지고 있는 대장군과 금룡교룡기
리[金龍交龍騎史], 화부뢰간동자[火府賚簡童子]들이 가지고 있는 여
러 부적의 이름으로 이루 다 헤아릴 수가 없습니다. 이 글자는 아침
저녁으로 감사를 올리는 것으로 일백팔십 분의 제를 올리는 데 든 여
러 가지 문건들입니다."

하면서 또 다른 탁자로 가서는 말을 이었다.

"이것은 아드님을 삼보의 음덕 하에 기탁하면서 얻은 이름 외에 일
가에 관한 문서와 부적들입니다. 기타의 것은 자세히 말씀드릴 시간
이 없습니다. 아무쪼록 오도관께서 오늘 많은 신경을 써주셨습니다."

이에 서문경은 탁자 앞으로 나아가 향을 사르고 서명을 한 다음에
좌우에게 명해 글을 써준 오도관에게 비단 한 필을 주게 했다. 오도
관은 재삼 사양을 하다 결국 동자에게 명해 비단을 받게 했다.

잠시 뒤에 한 도사가 전각의 귀퉁이에서 북을 두들기기 시작했다.
둥둥 울리는 북소리가 마치 봄에 우레가 치는 듯했다. 법당에 모여
있던 도사들은 그 소리에 맞춰 일제히 노래를 부르기 시작했다.

오도관은 붉은 바탕에 오색구름을 수놓은 법의를 몸에 걸치고, 구
름무늬에 새가 날아가는 것을 수놓은 붉은 신을 신고, 손에는 상아로
만든 홀[笏]을 들고 문서를 펼치면서 단으로 여러 장군들을 부르니
양편에서 우렁차게 종소리가 들려왔다. 이때 서문경을 단 안으로 들
어오게 하니, 삼보를 향해 탁자의 좌우에 있던 도사들이 향로에 향을
올렸다. 서문경이 눈을 크게 뜨고 바라보니 과연 제단이 훌륭하게 차
려져 있었다. 그 모양이 다음과 같다.

위치는 다섯 방향에 따라, 단은 여덟 층으로 나뉘어져 있네. 맨 위 층은 삼청사어[三淸四御]·팔극구소[八極九宵]·십극고진[十極高眞]· 운궁열성[雲宮列聖], 중간층은 산천악독[山川岳瀆]·사회황사[社會隍 司]·복지동천[福地洞天]·방여박후[方輿博厚], 아래층은 유부명관[幽 府冥官]·지부나군[地府羅君]·강하호해[江河湖海]의 신선들과 수국 천경[水國泉扃]의 무리라네. 두 갈래로 나뉘어 제단에 열을 지어 있 으니 전 안의 여러 장수들은 위풍도 당당하네. 향은 상서롭게 피어오 르고, 천 개의 촛불이 밝은 빛을 발하고 있어라. 꽃이 제단에 가득하 고 백여 개의 은촛대가 등불의 빛을 흐트러뜨린다. 천지정[天地亭] 에는 좌우에 옥동과 금녀가 서로 높이 우산을 받쳐들고, 옥제당[玉帝 堂]에는 양편으로 창과 검을 들고 겹겹이 빽빽하게 깃발을 세웠네. 삼청삼계에는 맑은 바람이 불며, 달은 구천을 차갑게 해 항해[沆瀣] (깊은 밤에 내리는 이슬)를 내린다. 금종이 울리니 제를 주재하는 도관 이 앞으로 나가 허황[虛皇]께 아뢴다. 옥패가 울릴 적에 도강[都講] (의식을 주관하는 도사)이 단에 올라 옥제를 뵙는다. 붉은 명주옷에는 별이 찬란히 빛나고, 머리에 쓴 아름다운 관에서는 금빛과 푸르름이 교차한다. 단을 지키는 신장[神將]은 용감하고, 당일의 공과를 담당 하는 공조[功曹]는 용맹하다. 도사들이 일제히 경을 외우며 요대 위 에 올라 물을 붓고 꽃을 바친다. 진인이 몰래 영장[靈章]을 외우고 법 검[法劍]을 차고 북두칠성의 횡보를 한다. 청룡이 은은히 하늘의 황 도[黃道]에 나타나고, 백학이 훨훨 자신전[紫宸殿]에 내려온다.

서문경이 단 주위에 분향을 마치고 내려오자 좌우에서 곧바로 송 학헌 안으로 안내했다. 바닥에는 양탄자가 깔려 있고 난로에는 숯불이 지펴져 있는 곳에 가서 앉았다. 잠시 뒤에 응백작, 사희대가 왔다. 인사를 마치고 두 사람은 각기 찻값이라 하며 은 한 냥을 싼 것을 내놓으며 말하기를,

"실은 차를 약간 가져다드리려고 했어요. 그런데 길이 멀어서… 이것은 약간의 성의 표시이니 찻값에 보태 쓰세요."
했으나 서문경은 받지 않고 말했다.

"성가시게 하는군! 내가 자네들을 일부러 불러 자리를 함께하려고 하는 것인데, 이 무슨 짓들인가? 오씨 집에서 차를 주어 내 많이 가지고 왔으니 이런 것은 가져올 필요가 없네."

이에 응백작은 황급히 절을 하며,

"형님, 정히 그렇게 말씀하신다면 다시 집어넣을까요?"
라며 사희대를 쳐다보며,

"다 자네 탓이야, 내 형님께서 받지 않을 거라고 말했잖아. 공연히 꺼내 꼴만 우습게 됐잖아!"
라고 말을 했다. 잠시 뒤에 오대구와 화자유 등이 왔는데 그들도 모두 차와 간식을 약간 가지고 왔다. 서문경은 이 모든 것을 오도관에게 주었다. 차를 마신 후에 모두 제사 음식을 음복할 차례가 되자 큰 탁자 두 개를 펼쳐놓았다. 탁자 위에는 깔끔하고 정갈한 제사음식이 차려져 있고 과일과 밥, 국 등 모든 것이 풍성하고 청결했다. 서문경도 편안한 옷차림으로 같이 아침 젯밥을 먹었다.

이날 오도관은 얘기꾼 둘을 불러서 「서한평화홍문회[西漢評話鴻門會]」를 얘기하게 했다. 오도관은 얘기꾼들을 불러오게 하고는 자리에 앉아 묻기를,

"애기씨는 오늘 오나요?"

묻자 서문경이 말한다.

"애가 너무 어린 데다, 집사람이 길이 멀어 공연히 놀랄까 두렵다고 해서 오지 못했소. 점심때 그 애가 입는 옷을 가지고 와서 삼보 앞에 바치면 매한가지이겠지요."

"제 생각에도 그게 가장 좋은 방법이라 여겨집니다."

"다른 것은 몰라도, 애가 담이 작아요. 집안의 여종 서너 명과 유모가 번갈아 보고 있는데도 무서움을 타서 고양이나 개는 감히 근처에 얼씬도 못하게 한답니다."

오대구가 말한다.

"애들 키우기가 정말 쉽지가 않아요!"

이렇게 얘기들을 하고 있을 적에 대안이 들어와,

"기생집에 있는 계저 누님과 은아 아씨가 이명과 오혜를 시켜 차를 보내왔어요."

하나 서문경은,

"들라 해라."

했다. 이명과 오혜는 상자 두 개를 가지고 와서 무릎을 꿇었다. 열어 보니 정피병[頂皮餠], 송화병[松花餠], 백당만수고[白糖萬壽糕], 매괴차양권아[玫瑰搽穰捲兒] 등이었다. 서문경은 이것도 모두 오도관에게 건네주었다. 그러고 나서,

"너희들이 내가 오늘 이곳에서 제를 올리는 것을 어찌 알았느냐?"

하고 물었다. 이명은,

"소인이 오늘 아침에 진서방님이 말을 타고 가시는 것을 보고 물어 나리께서 제를 올리시는 걸 알았습니다. 그래 집으로 돌아가 계저와 어머니에게 말씀드렸더니 '급히 가서 선물을 사가지고 가야지'라

고 하시고 오은아 아씨께도 알렸어요. 평소에 나리의 은혜를 많이 입기에 본래는 몸소 찾아뵈어야 하지만 형편상 오지를 못해 죄송하다고 하셨어요. 이 상자의 차는 변변치 않으나 나리께서 여러 사람들에게 나누어 쓰게 하시랍니다.”

라고 대답했다. 서문경은,

 “너희 둘도 젯밥을 먹거라.”

하고 분부했다. 이에 오도관은 두 사람을 아래로 내려가게 해 자리를 마련해주고 배불리 먹게 했다.

　오후에 표를 올린 후에 오도관은 큰 탁자에 각종 과일과 과자류 그리고 찌거나 굽거나 데친 야채요리와 고기, 국과 밥 등 마흔 접시가 넘게 준비했다. 그리고 금화주 한 독, 관가가 입을 검은 비단에 금빛으로 수놓은 도사들이 쓰는 상투 하나, 검은색 옷 한 벌, 녹색 속옷 한 벌, 하얀 비단 버선 한 짝, 노주산 검은 비단으로 만든 신, 노란색 실로 만든 허리띠, 삼보에 바치는 노란 끈, 자손랑랑에게 바치는 자색 띠 그리고 목걸이 하나가 있었는데 ‘금옥만당[金玉滿堂], 장명부귀[長命富貴]’라고 새겨져 있었다. 또 붉은 글자로 마귀를 쫓는 부적이 있는데 그 위에는 ‘태을사명[太乙司命], 도연합강[桃延合康]’이라고 여덟 자가 쓰여 있고 누런 끈으로 묶어 모두 쟁반 위에 놓여 있었다. 다시 쟁반 네 개에 좋은 과일을 담아 탁자 위에 놓아두었다. 소동을 시켜 보자기 안에 싼 붉은색의 것을 꺼내니 거기에 앞으로 할 제의 절차와 법사 등이 적혀 있었다. 서문경에게 보여주고 나서 다시 상자 안에 넣고 모두 여덟 상자를 서문경 집으로 보냈다. 서문경은 대단히 기뻐해 바로 기동을 시켜 집으로 보내고 이것을 가지고 가는 도동[道童]에게 손수건 두 장과 은자 한 냥을 상으로 주었다.

한편 이날은 반금련의 생일이어서 오대구 부인과 반금련의 친정 어머니, 양노파, 욱씨 부인이 모두 월랑의 안방에 앉아 있었다. 그녀 들은 묘에서 젯밥을 보냈다고 해 나와 보니 많은 요리와 과일, 선물 들이 그득해 탁자 네 개에 다 펼쳐놓아도 부족해 되는대로 꺼내보았 다. 금련이,

"여섯째, 빨리 나와 보지 않고 뭐해요. 당신 아기의 사부가 선물을 보내왔어요. 아기가 쓸 작은 도사 모자며 옷도 있어요. 아, 또 애기 신 발도 있어요."

하니 맹옥루도 앞으로 나가 꺼내들고 바라보면서 말했다.

"큰형님, 이 도사들은 아주 꼼꼼하군요! 이 작은 신은 하얀 비단으 로 네모진 모양의 무늬를 아주 잘 수놓았어요. 설마 도사들이 마누라 가 있는 것은 아니겠지요? 그렇지 않다면 어찌 이리도 신발을 잘 지 을 수가 있겠어요?"

오월랑은,

"쓸데없는 소리! 출가한 사람들이 어디 부인이 있겠어? 아마도 다 른 사람을 시켜 만든 것이겠지."

하니 이를 반금련이 이어 받아서,

"도사들도 부인이 있어요! 왕사부나 대사부처럼 손수건을 잘 만 드는 사람이 있는데 이게 바로 남자가 있다는 증거가 아니겠어요?"

하자 왕비구니가,

"도사들이야 모자만 쓰면 어디를 못 가겠어요? 그렇지만 우리 같 은 중들은 행동에서 바로 알아볼 수가 있어요."

라고 말했다. 금련은,

"듣자 하니 스님께서는 관음사[觀音寺]에 계시다는데, 그 뒤에 있

는 것이 바로 현명관[玄明觀]이라지요. 속담에도 '남자 중들의 절이 여자 중들의 절을 마주하고 있으면 일이 없는 것 같아도 일이 있다' 잖아요."

했다. 오월랑은,

"다섯째는 어찌 그리 쓸데없는 말을 지껄이나!"

탓을 하자 금련은,

"이것은 관가의 사부가 이름을 지을 적에 신주님께 바쳤던 자색 끈이고, 또 이 은 목걸이에는 여덟 자가 새겨져 있는데 걸면 아주 예쁘겠군요. 뒷면에 이름이 새겨져 있는데, 오 무슨 원인가요?"

물었다. 기동은,

"이것은 관가의 사부가 지은 법명으로 오응원입니다."

하니 금련은,

"아, 이것이 응[應]자였군."

하며,

"큰형님, 도사가 무례하군요. 어째 아기의 이름을 자기 성으로 바꾸었지요?"

하니 월랑은,

"자네가 그렇게 말하는 게 무식한 거야!"

그러면서 이병아에게,

"아기를 안고 와서 이 옷들을 입혀 어떤지 보여주게."

했다. 그러자 이병아는,

"아기가 방금 잠이 들어 안고 나오기가 좀 그러네요."

하니 금련이 말했다.

"괜찮아, 흔들어 깨우면 되잖아."

이에 이병아는 하는 수 없이 자기 방으로 건너갔다.

반금련은 글자를 알기에 붉은 종이로 접은 봉투를 꺼내 보니 제문이 들어 있는데 위쪽에 서문경의 이름이 쓰여 있고 아래에 부인 오씨가, 곁에는 또 이씨가 쓰여 있는데, 그 외에 다른 사람은 없어 심히 불쾌해 그것을 꺼내 여러 사람들에게 보여주며 말했다.

"이런 싸가지 없는 날강도 같으니라구! 이래도 그 양반이 공평하다고 말할 수 있겠어요? 이 위에는 아기를 낳은 사람만 적어놓고 우리들은 사람 축에도 끼지를 못하고 모두 우습게 돼버렸잖아요!"

맹옥루가 묻기를,

"큰형님은 있나요?"

하고 물으니, 금련은,

"큰형님이 없으면 오히려 웃음거리가 되게!"

하니 이에 월랑이 말했다.

"됐어, 한 사람만 있으면 모두 있는 것과 마찬가지 아닌가. 만약 우리집 식구를 모두 적어놓으면 오히려 도사들이 웃을 게 아니겠어?"

금련이,

"그럼 우리들은 사람 축에도 못 낀다는 말이군요? 누가 뭐 재주가 없는 줄 아세요? 열 달 걸려 태어나지 않은 사람이 어디 있다구!"

이렇게 말을 하고 있을 때 이병아가 앞채에서 관가를 안고 오자, 옥루가 말했다.

"옷을 이리로 가져와. 내가 입혀줄 테니."

이병아가 안고 맹옥루가 관가의 머리에 도사 모자를 씌우고, 목걸이와 부적을 걸어주었다. 놀란 아기는 단지 두 눈을 꼭 감고 한참 동안이나 숨도 제대로 쉬지 못했다. 옥루가 도사들이 입는 도복을 입혀

주었다. 이에 오월랑은 이병아에게,

"자네는 이 주문을 적은 경소[經疏]와 부적을 직접 후원의 불당으로 가져가 태우게 해요."

하고 분부를 했다. 이에 이병아는 밖으로 나갔다. 금련은 옥루가 아기를 안고 어르면서,

"이 도복을 입혀놓으니, 마치 꼬마 도사 같군."

하고 말하는 것을 보고서는 바로 이어받아,

"무슨 꼬마 도사라구요. 오히려 꼬마 태을[太乙](이 발음이 태의[太醫]와 비슷해 관가가 이병아의 전남편인 장태의[蔣太醫]의 아이임을 암시하고 있음) 같군요!"

하자 오월랑은 정색을 하며,

"다섯째, 무슨 말을 그리 하는가! 갓난아이에게 그런 말을 하다니, 쓸데없는 말 하지 말아요!"

했다. 이에 반금련은 무안해 잠시 아무 말도 못했다.

아기는 입은 옷이 무서워 울기 시작했다. 이병아가 급히 와서 받아 안으며 옷을 벗겨주니 바지에 우유 같은 똥을 싸놓았다. 맹옥루는 웃으며,

"어유, 오응원 나리, 똥을 이렇게 한 바가지 싸놓으셨군요!"

했다. 오월랑은 급히 소옥을 불러 휴지로 닦아주게 했다. 잠시 뒤에 아기는 이병아 품에 파묻혀 잠이 들었다. 이병아는,

"아기가 졸려서 그랬군요. 착하지, 엄마가 바깥에 데리고 가서 잘 재워줄게."

했다. 오월랑은 탁자 위를 깨끗하게 치우게 하고 오대구 부인과 양고모, 반노파를 청해 젯밥을 대접했다.

어느덧 해가 저물었다. 원래 초팔일은 서문경이 옥황묘에서 제를 올리는 날이기 때문에 술이나 비린 음식을 입에 대지 않고 있었는데, 때문에 반금련은 저녁 늦게까지 아무런 축하도 받지 못하고 있었다. 그래서 서문경이 늦게라도 오면 함께 술이나 마시려고 대문 앞에 서서 돌아오기를 기다렸다. 그런데 해는 저물고 뜻밖에도 진경제와 대안만 말을 타고 집으로 돌아오는 것이었다. 이에 반금련이,

"나리는?"

하고 물으니, 진경제가,

"아버님께서는 아마 돌아오지 않으실 거예요. 제가 떠날 때 제사도 채 끝나지 않았고, 겨우 독경을 하고 있는데 아마 시간이 꽤 걸릴 거예요. 또 오도사도 본래 호방하잖아요? 그러니 제[祭]가 끝나면 당연히 한잔하지 않겠어요?"

하자, 금련은 아무런 말도 하지 않고 성이 나서 바로 안방으로 돌아가 월랑에게 말했다.

"장님이 안마하러 간다고 아침부터 허둥댄다고 하더니, 정말로 뭐가 뭔지 모르고 죽자 사자 덤비는군요. 허리끈이 풀어졌는데 매지도 않고 허둥댄다더니! 제가 방금 문 앞에 잠시 서 있었는데 진사위가 혼자 말을 타고 돌아오지 않겠어요. 그러면서 나리께서는 제사를 올리는 일이 아직 다 끝나지 않아서 오실 수 없다며 진사위를 먼저 집으로 돌아가게 했다는군요."

월랑은,

"나리께서 돌아오지 않아도 괜찮아요. 우리들은 편하잖아요. 저녁에 대사부와 왕사부한테 불경 얘기나 듣게 하지."

이렇게 말을 하고 있을 적에 진경제가 주렴을 걷어올리고 안으로

들어왔는데 벌써 반쯤은 취해 있었다. 말하기를,

"다섯째 어머님께 축하의 절을 올립니다."

그러면서 부인인 서문 큰아씨에게,

"잔이 있나? 있으면 다섯째 어머님께 한 잔 따라 올리게."
하자 서문 큰아씨는,

"어디에서 잔을 찾아요? 그냥 다섯째 어머님께 절이나 올리세요. 잠시 뒤에 제가 한 잔 따라 올릴게요! 이이가 취해 헛소리하는 것 좀 보세요! 오늘 제를 올리는 날이라 당신이 그걸 핑계삼아 진탕 마시고 돌아왔군요!"
라고 핀잔을 주었다. 월랑이 물어보았다.

"정말로 나리께서는 돌아오지 않으신대? 대안 그놈은 어째 돌아오지 않지?"

"아버님께서는 제가 아직 다 끝나지 않았는데, 집안에 사람이 없는 게 걱정이 돼 먼저 저를 보내셨어요. 대안이 남아서 잔심부름을 하고 있어요. 사람들이 저를 놓아주지 않고 어찌나 억지를 부리는지 붙잡혀서 할 수 없이 두세 잔 마시고 겨우 빠져나왔어요."

"오늘 어느 분이 거기에 와 계신가?"

"오늘은 오대구 어른과 성 밖의 화대구 그리고 응씨와 사씨 아저씨, 이명과 오혜가 왔어요. 밤이 깊었는데 언제까지 계실지 모르겠어요. 오대구 나리께서는 돌아가셨는데, 성 밖 화대구는 아버님께 붙잡혀 아마도 함께 밤을 샐 것 같아요."

금련은 이병아가 자리에 없는 것을 보고서 말했다.

"진사위님, 당신마저 화대구가 왔다고 말을 하는데, 화대구와 무슨 친척이라도 되나요? 죽은 자만이 알고 있잖아요! 차라리 이대구

라구 부르는 것이 낫지, 왜 화대구라고 부르는 거예요?"

"다섯째 어머님, 어머님은 정말로 마을 아가씨가 정은[鄭恩](송 조광윤 때의 사람으로 용모가 추악했으나 미모의 부인을 얻음. 눈을 크게 뜨고 정은을 바라보면 흉악한 면만 보인다는 것으로 한편만 본다는 뜻)에게 시집간다는 격으로, 한쪽 눈은 크게 뜨고, 한쪽 눈은 감는 격이군요. 일찍 태어난 아기는 어떻게 계산을 해야 할지 모르겠으나 그냥 반으로 나누면 되잖아요."

서문 큰아씨가,

"이런 못된 양반이! 빨리 인사나 하고 냉큼 나가요. 쓸데없는 소리 지껄이지 말고!"

하니 진경제는 반금련을 윗자리에 앉게 하고는 비틀거리며 네 차례 절을 올리고 밖으로 나갔다.

잠시 뒤에 방 안에 촛불을 켜고 탁자를 깔고 음식을 준비한 다음에 반노파, 양고모와 오대구 부인을 모두 불렀다. 금련은 술을 따라 건네고 자리에 앉아 국수를 먹었다. 술자리가 끝나자 그릇을 거두게 한 다음 탁자를 들고 나가게 했다. 월랑은 소옥에게 문을 걸게 하고 온돌 위에 작은 탁자를 올려놓게 시켰다. 모두 작은 탁자를 둘러싸고 앉고 두 비구니가 가운데 앉아 향을 사르고 촛불을 켰다. 그러고는 불교의 인과[因果]를 들었다. 먼저 대사부가 이야기를 시작했다.

대장경[大藏經]에 나오는 얘기를 하겠는데, 이것은 서천[西天]의 제 삼십이조가 인간 세상으로 내려와 동토에서 태어나 부처님의 가르침을 전한다는 것입니다.

옛날 당 고종 함형 삼 년(서기 67년) 여름철이었습니다. 영남[嶺南]

의 포도촌[泡渡村]이라는 마을에 장원외[張員外]라는 사람이 살았는데 집이 대단히 부자여서 관에는 금은이 가득했고, 하인과 노복이 많았습니다. 원외는 또 부인이 여덟이나 되어 날마다 쾌락을 즐겼으며 하루하루 호화롭게 지냈습니다. 여색만을 탐하며 착한 일은 별로 하지 않았습니다. 어느 날 하루는 밖으로 놀러 나갔는데 착한 사람들 한 무리가 향과 기름, 미곡 등을 말에 싣고 운반하면서 모두 염불을 하고 있는 것을 보았지요. 그래서 앞에 있는 사람을 보고 '당신네들은 어디로 가고 있는 게요?' 하고 물으니 그중 한 사람이 '불공도 드리고 겸해서 설법도 들으러 갑니다' 하고 대답을 하자, 원외는 다시 '불공을 드리고 설법을 들으면 무슨 공덕이 있소?' 하고 물으니 모든 사람들이 '사람들이 세상에 살면서 불법도 듣기 어렵고, 인신[人身]도 얻기 어렵다 하지요. 법화경[法華經]에서 좋은 말씀을 하셨는데, 인간의 행복은 부처님께 공양을 하는 데 있다 하고, 이 세상에서 은혜를 베풀지 않으면 어찌 다음 세상에 부귀영화를 누릴 수 있겠는가 하고 말씀하셨습니다. 어디에서 왔다가 어디로 가는가? 옛사람이 이르기를, 용은 법을 들어 도를 깨닫고, 구렁이는 참회를 하고 하늘에서 태어난다지 않소. 하물며 인간이야 어떠하겠습니까?' 했습니다. 이에 장원외는 집에 돌아와 소동을 불러 '안채로 들어가 여덟 마님을 모두 나오시라고 해라'라고 분부했어요. 잠시 뒤에 모두 집 앞에 이르자 원외는 '여보게들, 나는 지금 황매사[黃梅寺]로 수행을 하러 가니 재산을 여덟 등분해 각기 살아가게나. 생각해보니 나나 자네들은 단지 눈앞의 쾌락만을 추구했고 앞으로 어찌될지는 전혀 알지 못하고 있지 않은가? 만약 수행을 하지 않는다면 불구덩이에 빠지고, 무한한 고통을 받게 될 걸세'라고 했습니다. 이에 한 부인이 '여보, 당신은 나한[羅漢]의 몸인데 무슨 죄가 있겠어요? 저희들 여인네처럼 아들딸을 낳고 신령님께 죄를 지으며 무거운 업을 걸머지는 것과 비교할 수 없어요. 당신은 집에서 수행을 하세요. 저희 여덟 명이 당신을 대신해 속죄를 하겠어요. 그러니 당신은 가지 마세요!' 했답니다.

　대사부가, 부인들이 수차례 권하지만 원외는 냉소로 물리친다는 데까지 얘기하니, 왕비구니가 이어서 게[偈](불가의 시사[詩詞])를 불렀다. 월랑, 이교아, 맹옥루, 반금련, 손설아, 이병아, 서문 큰아씨와 옥소도 일제히 큰소리로 따라 불렀다. 왕비구니가『금자경[金字經]』을 읊었다.


　여덟 부인은 원외를 남게 만류하며
　멀리 가지 말고 집에서 수행하라 하네.
　당신이 독한 마음으로 처자를 내팽개치면
　자식과 부인도 통곡하고 당신 마음도 아프리!
　우리들 자매는 갈 데도 없는데
　어찌 살아가란 말입니까?
　어려서 부부가 되어 늙을 때까지 살자 했는데
　중간에 버려지면 누구에게 의지를 한단 말인가요?
　아들딸이 만류하며 다리를 붙잡고
　온 집안이 통곡하며 슬픔을 나타내네.
　說八個衆夫人要留員外　告丈夫休遠去在家修行
　你如今下狠心撇下妻子　痛哭殺兒和女你也心疼
　閃得俺姊妹們無處歸落　好教我一個個怎過光陰
　從小兒做夫妻相隨到老　半路里丢下俺倚靠何人

兒扯爺女扯娘搥胸跌脚 一家兒大共小痛哭傷情

얘기를 들은 부인은 눈물을 흘리며, 원외에게 제발 멀리 가지 말라고 권했습니다. 집에서 화목하게 살자 하네. 멀리 가지 말고 집안에서 수행을 해도 매일반인 것을.

원외가 말하기를 '여덟 부인 고맙소, 나도 언젠가는 죽어 저승에 갈 몸. 당신네들이 나를 대신해 사죄를 하겠다니 정말로 고맙기 그지없소. 그래 내 자네들에게 술 한 잔씩을 따라주겠네. 후일 염라대왕 앞에서 잘 말해주겠네'라고 했습니다. 술을 마시면서 원외는 한 가지 생각을 해내 '등불 심지를 돋우게'라고 말하고는 부인이 불을 돋우려 하자 등을 불어 꺼버렸습니다. 놀란 부인들이 얼굴색이 변해 급히 하인인 매향을 불러 '빨리 불을 밝혀라'라고 하자 원외는 칼을 빼어들고 여덟 부인을 죽이겠다고 위협했습니다.

또 다시 게를 하니,

원외는 매향을 불러 등불을 켜게 하고
칼을 빼어 손에 들고 부인들을 가리키며
누구든지 등불을 밝히면 죽이리라.
재산을 탐하고 나를 해치고 다른 사람에게 시집가려는 자
만약 말하지 않으면 한 칼에 목을 베리라.
이에 부인들은 두려워 땅에 엎드린다.
여덟 부인들은 황급히 무릎을 꿇으며
원외여! 제발 화를 풀고 저희를 용서하소서.

당신이 분명히 한숨에 등불을 꺼놓고
술 몇 잔에 얼굴이 붉어져 칼을 빼들고 사람을 죽이려 하니
만약 당신이 여덟 부인을 죽인다면
저승에 가서 염라대왕께 당신을 일러바치리다.

老員外喚梅香把燈點起 將鋼刀拿在手指定夫人
那一個把明燈一口吹死 圖家財害我命改嫁別人
若不說一劍去這頭落地 一個個心害怕倒在埃塵
有八個老夫人慌忙跪下 告員外你息怒饒俺殘生
你分明一口氣把燈吹死 吃幾鍾紅面酒拏劍殺人
你若還殺了俺八個夫人 到陰司告閻君取你眞魂

　　원외는 냉소를 지으며 여덟 부인을 불러 '당신네들이 나를 속여
불을 꺼놓고 모른다고 하니, 어찌 저승에 가서 나를 대신해 속죄하겠
는가? 너희 여덟 여인네들이야말로 남자를 속이고 나이 먹은 사람을
비웃는 자들이요'라고 하자 여인들은 아무 말도 못했답니다. 원외는
인생의 부귀란 다 전생에서 닦아 가져온 것이라 생각했습니다. 그래
서 바로 안동을 불러 '빨리 수레 여러 채에다 향유나 쌀, 국수 등과 각
종 야채 등 재물을 싣게 해라. 내 황매산으로 불공을 드리고 설법을
들으러 가겠다'고 분부했습니다.
　　'부인들 내 말을 잘 들으시오. 석가모니께서는 강산도 버리고, 부
부의 인연도 탐하지 않았소. 모든 것을 버린다면 오랫동안 그 이름이
세상에 남을 것이오.'
　　원외가 그날로 수행하러 떠나니, 일가친척들이 모두 전송했습니다.
　　한차례 읽기를 마치자 오월랑은,

"사부께서 읽느라고 배가 고프실 텐데, 잠시 읽기를 멈추시고 요기를 좀 하시지요?"

하면서 소옥을 불러 작은 접시에 요리 네 가지와 절인 요리 두 접시, 과자와 얇게 구운 전병 네 접시, 국화빵 등을 내오게 해 오대구 부인과 양고모, 반노파와 비구니들과 함께 들게 했다. 오대구 부인이,

"저희들은 그만 먹겠어요. 방금 배부르게 먹었어요. 양고모님이나 함께 드시게 하세요. 저분은 젯밥은 더 드실 수 있을 거예요."

하니 이에 월랑은 작은 금박을 입힌 접시에 과자를 약간 담아 먼저 두 비구니에게 건네주고 그런 다음에 양고모에게 건네주면서,

"두 분과 같이 드세요."

하고 말했다. 이에 양고모는,

"맙소사! 저도 배가 불러 더 못 먹겠어요."

그러면서,

"이 접시에 든 것은 뼈를 구운 음식인데 저리로 가지고 가세요. 잘못하면 입 속으로 들어갈 수 있으니까요."

하니 사람들이 모두 배꼽을 잡고 웃었다. 오월랑은,

"고모님, 이것은 모두 묘에서 보내온 것으로 야채로 만든 것이니까 조금 드셔도 아무 상관이 없어요."

하자 양고모는,

"야채로 만든 것이라면 제가 조금 먹어도 되겠군요. 나이가 들어 눈이 어리어리해 고기를 섞어 만든 것인 줄 알았지요!"

이렇게 말을 하고 한참 먹고 있을 적에 내홍의 아내인 혜수가 들어왔다. 월랑은 혜수를 보고,

"이런 얌체 같으니라구, 웬일로 왔지?"

하고 물으니, 혜수는,

"저도 불곡[佛曲]을 들으러 왔어요."

하자 월랑은,

"중문을 걸어 잠갔는데 어디로 들어왔지?"

하니 옥소가,

"부엌에서 불을 때고 있었어요."

하자 월랑은,

"그래서 코와 입 주변이 새까맣게 됐구나. 무엄하게 그런 꼴을 하고 무슨 불경을 듣겠다고!"

했다. 부인네들과 하인들은 비구니를 둘러싸고 음식을 먹은 뒤에 그릇들을 거두어 치우고 경전을 놓을 탁자를 말끔하게 닦았다. 월랑은 다시 등불을 돋우고 향을 살랐다. 두 비구니는 목탁을 두들기고 다시 염불하기 시작했다.


장원외는 황매산 절에서 수행하면서 낮에는 무릎을 꿇고 설법을 듣고, 밤에는 자리 잡고 좌선을 했습니다. 사조선사[四祖禪師]께서 원외가 비범한 인물임을 보고 반드시 불세출의 승려가 될 것이라 확신해 본관은 어디며, 어디에 살고, 이름은 무엇인지 물어보았습니다. 원외는 자세한 내력을 말했습니다. 제자는 집과 재산, 처자를 버리고 참되게 살기 위해 출가했습니다. 이에 사조는 장원외를 제자로 거두었습니다. 낮에는 나무 심기를 가르치고, 밤에는 곡식을 찧게 했습니다. 육 년의 고행 기간이 지나자, 장원외의 호법은 위태존천[韋馱尊天]도 따르지 못할 정도였고 사조선사도 놀라, 스스로 이름을 떨칠 수 있는 곳을 찾아주기 위해 장원외에게 불법의 대가임을 상징하는 삼좌보패[三座寶貝], 두봉[斗蓬], 쇠의[蓑衣]와 만조곤[灣棗昆]을 주고 남쪽의 탁하[濁河]에 가서 여자 뱃속을 빌어 다시 태어나게 했습니다. 그러면서 그곳에서 방을 찾아 삼백육십 일이 지나면 모든 것이 원만하게 이루어질 거라고 했습니다. 그러면서 '너는 나이가 들어 집이 없으면 묘법을 전할 수가 없고, 중생을 구제할 수도 없다'라고 말했습니다.

한편 귀한 아가씨와 올케 둘이서 탁하의 해변가에서 빨래를 하고 있는데 한 중이 찾아와 방을 빌려달라고 해 대답을 머뭇거리자, 그 노인 스님은 물속으로 뛰어들었습니다.

여기까지 얘기했을 적에 반금련은 졸음을 참지 못하고 자기 방으로 돌아가 잤다. 잠시 뒤에 이병아 침소의 수춘이 와서 이르기를,
"관가 도련님이 깼어요."
하기에 이병아도 돌아갔다. 단지 이교아, 맹옥루, 반노파, 손설아, 양고모, 오대구 부인만이 남아서 듣고 있었다. 비구니는 이야기를 이었다.

강가로 커다란 복숭아가 하나 떠내려와서 아가씨가 복숭아를 집어먹고 집으로 돌아갔는데 아이를 배어 열 달이 흘렀습니다.

다시 왕비구니가 「어린아이를 희롱하네[耍孩兒]」라는 곡을 노래했다.

영험한 신령이 뱃속에 들어갔는데

이 소식을 누가 알 것인가?
사람들은 모두 서쪽에서 온 뜻을 모르고
놀란 사이에 아이를 배었네.
알고 보니 두꺼운 얼굴
비로소 바라보는 광명의 세계.
곤륜산의 정상을 돌아보니 크나큰 모래
고미타[高彌陀]는 동서남북을 가르네.
一靈眞性投肚內 這個消息誰得知
人人不識西來意 呀的一聲孕男女
認的娘生鐵面皮 纔得見光明際
崑崙頂上轉大千沙界 古彌陀分南北東西


이야기는 이어졌으니,


　귀한 아가씨는 올케 방으로 건너가 '일찍이 탁하의 해변가에서 빨래를 하고 있을 때 웬 노인이 우리보고 방을 빌려달라고 했잖아요. 그런데 그 노인이 어찌어찌하다 강으로 뛰어들어서 내가 아주 놀랐잖아요. 그러다가 떠내려오는 복숭아가 있기에 주워 먹었는데 머리가 지끈거리고 가슴이 답답한 게 아무래도 임신한 것 같아요'라고 했습니다.
　열 달 동안 임신을 하고 있으니, 귀한 아가씨 눈물이 뺨에 가득하구나.


　귀한 아씨 몸에 아이를 가졌으니

마음속이 후회막급, 참고 아무 말도 못하네.

첫 달은 아기를 가진 것이 마치 이슬 같고

둘째 달은 오히려 몽롱하고

셋째 달은 피가 엉기어 붙고

넷째 달은 뼈와 골절이 생기고

다섯째 달은 남녀의 구별이 되며

여섯째 달에 육근[六根]*이 생기고

일곱째 달에 칠규[七竅]**가 생기고

여덟째 달에 사람 모양이 되고

아홉째 달에 살이 붙고

열 달째에 어머니 뱃속에서 나올 준비를 한다.

千金說在綉房成其身孕 心中悔無可奈忍氣吞聲

一個月懷胎着如同露水 兩個月懷胎着纔却朦朧

三個月懷胎着纔成血餠 四個月懷胎着骨節纔成

五個月懷胎着纔分男女 六個月懷胎着長出六根

七個月懷胎着生長七竅 八個月懷胎着着相成人

九個月懷胎着着看大滿 十個月母腹中準備降生


　　오조가 어머니 뱃속에서 태아가 된 것은 중생을 제도하기 위한 것
으로 사바[娑婆] 남녀가 마음을 고치지 않음이라. 부처께서 인간 세
상으로 내려와 인간의 자궁을 빌려 인간의 모습으로 태어났다가 그
후에는 그 어미도 천궁[天宮]으로 인도합니다.

---

\* 눈·코·귀·혀·몸·마음
\*\* 눈·코·귀·입 등 몸에 있는 일곱 구멍

五祖投胎在母腹中 因爲度衆生 娑婆男女不肯回心
古佛下界轉凡身 借胎出穀 久後度母到天宮


오조[五祖]는 바로 부처님

뱃속에 태아로

열 달을 빌려 지내니

무릇 중생을 제도하기 위한 것이라네.

五祖一佛性 投胎在腹中

權住十個月 轉凡度衆生


　여기까지 했을 때 월랑은 서문 큰아씨도 잠이 들고 오대구 부인도 월랑의 침상에 고꾸라져 잠을 자고, 양고모도 연신 하품을 하고, 탁자 위의 초도 이미 두 개가 탄 것을 보았다. 이에 소옥에게,

　"밤이 깊었는가?"

하고 묻자 소옥은,

　"이미 새벽 두세 시가 넘어 닭이 울었어요."

라고 대답했다. 월랑은 즉시 두 비구니에게 경전을 걷게 했다. 양고모는 옥루 방으로 건너가 잠을 자고, 욱씨는 뒤채 손설아 방으로 가서 쉬게 했다. 단지 두 비구니가 남았는데, 큰 비구니는 이교아와 함께 가서 자게 하고, 왕비구니는 월랑과 함께 온돌 위에서 자기로 했다. 둘은 소옥이 찻물을 가져오기를 기다려 마시고 비로소 잠자리에 들었다. 오대구 부인은 방 안에 있는 침대에서 옥소와 함께 잠을 잤다. 월랑은 왕비구니에게,

　"후에 오조는 커서 어떻게 됐지요?"

하고 물었다. 왕비구니는,

"아버지는 아가씨가 애를 밴 것을 보고 아가씨의 오라비인 축호[祝虎]를 시켜 쫓아내 죽이게 했습니다. 다행히 축룡[祝龍]이라는 사람이 자비스러운 마음이 있어 아가씨를 놓아 도망을 가게 했습니다. 아가씨는 가다가 수양버들에 목을 매 자살하려 했는데, 하늘에 있던 태백이금성[太白李金星]이 놀라 간신히 구해 차를 주고 밥을 주어 목숨을 구했습니다. 열 달이 됐을 때 선인장[仙人莊]에 있는 신묘[神廟]에 가서 오조를 낳았습니다. 이때 자색 안개와 붉은 빛이 온 집안에 가득했습니다. 아가씨는 아기가 태어나자마자 바로 무릎을 꼬고 단정하게 앉는 것을 보고 보통 애가 아니라고 느껴 마음이 매우 불안했지요. 아기를 안고 천희촌[天喜村]에 있는 왕원외 집에서 하루를 쉬려 했습니다. 그날 밤 집에 불이 나자 혐의를 받고 왕원외에게 끌려갔습니다. 원외는 아가씨의 미모를 보고 자기 첩으로 삼으려 했지요. 그런데 모자 둘이 인사를 하자 원외와 본부인이 바로 눈을 감았습니다. 놀란 하인들이 그들 모자를 잡아 묶었습니다. 후에 원외가 다시 깨어나서는 '범상치 않은 사람들이다'라고 말하고는 집에 머물게 했지요. 여섯 살이 되어 오조는 그간 사정을 알게 되자 어머니에게도 말하지 않고 바로 탁하의 해안가로 가서, 그곳에 있는 마른 나무에서 삼장보패 등의 물건을 찾아 곧장 황매사로 가서 사조의 설법을 듣고 마침내 성불했습니다. 후에 어머니도 하늘로 모셨지요."
라고 얘기했다. 월랑은 여기까지 듣고서 더욱더 불법을 믿게 됐다.

불법을 들으니 규율을 위반하는 것이 두렵고
홍련[紅蓮]의 혀에서 쏟아지는 빛들

어떤 사람이 헛된 선[禪] 얘기를 남겨놓아
비구니와 승려들의 밥줄로 변했는가!
聽法聞經怕無常 紅蓮舌上放毫光
何人留下禪空話 留取尼僧化稻糧

# 이불 속의 원앙, 휘장 속의 난새와 봉황

## 아기를 안고 이병아는 사랑을 원하고, 하인으로 분장한 금련도 사랑을 구하다

좋은 일은 반드시 해야 하나
마음이 없으면 할 수 없다네.
만약 좋은 일을 한다 해도
다른 사람이 알지 못한다네.
경문[經文]이 산처럼 쌓여 있어도
인연이 없으면 읽을 수 없다네.
재물이 처마까지 쌓여 있어도
다급한 경우에는 갖고 나올 수 없다네.
신령에게 제물을 잘 공양해도
일어나 먹을 수 없다네.
자손이 집안에 가득해도
죽음은 대신할 수 없다네.

善事須好做 無心近不得
你若做好事 別人分不得
經卷積如山 無緣看不得
財錢過壁堆 臨危將不得

靈承好供奉 起來吃不得
兒孫雖滿堂 死來替不得

그날 밤 월랑과 왕비구니는 한 온돌에서 잠을 잤다. 왕비구니가 월랑에게 물어보았다.

"마님께서는 어째 아직까지 좋은 일이 없으세요?"

"또 그 얘기예요! 지난 팔월에 건너편에 있는 교대호의 집을 샀기에 낮에 구경하려고 갔는데, 이층 계단을 오르다 다리 한쪽이 삐끗하며 접질렸지요. 그래서 육칠 개월 된 아이가 그만 떨어지고 말았어요. 그 후 지금까지 애가 들어설 기미가 안 보이네요!"

"저런, 육칠 개월이면 형체가 다 됐을 텐데요."

"밤중에 변기에 버리면서, 하인 애와 함께 불을 밝혀 살펴보니 사내아이였어요."

왕비구니는 안타까워하며 말했다.

"저런, 정말 안됐군요. 어쩌다 떨어졌을까! 아마도 태아가 제대로 자리를 잡지 못했던 모양이지요?"

"그 집 계단을 올라가는데 너무 좁아서 그만 한쪽 발이 미끄러져 버렸어요! 다행히 셋째인 맹아우가 잡아주었으니 망정이지, 그렇지 않았다면 굴러 넘어졌을 거예요."

"마님께서 아이를 낳으신다면 다른 사람들보다 훨씬 좋을 텐데요. 앞채 여섯째 마님을 좀 보세요. 들어오신 지 얼마 안 되어 사내아이를 낳으니 얼마나 좋아하시는지!"

"자식은 다 하늘의 뜻인 것 같아요."

"걱정하지 마세요. 저와 같이 있는 설사부라는 분이 있는데, 약을 아주 잘 만들어요. 작년에 진랑중[陳朗中]의 부인이 중년이 됐는데도 유산을 몇 번 해서 아이가 없었지요. 그러다 설사부가 지어준 약을 먹고 아기를 낳았는데, 아주 통통한 사내아이랍니다! 온 집안이 기뻐한 건 말할 것도 없지요. 다만 물건 하나가 구하기 쉽지 않아요."

"무슨 물건인데요?"

"다름이 아니라 갓 태어난 아기의 탯줄이에요. 탯줄을 꺼내 술로 잘 씻고 태워 재로 만든 다음에 약에 타서 임자[壬子]일에 아무도 모르게 빈속에 황주[黃酒]와 함께 마시면 돼요. 그럼 한 달 후에 영락없이 태기가 있게 돼요."

"그 설사부라는 분이 남자예요, 여자예요? 어디에 계신가요?"

"여자분이고, 나이는 쉰이 조금 넘었어요. 원래는 지장암[地藏庵]에 있었으나, 지금은 남쪽에 있는 법화암[法華庵]에서 수좌[首座](주 지승)로 계십니다. 도를 많이 닦고, 많은 경전에 능통하고, 금강경의 깊은 뜻을 설법하거나 각종 불경 얘기를 하는데 한 달이 걸려도 다 못할 정도로 수행이 뛰어난 분입니다. 대체로 고관대작 집에만 다니시죠. 한번 불려 나가시면 열흘이나 보름은 잡혀서 돌아오지 못하시지요."

"내일 좀 모셔와봐요."

"잘 알겠어요. 제가 마님을 대신해 설사부께 잘 말씀드려 약을 구해오겠어요! 단지 방금 말씀드린 것은 여기서 구하기가 힘이 드니, 바깥채 아기 방에서 빌려오시는 게 어떻겠어요."

"자기 좋자고 어찌 남한테 손해를 끼칠 수 있나요! 돈을 줄 테니나 대신 천천히 찾아보세요."

"이것은 산파에게 부탁해 구하는 수밖에 없어요. 여하튼 제가 가져다드리는 약을 마님께서 드시기만 하면 반드시 효과가 있을 거예요. 그렇게 해서 마님께서 하나를 낳기만 한다면 설사 다른 사람이 많이 낳는다 할지라도, 별 열 개가 달 하나를 당해내지 못하는 것과 마찬가지일 거예요!"

"이 일은 다른 사람에게 절대 말하지 마세요."

"어머, 마님도! 제가 아무리 멍청하다 해도 어찌 이런 일을 다른 사람에게 말하겠어요!"

이렇게 말을 하고 둘은 잠이 들었다.

다음 날 서문경은 묘에서 집으로 돌아왔다. 월랑은 그때 막 일어나 머리를 빗고 있었다. 서문경은 옥소에게 옷을 받아 걸게 하고 자리에 앉았다. 월랑이 말했다.

"어제 다섯째가 당신이 돌아와 생일을 축하해주기를 기다렸는데, 어째 안 오셨어요?"

"제 올리는 일이 다 끝나지 않았고, 또 오도관이 신경을 써서 한턱 잘 냈어. 오대구가 먼저 왔고, 나와 화씨, 응씨, 사희대를 잡아 앉히고, 광대 두 명까지 불러 노래를 시키면서 대접하는 통에 밤늦도록 술을 마셨지. 아침에 내가 먼저 성으로 들어왔고, 응씨 등 세 명은 아직까지도 마시고 있어. 어제는 오도관이 신경을 많이 써서 돈을 꽤 많이 들였어."

서문경은 옥소가 차를 따라주자 마시고는 관청에 출근하지 않고 앞채 서재로 나가 침대에 털썩 누워 잤다.

잠시 뒤 반금련과 이병아가 머리를 빗고 아기를 안고 안방으로 건너와 함께 차를 마셨다. 월랑이 이병아에게,

"나리께서 돌아와 앞채에 계세요. 간식을 내다드렸는데 드시지 않

왔어요. 하인 애들이 밥도 다 됐다고 하니, 자네가 아기에게 도사의 옷과 모자를 씌워서 나리께 보여드려요."
라고 말했다. 이에 반금련도,
"나도 갈게요. 내가 옷을 입혀줄게요."
하면서 금비녀로 상투를 틀고 도사 옷을 입히고 부적 목걸이도 걸어 주고, 작은 버선과 신을 신기고 바로 데려가려고 했다. 이에 월랑은,
"제 어미보고 안으라 해요. 자네 갈색 치마가 더러워지면 어쩌려 고. 쉬를 해놓으면 빨아도 잘 지지 않아!"
이렇게 말을 하니 이병아가 관가를 안고 반금련이 그 뒤를 따라서 앞채에 있는 서편 행랑채로 갔다. 서동은 두 사람이 발을 걷고 안으 로 들어오는 것을 보고 황급히 자리를 비켜주었다. 금련은 서문경이 얼굴을 안쪽으로 향하고 온돌 위에서 자는 것을 보고 아이를 가리키 면서 말했다.
"거지양반, 잘도 주무시네. 꼬마 도사가 친히 인사를 드리러 왔어 요. 큰마님 방에 식사 준비가 다 되어 있으니 어서 와서 드시래요. 아 니, 빨리 일어나지 않고 뭐해요? 자는 체 그만 하시고요!"
그러나 서문경은 밤새 술을 마셔서 바닥에 눕자마자 하늘 높은 줄 모르고 벼락 치듯이 코를 골면서 잠을 잤다. 금련과 이병아는 각기 침대 양옆에 앉아 아기를 그 앞에 내려놓았다. 귀여운 아기가 다가와 장난을 치니 오래지 않아 서문경은 잠에서 깨어났다. 서문경이 눈을 크게 뜨고는 관가가 얼굴 가까이에서 금박을 한 도사 상투를 쓰고 작 은 도사 옷을 입고 부적 목걸이를 하고 있는 것을 보고 기뻐 어쩔 줄 모르며 싱글벙글 웃었다. 그러고는 급히 끌어안으며 입을 맞추었다. 이에 금련은,

"그 깨끗한 입으로 아기에게 입을 맞추다니! 꼬마 도사 오응원 나리, 어른 나릴 한번 혼내주세요! 어제 하루 종일 제를 얼마나 열심히 드렸기에 오늘 이렇게 피곤해하는지 말씀해보세요! 벌건 대낮에도 잠을 자고 있다니, 어제 다섯째 마님을 눈 빠지게 기다리게 해놓고 대담하게 사죄 인사도 올리지 않다니!"

하니 서문경이 말했다.

"어제 제 올리는 일이 늦게 끝났어. 제가 끝나고 음복을 하면서 밤새 술을 마셨지. 아침에 겨우 헤어졌는데 몇몇은 아직까지 남아서 마시고 있을 거야. 잠시 자고 다시 상거인의 집에 술 마시러 가야 해."

"안 가면 되잖아요."

"어제 초청장을 보냈는데 가지 않으면 기분이 상할 거야."

"그럼 가셨다가 저녁에 일찍 돌아오세요. 제가 기다리고 있을게요."

이때 곁에 있던 이병아가,

"큰형님이 식사 준비를 다 해놓았어요. 또 해장할 새콤한 죽순탕도 끓여놓았으니 빨리 가서 드세요."

하니 서문경은,

"별로 생각이 없지만 가서 죽순탕이나 좀 마실까?"

라며 일어나 안채로 들어갔다. 반금련은 서문경이 나가는 것을 보고 엉덩이 한쪽을 침대가에 얹고 발은 화로 위에 걸치면서,

"불을 때는 온돌이구나."

하면서 손을 뻗어 이불을 더듬으며 다시,

"참 따스한 온돌이구나."

라며 주위를 둘러보니 탁자 옆에 불에 구운 돌을 넣는, 동으로 만든

화로가 있었다. 손으로 화로를 잡아당기면서,

"여섯째, 저쪽 향탁자 위 조그만 상아 상자 안에 첨향병[甛香餠] 향이 들어 있으니 좀 집어줘요."

하고 몇 개를 꺼내 화로 안에 집어넣었다. 그러고는 그 화로를 사타구니 안으로 끌어들여 치마로 덮어 그 향기가 몸에 배게 했다. 잠시 앉아 있는데 이병아가,

"우리 안으로 들어가지요. 나리께서 식사를 다 하면 밖으로 나올지 몰라요."

라고 말했다. 이에 금련은,

"나오면 어때요, 뭐가 무서워요?"

하면서 둘은 관가를 안고 안채로 들어갔다.

잠시 뒤에 서문경은 식사를 마치고 병졸에게 말을 준비하라 분부하고는 오후에 상거인 집으로 술을 마시러 갔다. 금련의 어미가 먼저 돌아가고, 그날 밤 왕비구니가 돌아가려고 하자 월랑은 몰래 왕비구니에게 은자 한 냥을 주면서 절대 큰 비구니에게 말하지 말고 설비구니에게 가서 약물을 잘 얻어다 달라고 부탁했다. 왕비구니는 은자를 받고 월랑에게 말했다.

"이번에 가면 보름이 지나야 겨우 다시 올 수 있어요. 그때까지 반드시 물건을 구해올게요."

"그래줘요, 당신이 그 일만 잘 처리해준다면 내 섭섭지 않게 사례해줄게요."

왕비구니는 작별을 고하고 돌아갔다.

여러분 내 말 좀 들어보소. 무릇 대갓집 사람들은 이런 중, 비구니, 산파, 중매쟁이와 결코 가까이 해서는 안 된다네. 이들은 구중 깊은

곳에 있는 부녀들을 벗해준다며 천당과 지옥을 얘기하거나 경전을 풀이해준다는 그럴듯한 핑계를 대고는 사람을 꾀여 자기들의 실속을 차리며 어떤 짓을 할지 모르는 법! 십중팔구 그들의 꾀임에 빠져 재앙을 만나게 되려니.

시가 있어 이를 증명하나니,

중들은 믿을 수가 없어라
깊숙한 안방에서 많은 여인을 꾄다.
만약 이들이 성불하여 도를 이룬다면
서방정토는 암흑 속에 빠지리.
最有緇流不可言 深宮大院哄嬋娟
此輩若皆成佛道 西方依舊黑漫漫

그날 밤에 금련은 월랑의 방으로 가서 여러 사람들을 벗해 앉아 있었다. 금련은 경대 앞에서 하인들이 하는 머리 모양으로 바꾸고, 얼굴에 하얗게 분을 바르고, 입술은 새빨갛게 칠하고, 머리에는 금등롱[金燈龍] 모양의 머리 장식을 두 개 꽂고, 보라색 머리띠를 묶고, 큰 붉은색 저고리에 남색 비단 치마를 입고 시녀 차림으로 꾸며서는 오월랑과 손님들을 놀려줄 생각이었다. 먼저 이병아를 불러 이러한 모습을 보여주자 이병아는 배꼽을 잡고 웃으며 말했다.

"형님, 그렇게 분장하니 영락없는 여종이에요! 내가 안채로 들어가 방에 있는 붉은 수건을 가져와 머리에 씌워줄게요. 그리고 다른 사람들한테는 나리께서 새로 하인을 하나 사셨다고 하면 모두 깜박 속아 곧이들을 거예요."

춘매가 등불을 켜 들고 앞장서 들어갔다. 가는 도중에 진경제와 맞닥뜨리자 진경제가 웃으며,

"나는 누군가 했지? 다섯째 마님께서 꾸미신 거로군."

하니 이병아가,

"진사위님, 잠시 이리 와봐요. 내 할말이 있으니. 먼저 안으로 들어가 사람들에게 여차여차하다고 하세요."

하자 진경제도,

"저도 놀래줄 방법이 있어요."

하며 먼저 안방으로 들어가 보니 모든 사람들이 온돌 위에 앉아 차를 마시고 있었다. 경제는,

"장모님, 장인어른께서 쓸데없이 설씨 아주머니한테 은자 열여섯 냥을 주어 사람을 하나 샀는데, 나이는 스물다섯이고, 노래와 악기에 뛰어나다는데 좀 전에 가마에 태워 보내왔어요."

라고 말하니 이에 월랑이 답했다.

"정말? 설씨가 어째 먼저 내게 말하지 않았을까?"

"장모님께서 혼낼까봐 그랬겠죠. 설씨는 가마를 따라 대문 앞까지 왔다가 바로 돌아갔어요. 그리고 여인은 안내를 받아 안으로 들어왔고요."

오대구 부인은 아무 말도 하지 않고 있었다. 양고모가,

"영감은 이렇게 많은 여인을 두었으면 족할 텐데 또 들여와 무엇을 어찌하자는 게지?"

하자 월랑이 말했다.

"고모님은 잘 모르시는군요. 돈이 있는 사람이 백 명을 산다고 해도 많다고 하겠어요? 우리들은 모두 마누라는 군인으로서 집안에

서 머릿수나 채우고 있을 뿐이에요!"

옥소가,

"제가 가서 보고 올게요."

하고는 밖으로 나갔다. 나가 보니 달빛 아래 원래는 춘매가 등불을
켜 들고 오다가 내안을 시켜 들게 하고 자기는 이병아와 함께 뒤에
서 따라왔는데 여인은 머리에 붉은 수건을 두르고 붉은 옷을 입고 안
으로 들어온다. 당황한 맹옥루와 이교아도 모두 밖으로 나와 보았다.
잠시 뒤 금련은 방 안으로 들어왔다.

옥소가 월랑의 곁으로 다가서며,

"이분이 주인마님이신데, 어째 절을 올리지 않는 게야!"

하자, 반금련은 한편으로 머리에 두른 수건을 풀면서 촛대에 꽂힌 초
처럼 무릎을 꿇고 머리를 숙여 절을 올렸다. 그러면서 웃음을 참지
못하고 터뜨리고 말았다. 이에 옥소는,

"고약하게시리, 주인마님께 절을 올리지 않고 웃다니!"

하니 월랑도 비로소 웃음을 터뜨렸다.

"다섯째는 변장 솜씨가 정말 대단하군! 우리들이 모두 속아 정말
로 믿었으니 말이야."

옥루는,

"큰형님, 저는 안 속았어요."

하니 양고모가,

"자네는 어째 속지 않았지?"

하고 물으니, 옥루가 말했다.

"다섯째가 큰절을 할 때 습관이 하나 있는데, 머리를 숙여 인사하
고 뒤로 두 걸음 물러가 다시 허리를 숙여 인사를 하거든요."

이에 양고모는,

"자네는 알아보았는데, 나는 그만 믿고 말았어."

하자 이교아도 말했다.

"나도 곧이들었어요. 방금 머리에 두른 수건을 벗고 웃지 않았다면 알아보지 못했을 거예요."

이렇게 말하고 있을 때 금동이 서문경의 서류 가방을 안고 들어오면서 고했다.

"나리께서 돌아오십니다."

이때 맹옥루가 말한다.

"다섯째, 잠시 옆방에 숨어 있다가 나리께서 들어오면, 내가 나리를 한번 속여볼게요."

잠시 뒤에 서문경이 들어오니 양고모, 오대구 부인은 밖으로 나갔다. 서문경은 방으로 들어와 의자에 앉았다. 월랑은 곁에서 아무 말도 하지 않고 있었다. 옥루가,

"오늘 설씨가 가마로 스무 살짜리 여자 애를 보내왔어요. 그러면서 당신이 부탁한 거라더군요. 나이도 웬만큼 들었고 지위도 있는데 아직도 이런 짓을 하세요?"

하니, 이에 서문경은 웃으며,

"내가 언제 설씨에게 계집을 사달라고 했대? 아마도 그 노파에게 속은 걸 거야."

하자 옥루는,

"큰형님에게 맞는지 물어보세요. 그 여종이 여기 대령하고 있으니까 말이에요. 내가 당신을 속이겠어요? 당신이 나를 못 믿으시니, 불러내 보여드릴게요."

하고는 옥소를 불러,

"가서 새로운 여종을 데려와 나리께 보여드려라."

하니 옥소는 입을 가리고 웃기만 하고 가서 데려오려고 하지 않는다. 바깥쪽으로 나가다 다시 안으로 들어와 말하기를,

"안 오겠대요."

하니 옥루가,

"내가 가서 데려와야겠네. 간덩이가 부은 계집이군. 주인 나리께 와서 인사를 올리라 하는데도 말을 제대로 들어먹지 않다니."

하면서 옆방으로 건너갔다. 잠시 뒤에 말소리가 들리기를,

"괴상한 양반이네, 막 욕을 하다니! 안 가겠다는 사람을 이렇게 끌어당기니 손발이 떨어져나가겠어요."

하니 옥루는 웃으며,

"요년이, 어느 집에서 배워먹은 버릇없는 싸가지냐. 들어와 주인께 인사도 하지 않겠다니?"

그러면서 끌고 들어오니, 서문경은 등불 아래 눈을 크게 뜨고 바라보다가 반금련이 머리를 틀어올리고 여종으로 분장한 것을 보고서는 웃음을 터뜨렸다. 반금련은 곁의 의자에 앉았다. 옥루는,

"대담한 계집일세, 방금 들어온 주제에 주인께 인사도 제대로 올리지 않고 기세 좋게 주인 앞에 마주 앉다니! 주인 나리께서 욕을 하는 것도 겁나지 않는 모양이지."

하니 월랑이 웃으며,

"주인이 집에 오셨으니 절을 올리거라."

했으나 금련은 절은 하지 않고, 월랑의 방으로 들어가 비녀를 뽑고 머리를 틀어올리고 나왔다. 월랑이 보고는,

"저런 괘씸한 것 보았나, 누가 자네더러 머리를 틀어올리라고 했어!"

하니 사람들이 이 말을 듣고 모두 다시 웃었다.

월랑이 서문경에게,

"오늘 교대호 댁에서 교통[喬通]을 시켜 청첩장을 여섯 장 보내왔는데, 우리더러 등롱[燈籠]도 보고 술도 함께 마시자고 하는군요. 내일 우선 예물이라도 좀 보내야 되지 않겠어요?"

그러면서 옥소를 시켜 초대장을 가져와 서문경에게 보여주게 했다.

열이튿날 누추한 저희 집에서 약간의 술과 음식을 장만해 댁내의 마님들을 초대하고자 하오니 부디 왕림해주신다면 영광으로 알겠습니다.

서문댁 큰마님께 교문[喬門] 정씨[鄭氏]가 올립니다.

서문경은 다 읽고 나서 말했다.

"내일 아침 내흥을 시켜 술안주 네 종류와 남주[南酒] 한 항아리를 사서 보내게. 그리고 열나흗날쯤에 그 댁 부인과 주수비 부인, 형도감 부인, 하대인 부인, 장친가 모친을 부르고 오대구 부인은 돌아가지 말게 해요. 또 분사에게 불꽃놀이를 할 사람을 불러 불꽃놀이 준비도 하고. 또 왕황친 집에 연극을 하는 소동들이 있는데 불러와 「서상기[西廂記]」를 공연하게 하지. 그날 오은아와 이계저도 불러 함께 접대하게 해요. 자네들이 집에서 놀 때 나는 응씨, 사자순과 함께 사자가의 주루에 가서 한잔할 테니 말이오."

말을 마치고 얼마 되지 않아 탁자가 놓이고 술이 나왔다. 반금련은 여러 자매들과 함께 술을 마셨다.

서문경은 반금련이 계집종으로 분장을 하고 등불 아래 농염하게 분을 바른 것을 보고 음심이 일어 연신 눈짓을 보냈다. 금련도 서문경의 눈짓을 바로 알아챘다. 그래서 잠시 술을 마시다가 바깥채의 방으로 건너가 족두리를 벗고 항주풍으로 머리를 틀어올리고, 얼굴에 다시 분을 바르고 입술도 다시 붉게 칠했다. 그리고 일찍 자기 방으로 돌아와 먼저 술과 안주를 정갈하게 준비하고는 서문경이 방으로 오기를 기다리며 서문경에게 직접 술을 따라주리라 생각하고 있었다. 잠시 뒤 과연 서문경이 방으로 들어왔는데 금련이 머리를 틀어올린 것을 보고 대단히 기뻐했다. 양팔로 껴안고 의자에 앉아 둘은 미소를 지었다. 춘매가 술과 안주를 가져오자 금련이 다시 서문경에게 술을 따라주었다. 서문경이 말했다.

"귀여운 것, 방금 따랐는데, 왜 다시 고생을 하고 있어."

"많은 사람들이 있는 데서 따른 것은 치지 않아요. 이건 미천한 노복이 특별히 올리는 거예요. 저 때문에 많은 돈을 쓰시지만 너무 원망하지 마세요."

이에 서문경은 눈을 가늘게 뜨고 웃으며 잔을 받고는 금련을 껴안아 무릎 위에 앉혔다. 춘매가 술을 따르고 추국이 안주를 건네주었다. 금련이 말했다.

"여쭤보겠는데요. 오늘 교씨 댁에서 초청을 해주셨는데 우리도 가야 하나요? 큰형님만 갈 수 없나요?"

"자네들 모두 초대했는데 왜 안 가려는 거야? 유모가 아기를 안고 가면 애가 울면서 제 어미를 찾지도 않을 게고."

"큰형님을 비롯한 다른 사람들은 모두 그럴듯하게 입을 만한 게 있는데, 저는 입고 있는 옷 몇 벌밖에 없고 보기 좋은 게 하나도 없어요. 그러니 남쪽에서 가져온 천을 우리에게 나누어줘 옷을 지어 입게 해주세요. 그냥 놓아둔다고, 뭐가 더 좋아지겠어요? 며칠 후 우리 집에서 잔치를 벌여 그들을 초대했을 때 우리를 예쁘게 봐주면 더 좋잖아요. 남들이 비웃지도 않을 게고! 내가 이렇게 말을 해도 당신은 어리석게도 못들은 척만 하잖아요."

"알았어, 내일 바느질하는 조씨를 불러 한 벌 해줄게."

"내일 불러 바느질을 시키면 이틀밖에 없어 아마 만들지 못할 거예요."

"조씨에게 말해 몇 사람을 데리고 와서 몇 벌 짓게 하면 될 거 아닌가. 그리고 나머지는 천천히 지어도 늦지 않아."

"전에도 말씀드렸지만 좋은 걸로 두세 벌만 지어주면 된다고 했잖아요. 저는 남들에 비해 많지도 않은데, 당신은 변변한 나들이옷 한 벌 지어주지 않았잖아요."

금련이 따지자 서문경은 웃으며,

"주둥이만 살아가지고, 틈만 있으면 투정이구나!"

했다. 둘은 웃으며 초경까지 술을 마시다가 비로소 잠자리에 들었다. 이불 속의 원앙, 휘장 속의 난새와 봉황같이 서로 달콤한 말을 쉴 새 없이 주고받으며 쉬었다 이었다 하며 잠시도 멈추지 않고 밤늦게까지 미친 듯이 놀았다.

다음 날 서문경은 관청에서 퇴근해 옷감 상자를 열고 남쪽에서 짠 얇은 비단을 꺼내 하인을 시켜 바느질하는 조씨를 불러오게 해, 부인들에게 소매가 넓고 무늬가 있는 저고리 한 벌, 지금[地錦] 옷 한 벌, 무늬가 있는 옷 한 벌씩을 지어주었다. 단지 오월랑에게만 소매가 넓고 붉은 저고리 두 벌, 무늬가 있는 옷 네 벌을 지어주었다. 사랑채에서 금동을 시켜 조씨를 불러오게 했다. 바느질꾼 조씨는 집에서 밥을 먹고 있다가 서문경이 부른다는 말을 듣고서는 부리나케 밥그릇을 내려놓고 가위와 자를 가지고 달려왔다. 당시 사람들이 시를 지어 조씨의 뛰어난 바느질 솜씨를 칭송했으니,

나는 바느질꾼으로 성은 조[趙]라네.
날마다 단골손님이 와서 부르지.
바늘과 실을 잘 간직하며
가위와 자는 항상 통에 꽂아두네.
조금 부족한 것은 적당한 곳으로
뒤틀린 것은 잘라버린다.
길든 짧든
깃이 삐뚤건 목이 삐뚤건
매일 세 끼 밥을 먹고
술은 반드시 두 차례 마신다.
바느질집 간판은 집 앞에 걸고
조상 제사도 거르지 않네.
돈이 있으면 마누라 입이 바쁘고
돈이 없을 때는 아이들이 시끄럽네.
누구 집 옷이건 간에
한 번쯤은 전당포에 잡히네.
하루 종일 독촉을 받아도
입으로 적당히 얼버무려버린다.

가장 중요한 것은 임기응변하는 것
뒤의 것으로 앞을 지탱한다.
네가 아무리 강하다 해도
이 편이 너무 노련하다네.
我做裁縫姓趙 月月主顧來叫
針線緊緊隨身 剪尺常掖靴勒
幅摺趕空走攢  截彎病除手到
不論上短下長 那管襟扭領拗
每日肉飯三餐 兩頓酒兒是要
剪截門首常出 一月不脫三廟
有錢老婆嘴光 無時孩子亂叫
不拘誰家衣裳 且交印鋪睡覺
隨你催討終朝 只拿口兒支調
十分要緊騰挪 又將後來頂倒
問你有甚高强 只是一味老落

　조씨가 도착해 서문경이 윗자리에 앉아 있는 것을 보고 황급히 고
개를 조아려 절을 올렸다. 그리고 공구 주머니를 탁자 위에 펼쳐놓
고 가위와 자를 꺼내 먼저 월랑이 입을 붉은 바탕에 다섯 가지 무늬
의 기린 모양을 수놓은 저고리 한 벌, 봉황과 난새가 표주박 주변에
서 노는 모습을 수놓은 검은색 긴 저고리 한 벌, 붉은 바탕에 기린 모
양을 수놓은 저고리 한 벌, 비취색 치마 한 벌, 그리고 여러 가지 꽃
을 수놓은 치마를 마름질했다. 이교아, 맹옥루, 반금련, 이병아에게
는 모두 붉은 바탕에 닭 모양을 수놓은 소매가 넓고 긴 저고리 한 벌

과 무늬가 있는 화려한 비단 옷 두 벌을 해주었다. 손설아는 두 벌만 해주고 긴소매 저고리는 해주지 않았다. 얼마 후 서른 벌의 옷을 다 재단하니 은 닷 냥을 달아 조씨에게 바느질 공임으로 주었다. 그리고 열 명 정도 집으로 불러 옷을 짓게 했다.

규중처녀는 금방울과 옥 귀고리로 장식을 하고
아가씨는 아름다운 옷과 구슬로 꾸민다네.
金鈴玉墜裝閨女 錦綺珠翹飾妹娃

# 기저귀 찬 아이도 정혼을 하네

### 서문경은 교대호와 사돈을 맺고,
### 반금련은 이병아와 다투다

부귀와 존귀함은 조상 대대의 유업
끊임없이 문중에 벼슬길이 이어지네.
벼슬이 높고 지위 막중함이 마치 왕도*와도 같고
집안이 흥성하고 재산이 풍요함이 석숭**과 같구나.
촛불을 밝히고 휘장을 둘러 긴 밤을 보내고
아름다운 여인들에 둘러싸여 봄바람에 취한다.
아침저녁으로 일 년 내내 즐기기만 하니
어찌 마음을 써 세상을 살아갈까.
富貴雙全世業隆 聯翩朱紫一門中
官高位重如玉導 家盛財豐比石崇
畫燭錦幃消夜月 綺羅紅粉醉春風
朝歡暮樂年年事 豈肯潛心任始終

　　서문경이 집안에서 바느질꾼들을 재촉해 옷 깁는 일을 독촉하니

* 진[晉]나라 임기[臨沂] 사람으로 진 문제[文帝] 때 승상 벼슬을 함
** 진[晉]나라 남피[南皮] 사람으로 대부호임

이틀 만에 모두 완성했다. 열이튿날이 되자 교씨 댁에서 사람을 보내 초대했다. 서문경은 아침 일찍 선물을 보냈다. 그날 오월랑은 여러 형제자매들과 오대구 부인과 함께 가마를 타고 출발하고 손설아는 남아서 집을 보게 했다. 유모 여의아도 관가를 안고, 혜수는 부인들이 입을 옷을 싸서 함께 작은 가마 두 채에 타고 떠났다.

서문경은 집에서 분사를 불러 연등을 만드는 기술자를 불러오게 해 등을 만들어 대청 안 행랑채 곳곳에 걸게 했다. 그리고 하인을 시켜 명함을 가지고 황친가의 집에 가서 연극하는 광대들을 예약하게 했다.

점심때쯤 금련의 방으로 가보니 금련은 집에 없었다. 춘매가 차를 내오고 탁자를 깔고 술을 준비했다. 서문경이 춘매에게,

"열나흗날 여러 관리들 부인들을 초대하려 하니 그때 너희 네 명도 잘 차려입고 나와서 마님들과 함께 접대하면 좋겠구나."

하자 춘매는 탁자에 비스듬히 기대면서 말했다.

"부르시려면 그 애들 셋만 부르세요. 저는 나가지 않을 거예요."

"왜 안 나오겠다는 거지?"

"마님들은 모두 새 옷을 입고 고관대작 부인들을 접대하니 좀 보기 좋겠어요. 그런데 저희들이 누더기 옷이나 입고 나가면 남들이 보고 웃을 게 아니겠어요!"

"너희들이 가지고 있는 옷과 장식에 비녀 같은 것을 하고 나오도록 해라."

"머리 장식은 그렇다고 쳐요. 몸에 걸치는 옷 두세 벌은 너무 낡아 너덜거리는데 그걸 어찌 입을 수 있겠어요? 사람들이 보면 창피하게요!"

서문경은 웃으며 말했다.

"요런 주둥이만 살아 있는 계집을 보았나. 자기 마님들에게 새 옷을 지어주고 자기들은 지어주지 않았다고 심통을 부리는구나! 알았어, 내 재봉사 조씨를 불러 큰딸 애와 너희 네 명에게 모두 세 벌씩 지어주도록 하마. 비단 옷 한 벌과 조끼 한 벌씩도 해주마."

"저를 큰따님과 비교할 수는 없죠. 하지만 저에게는 하얀 비단 치마와 붉은색 조끼를 해주세요."

"네가 해달라는 것은 괜찮지만, 그런데 큰딸 애는 어찌 안 해줄 수 있겠느냐."

"큰아씨는 한 벌 있지만, 저는 없으니 뭐라 하지 않으실 거예요."

서문경은 열쇠를 가져와 이층 창고 문을 열고 비단 옷감 다섯 벌과 조끼감 두 벌, 비단 옷감 한 벌과 하얀 비단으로 소매가 긴 옷감을 꺼냈다. 오직 큰딸 애와 춘매만 빨간 천으로 조끼를, 영춘과 옥소, 난향은 모두 남색으로 만들게 했으니 도합 열일곱 벌이었다. 그러고는 재봉사 조씨를 불러 옷감을 마름질하게 했다. 그리고 춘매에게는 항주[杭州]의 누런 비단으로 치마를 하고 옷고름을 따로 더 만들어주니 매우 기뻐하고 서문경을 모시며 집안에서 하루 종일 술시중을 들었다.

한편 월랑은 여러 자매를 데리고 교대호의 집에 도착했다. 교대호 부인은 그날 상거인[尙擧人] 부인과 함께 이웃 주대관[朱臺官]의 부인, 최친척의 어머니 그리고 처조카뻘인 단씨와 오순신의 부인인 정삼저[鄭三姐]를 초청하고, 기녀 둘을 불러 좌중에서 연주와 노래를 하게 했다. 월랑이 여러 자매들과 오대구 부인이 도착했다는 전갈을 받고는 부리나케 중문까지 나와 영접을 해 안으로 들게 하고 인사를 나누었다. 교대호 부인은 월랑을 존중해 고모님이라 부르고, 이교아 등은 차례대로 둘째 고모, 셋째 고모라 부르고, 오대구 부인에게도 존칭을 쓰며 인사를 나누었다. 또한 상거인 부인과 주당관 부인과 인사를 나누고, 이어 단씨 아가씨와 정삼저도 부인들을 향해 인사를 올리고 순서에 따라 자리에 앉았다.

하녀들이 차를 올리고 교대호 부인이 다시 초대에 응해주어 감사하다고 인사했다. 교대호 부인은 여러 사람들을 방으로 안내하고 편안한 옷으로 갈아입게 하고 탁자를 깔고 차를 내오게 했다. 좋은 차에, 달고도 새콤한 맛이 감도는 과자류, 여러 종류의 과일들이며 하나하나가 다 정갈하고 맛있는 것으로 손님들에게 들기를 권했다. 유모인 여의아와 혜수는 방에서 관가를 돌보면서 따로 대접을 받았다. 잠시 차를 마신 뒤 응접실로 자리를 옮기니 그곳에는 공작을 수놓은 병풍이 펼쳐 있고, 연꽃을 수놓은 보료가 깔려 있는데 정면에는 네모진 탁자가 있었다. 상석에 월랑을 앉게 하고 그다음으로 상거인 부인, 오대구 부인, 주당관 부인, 이교아, 맹옥루, 반금련, 이병아, 교대호 부인이 자리를 잡았다. 그러고는 그 옆에 따로 탁자를 하나 더 놓아 단씨 아가씨, 정삼저를 앉게 하니 모두 열한 명이었다.

상가[尙家]의 두 기녀가 곁에서 악기를 타며 노래를 불렀다. 잠시 뒤 국과 밥이 오르고, 요리사가 처음에 거위 요리를 올리자 오월랑이 은자 두 전을 상으로 주었다. 두 번째로 잘 삶은 돼지 발을 내오니 오월랑은 다시 은자 한 전을 상으로 주었다. 세 번째는 구운 오리로 오월랑은 역시 은자 한 전을 주었다. 교대호 부인은 자리에서 일어나 술을 따라 오월랑에게 건넨 후 상거인 부인에게 술을 권했다. 잠시 후 오월랑이 뒷방에서 옷을 갈아입고 얼굴을 매만지려고 밖으로 나가려 하니 맹옥루도 따라 나왔다. 교대호 부인의 침실로 가보니 유모 여의아가 관가를 보고 있었는데 아이는 온돌 위 작은 포대기에 싸여 있었다. 태어난 지 얼마 되지 않은 교대호 집의 계집아이도 그 곁에 누워 있었는데, 둘은 서로 밀치며 장난을 하고 놀았다. 월랑과 옥루는 아기들이 재미있게 노는 걸 보고서,

"둘이 노는 게 마치 사이좋은 부부 같아요."

라고 말하는데 오대구 부인이 들어왔다. 부인을 보고,

"형님, 와서 좀 보세요. 마치 한 쌍의 부부 같아요."

하니, 오대구 부인도 웃으며,

"정말 그래요. 애들이 온돌 위에서 발을 맞대고 서로 밀치며 노는 모습이 천생연분 같아요."

했다. 이때 교대호 부인과 다른 사람들이 방으로 들어왔다. 오대구 부인이 방금 있었던 얘기를 해주었다. 교대호 부인은,

"여러분, 제 말 좀 들어보세요. 저희 같은 집이 어찌 감히 큰고모님 댁과 사돈 관계를 맺을 수 있겠어요?"

라고 말했다. 이에 오월랑이 말했다.

"무슨 말씀을, 저희 집이야 뭐 별건가요? 아주머니는 어떤 집안이고, 또 정삼저는 어떤 집안인가요? 저와 마님 댁이 서로 사돈 관계를 맺는다면 댁내에 공연히 더러움을 묻히는 게 아닌지 모르겠는데 무슨 말씀을 그리 하세요?"

이에 옥루가 이병아를 밀면서,

"여섯째, 왜 아무 말도 안 하는 거야?"

하니 이병아는 단지 웃기만 했다. 오대구 부인이 다시,

"교씨댁 마님이 제 말대로 하지 않으면 화내겠어요."

하니 상거인 부인과 주당관 부인도 모두,

"오대구 마님께서 정말 말씀 잘하셨어요. 교대호 마님도 그만 사양하세요."

그러면서 다시 묻기를,

"댁의 따님은 작년 십일월 생이던가요?"

하니 월랑이 말했다.

"우리집 아이는 유월생으로 다섯 달 정도 앞섰으니 정말 천생연분이군요."

이에 사람들은 길게 얘기하지 않고 교대호 부인과 월랑, 이병아를 이끌고 대청으로 나가 두 사람의 소맷단을 잘라 두 꼬마 아이들이 정혼한 약속 징표로 삼았다. 노래 부르는 기녀 둘이 바로 교대호에게 이러한 소식을 알리니, 과일과 비단 세 필을 가지고 와서 술을 올렸다. 월랑도 대안과 금동을 집으로 보내 이 사실을 서문경에게 알렸다. 하인들이 돌아오면서 술 두 동이, 비단 세 필, 붉고 푸른 끈, 금실로 짠 꽃, 자개를 박은 과일 상자 네 개를 지고 오니 집안에 붉은 등을 높이 달고 촛불을 밝히고, 사향을 짙게 태우며 즐겁게 술을 마셨다. 좌석의 기녀들도 붉은 입술에 하얀 이를 드러내고 섬섬옥수로 비스듬히 비파를 타면서 분위기를 한껏 고조시켰다. 더불어 노래를 부르니 곡은 「할미새와 메추라기의 싸움[鬪鶴鶉]」이었다.

비취색 휘장 드리운 창에, 원앙 새겨진 푸른 기와
공작무늬 은 병풍에, 부용을 수놓은 의자
얇은 휘장을 걷고, 오리 모양 향로에 향을 사른다.

등불을 밝히고, 창문을 열어라.

남성[南省]의 상서[尙書]와 동상[東床]의 부마가 여기 있네.*

裴翠窗紗 鴛鴦碧瓦 孔雀銀屏

芙蓉繡塌 幕捲輕綃 香焚睡鴨

燈上上 簾下下 這的是南省尙書 東床駙馬


〈자화아서[紫花兒序]〉

장막 앞 군사는 붉은 옷에 창을 잡고

문 앞 병사는 비단 띠에 오구[吳鉤]를 들고 있네.

단상의 손님은 비단 모자에 화려한 옷을 입고

기녀들의 노래와 춤을 따르네.

궁궐처럼 호화롭고 사치스럽고

박자판을 두들기고 노래를 부르니

시립한 두 미인은 그림 같구나.

화장한 얼굴로 은으로 만든 쟁[箏]을 뜯고

섬섬옥수로 비파를 탄다.

帳前軍朱衣畫戟 門下士錦帶吳鉤 坐上客繡帽宮花

按教坊歌舞 依內苑奢華 板撥紅牙 派蕭韶准備下

立兩行美人如畫 粉面銀箏 玉手琵琶


〈금초엽[金蕉葉]〉

---

* 이 노래는 원나라 교길[喬吉]의 잡극 『양생인연[兩生姻緣]』 제3절에 나옴. 당 중종 때 주인공 위고[韋皐]는 왕명을 받고 토번[吐蕃]을 정벌하고 돌아오는 길에 친구인 형주 절도사 장권[張權]의 의녀인 옥소[玉簫]가 죽은 아내와 너무 닮아 가까이 하려 했다. 이에 장권이 크게 노해 조정에 상소를 하고 중종이 조사를 해 보니 옥소는 위고의 죽은 아내가 다시 환생한 것이 밝혀져 둘은 맺어진다. 장권은 중종의 사위이며, 동상은 사위를 뜻함

내 보았네, 은촛대의 초가 환하게 타들어가고
섬섬옥수로 옥으로 만든 잔을 높이 드는 것을.
그대 거동을 멈추는 곳에 당당함과 우아함을 보았네.
나의 등잔불 아래로 가서 자세히 바라보네.
我則見銀燭明燒縫蠟 纖手高擎着玉斝
我見他擧止處堂堂俊雅 我去那燈影 兒下孜孜的觀着


〈조소령[調笑令]〉
어디선가 그대를 본 듯한데 내가 잘못 본 것은 아닌지
아! 손가락을 깨물며 기억을 더듬어보지만
어디서 본 듯하고, 마음만 가물가물.
오백여 년 전에 알았던 사람은 아닌지
어느 곳 버드나무 아래 말고삐를 매었을까.
아니면 꿈에서 본 비 내리는 무산[巫山] 계곡이던가?
這生那里每曾見他 莫不我眼睛花
呀 我這裡手抵着牙兒事記咱 不由我眼兒裡見了他 心牽掛
莫不足五百年前歡喜冤家 是何處綠楊曾繫馬
莫不是夢兒中雲雨巫峽


〈소도홍[小桃紅]〉
옥피리 소리는 푸른 복숭아꽃을 꿰뚫고
일각이 천금이로다.
등잔불 아래에서 몰래 곁눈질해 바라보다
놀라 내 얼굴이 붉게 달아오르네.

술잔을 들어 춘풍을 없애볼거나
옥소 등 두 사람은
아직 시집갈 곳을 정하지 않았으니
우리 함께 모란을 키워볼까요.
玉蕭吹徹碧桃花 一刻千金價
燈影兒裡斜將眼稍兒抹 唬的我臉紅霞 酒杯中嫌殺春風凹
玉蕭年當二人 未曾擡嫁 俺相公培養出牡丹芽


〈삼귀대[三鬼臺]〉
그의 처량한 얘기를 듣고 보니
눈물이 끝없이 흘러내리네.
어지러운 마음 어쩌지를 못하고
나는 고이 자란 낙양의 꽃과 같은데
언행에서 풍류가 약간 드러나네.
이 말을 해야 할지 말아야 할지
이 일이 거짓인지 진실인지
그는 시시콜콜 따지지만
나는 짐짓 딴청을 부리네.
他說幾句淒涼話 我淚不住行兒般下 鎖不住心猿意馬
我是個嬌滴滴洛陽花 險些露出風流的話靶
這言詞道耍不是耍 這公事道假不是假
他那裡撥樹尋根 我這裡指鹿道馬


〈독시아[禿廝兒]〉

나 그대에게 아무리 권해도
거울 속 꽃 보듯 나를 보기만 하네.
선비의 성정을 드러내며
아름다운 아가씨를 놀리려고 하네.
我勸他似水底納瓜 他覷我似鏡裡觀花
更做道書生自來情性耍 調戲咱好人家嬌娃


〈성약왕[聖藥王]〉
나 그를 구하려 하나 듣지를 않네.
공손홍[公孫弘]*이 누각을 지어 시끄럽게 하고
옥으로 만든 모자들이 연회에서 흩어지고
앵무새를 새긴 잔들이 난무하네.
넘어지는 것은 은촛대의 초롱들
삼 척짜리 검이 칼집에서 뽑힌다.
你着我怎救他 難按納 公孫弘東閣鬧喧嘩
散了玳瑁筵 漾了這鸚鵡斝 踢番了銀燭絳籠紗 扯三尺劍離匣


〈마지막 가락[尾聲]〉
본래 이 수재는 여색에 있어 천생으로 담이 커
나같이 담 작은 탁문군을 놀래 죽이네.
탁왕손(탁문군의 부친)의 성질이 불같다 하지만
사마상여의 사랑도 강렬하여라.

---

* 동한[東漢] 사람으로 한무제 때 승상을 지냄. 봉급을 털어 당시의 재인[才人]들을 불러 잔치를 벌이곤 했음

從來這秀才每色膽天來大

把俺這小膽文君唬殺

忒火性卓王孫 強風情漢司馬


　노래가 끝나자 여러 부인들은 오월랑, 교대호 부인, 이병아 세 사람에게 모두 꽃비녀를 꽂아주고 붉은 천을 달아주었다. 술을 건네면서 모두들 축하의 말을 건네고 다시 새롭게 자리에 앉아 음식과 술을 들었다. 요리사가 수[壽] 자를 새긴 흰 떡과 연꽃 두 송이를 본뜬 국과 잘 삶은 돼지고기 한 접시를 내왔다. 월랑은 상석에 앉아서 매우 기뻐했다. 대안을 불러 붉은 비단 한 필을 요리사에게 주게 하고, 기녀 두 명에게도 각각 비단 한 필씩 주었다. 이에 그들은 모두 머리를 조아리며 감사했다. 교대호 부인은 아직도 자리에 앉아 오월랑 일행이 더 남아 있기를 권하면서 많은 접시에 과일과 푸짐한 요리를 내왔다. 거의 여덟 시 무렵까지 놀다가 오월랑은 비로소 자리에서 일어나 집으로 돌아가려고 인사를 했다. 그러면서 말하기를,

　"사돈댁, 내일은 꼭 우리 누추한 집에 오셔서 좀 놀다 가세요."

하니 교대호 부인이 답했다.

　"말씀은 감사하나 저 같은 사람이 어디 같이 자리할 수 있겠어요. 여하튼 일간 찾아가 뵙도록 하지요."

　"무슨 말씀을, 이제 우리가 남인가요?"

　그러면서 오대구 부인을 남게 하면서,

　"오늘 가지 마시고 내일 교대호 댁과 함께 건너오도록 하세요."

하니 오대구 부인이 말한다.

　"교대호 마님, 다른 날은 가지 않아도 보름날은 안사돈 생일이니

가야 하지 않나요?"

이 말을 듣고 교씨 부인이,

"사돈 생일인데 제가 어찌 가지 않을 수 있겠어요?"

하자 월랑은,

"사돈이 안 오면 형님께 책임이 있으니 알아서 잘 하세요."

라고 오대구 부인에게 말하고 그곳에 남게 한 뒤 작별을 고하고 가마에 올랐다. 맨 앞에는 군졸 두 명이 큰 홍등 두 개를 밝혀 들고 뒤에는 두 명의 하인들이 소리를 지르며 길을 열게 했다. 월랑이 맨 앞에 가고 이교아, 맹옥루, 반금련, 이병아가 한일자로 섰으며 여의아와 혜수가 뒤를 따랐다. 유모는 가마 안에서 붉은 포대기로 관가를 잘 싸서 안았는데 그래도 추울까봐 발밑에 동으로 만든 화로를 끼고 앉게 했다. 양편에 남자 하인들을 대동하고 집 문 앞에 도착했다.

이때 서문경은 안채에서 술을 마시고 있었다. 월랑과 여인들이 안으로 들어서며 인사를 하고 자리에 앉았다. 여러 하인들도 모두 인사를 올렸다. 월랑이 먼저 오늘 술자리에서 사돈 관계를 맺은 일을 자세히 얘기해주었다. 서문경이 듣고서 말하기를,

"오늘 술자리에 여자 손님들은 어떤 분들이 있었나?"

하니 월랑은,

"상거인 부인과 주서반 부인, 최씨댁의 부인과 질녀 두 명이 있었어요."

하고 대답했다. 이에 서문경이 말했다.

"사돈을 정했으니 할말은 없지만, 짝이 약간 기우는 것 같아."

"형님이신 오대구 부인이, 그 댁 애와 우리집 애가 함께 온돌 위에서 자고 있었는데 모두 요를 깔고 이불을 덮고 있다가 서로 밀치고

당기며 노는 게 마치 애기 부부 같았던 모양이에요. 그래서 우리를 불러 가보니 그러한 얘기를 하길래 술좌석에서 별반 다른 것은 따지지 않고 혼약을 했어요. 그러고 나서 하인을 보내 당신께 말씀을 전하라고 했더니 과일 찬합을 보내주셨잖아요."

"이미 혼약을 약속했으니 할 수 없지. 단지 짝이 약간 기운다는 게야. 교씨 집이 비록 재산을 약간 가지고 있다 하나 단지 현 안에서 조금 있을 뿐이지, 일반 평민 신분이잖아. 그래도 우리는 벼슬을 하고 있고 또 아문에서 일을 보고 있는 현직 관리잖아. 내일 일가친척들 모임에서 그네들은 평민 신분이라 작은 모자를 쓰고 올 텐데, 우리 같은 벼슬아치들과 한자리에 합석할 수 있겠는가? 정말 보기가 안 좋잖아! 일전에 형남강[荊南岡]이 관영에 있는 장씨를 통해 수차례 나와 사돈 관계를 맺으려고 하면서 그 집 딸애가 이제 막 다섯 달이 되어 우리 집 애와 동갑이라고 하더군. 그렇지만 그 집에는 본부인이 없고 첩이 낳은 애라 내가 꺼려 승낙하지 않았지. 그런데 생각지도 않게 교씨 집과 사돈 관계를 맺을 줄이야."

이때 반금련이 곁에 있다가 끼어든다.

"남의 집 애가 첩이 낳아 꺼린다면, 누구 집 애는 정실이 낳았나요? 교씨 집 아이도 마찬가지로 첩이 낳은 아이예요. 바로 험도신[險道神](전설 속 신으로 키가 매우 큼)이 수성로아[壽星老兒](전설 속 장수신[長壽神]으로 머리는 크고 키는 작았다고 함)를 만나 서로 단점을 얘기하는 것과 뭐가 다르겠어요."

서문경은 이 말을 듣고 크게 화가 나 욕을 해댔다.

"음탕한 계집이, 썩 꺼지지 못해! 사람들이 말하는데 함부로 끼어들다니, 네가 무슨 할말이 있다구!"

이에 반금련은 부끄러워 얼굴이 벌게져 몸을 빼 밖으로 나오면서 한마디 했다.

"누가 이곳에 내가 할 말이 있다고 했어요? 나도 내가 말할 자리가 아니라는 건 알아요!"

여러분, 내 말 좀 들어보소. 오늘 반금련은 술좌석에서 서문경과 교대호 부인이 사돈 관계를 맺고, 이병아와 함께 붉은 비녀를 꽂고 술을 건네받는 것을 보고 마음속으로 기분이 좋지를 않았다오. 게다가 집에 돌아와 서문경에게 다시 몇 마디 욕을 먹고 나니 더욱 화가 났지요.

그리하여 바로 월랑의 방에 달려가 울음을 터뜨렸다.

한편 서문경은 다시 물었다.

"처남댁은 어찌 오지 않았지?"

"교씨댁 부인이 내일 다른 댁 부인들이 오면 못 올지도 모른다더군요. 그래서 제가 언니에게 남아 있다가 함께 건너오라고 했어요."

"내가 말했잖아, 우리들이 앉는 자리에 함께하기에는 서로 좋지 않을 텐데. 내일 어찌 만나나?"

이렇게 몇 마디 하자, 맹옥루도 안으로 들어가다 금련이 울고 있는 걸 보고 말했다.

"뭘 그걸 가지고 속을 썩여요? 나리가 몇 마디 한 걸 가지고!"

"형님도 곁에서 들었잖아요. 제가 뭐 특별히 틀린 말을 한 것도 아니잖아요? 단지 나리가 다른 집 애가 첩이 낳았다고 하기에, 제가 그럼 교씨 집 애는 정실부인이 낳았냐고 했을 뿐이잖아요? 그 애도 역시 첩의 소생이잖아요. 종이로 불을 막을 수 없듯이 어디 사람들을 속일 수 있겠어요? 제대로 죽지도 못할 날강도 같은 양반이 눈을 부라리고 나를 욕하잖아요. 내가 어떻게 들어왔는데 그 매정한 양반이 나서서 말할 곳이 아니라고 그래요? 마음이 변한다 해도 내 언젠가 이 원수는 꼭 갚아줄 거예요! 다 말하지 않았지만 교씨댁 첩이 낳은 아기는 그래도 교씨댁 바깥양반 모습이 조금은 있지요. 그렇지만 우리집 애새끼는 고향도 모르고 누구 집 종자인지도 아직 모르잖아요! 그런 주제인데도 사돈 관계를 맺겠다고 난리를 치고 나를 가지고 못 살게 야단하면서 나를 우습게 안단 말이야! 내가 안으면 똥오줌이나 싸는 어린아이를 가지고 평민과 사돈 관계를 맺다니. 돈이 있어도 쓸 데가 없어 환장을 한 모양이지. 아무것도 얻는 게 없을걸. 공연히 좋은 아들 하고 있어. 지금 사돈 관계를 맺었다고는 하지만 훗날 어떻게 될지 아무도 몰라요. 등불은 불면 꺼진다고 훗날은 아무도 장담 못하지. 사돈 관계를 맺을 때는 좋지만 삼사 년이 지나고 나면 하나밖에 남지 않을걸!"

"그래요. 요즘 사람들은 간사해서 이런 짓은 하지 않아요. 사실대로 하자면 조금 이르기는 해요. 갓 태어난 애를 가지고 무슨 사돈 관계를 맺겠다는 건지? 그저 오가며 잘 지내자는 것이잖아요!"

"자기들끼리 사돈을 맺어 잘들 지내면 되지, 그 때려죽일 날강도는 공연히 나에게 욕을 하고 야단인지! 개구리를 길러 수충[水蟲]병을 얻어도 다 자기 탓이듯 내가 무슨 짓을 했다고 그러는지…."

"그러길래 누가 자네보고 그렇게 주책없이 함부로 말하라고 했나! 그 양반이 자네한테 욕을 안 하면 개를 욕하겠나?"

"제가 할 말은 아니지만요. 여섯째가 이제 첩이 아니라 본부인인가요? 교씨 집 애는 첩의 소생이지만 그래도 교씨를 닮은 구석이 있잖아요. 그렇지만 자기 집 애는 고향도 모르고 뉘 집 종자인지도 모르잖아요!"

옥루가 듣고 아무 말도 하지 않고 잠시 앉아 있자, 금련은 자기 방으로 돌아갔다.

이병아는 서문경이 밖으로 나가자 새롭게 날아갈 듯이 공손하게 월랑에게 절을 올리며 이르기를,

"오늘 아이 일로 큰형님께서 수고를 너무 많이 하셨어요."

하니, 이에 월랑도 미소 지으며 같이 허리를 숙여 인사하면서,

"축하해요."

라고 말했다. 이병아도,

"형님도 축하드려요."

하면서 절을 마치고 월랑, 이교아와 함께 자리에 앉아 담소를 나눴다. 그때 손설아와 서문 큰아씨가 함께 들어와 월랑에게 큰절을 올리고 이교아, 이병아에게도 인사를 했다. 소옥이 차를 내와 마시고 있는데 이병아 방에 있는 하녀 수춘이 와서 이병아에게 말하기를,

"아기가 엄마를 찾는다고 나리께서 마님을 모시고 오래요."

하니 이병아가 말한다.

"유모가 왜 그리 황급하게 안고 방으로 돌아갔을까. 잠시 있다가 함께 건너가면 될 텐데, 애가 어두워서 그런 것일까?"

월랑이,

"집에 들어서자마자 유모더러 잘 안아서 들어가라고 일렀어. 아마도 너무 늦게 돌아와서 그럴 게야."

하니 소옥이,

"먼저 유모가 아기를 안고 들어왔고, 내안이 등불을 켜들고 유모를 바래다줬어요."

하자 이병아는,

"그럼 됐어."

하면서 월랑에게 작별을 고하고 방으로 돌아갔다. 서문경은 방 안에서 관가가 유모 품에 안겨 잠이 든 것을 보고 있었다. 그걸 보고 이병아는 유모에게,

"어째 나한테 말도 하지 않고 관가를 안고 들어왔어?"

하고 묻자 여의아는,

"큰마님께서 내안이 초롱 등불을 들고 있는 것을 보시고, 불이 있을 때 들어가라고 하셨어요. 여태 우는 걸 겨우 다독거려 달래서 좀 전에 겨우 잠이 들었어요."

하니 서문경도,

"여태까지 엄마를 찾다가 방금 잠이 들었어."

하자 이병아가 서문경을 쳐다보고 살며시 웃으며,

"오늘 아이가 정혼하는 데 나리께서 참 수고하셨어요. 제가 큰절로 고마움을 표시할게요."

라며 살포시 고개를 숙여 절을 했다. 기분이 좋아진 서문경은 만면에 미소를 지으며 급히 이병아를 잡아 일으켜 자리에 앉혔다. 그러면서 영춘을 불러 술상을 보게 하고 방에서 술을 마셨다.

한편 반금련은 방으로 돌아왔으나 성이 나서 도저히 기분이 풀리지 않았다. 더욱이 서문경이 이병아와 함께 있다는 걸 알고 더욱 화가 나 있는데, 추국이 문을 늦게 열자 이를 트집 잡아 추국의 따귀를 걷어올렸다. 그러면서 큰소리로,

"이 빌어먹다 뒈질 년이, 어째서 불러도 하루 종일 문을 안 열고 있

는 게야? 도대체 뭐하고 있었던 거야. 대답도 제대로 안 하면서….”

욕을 해대면서 방으로 들어가 자리에 앉았다. 춘매가 들어와 인사를 하고 차를 올렸다. 금련은 춘매에게,

“저년은 집안에서 무슨 짓을 하고 있었지?”

하고 물었다.

“그냥 뜰에 앉아 있었어요. 몇 번 불러도 들은 체하지 않았어요.”

“지금 영감이 나를 제대로 사람대접하지 않는 것을 알고, 저년도 그걸 본떠 나를 우습게 여기는 거야!”

금련은 추국을 때려주려고 하다가 서문경이 그 소리를 들을까 두려워 말도 못하고 속으로 화만 부글부글 끓었다. 그러다가 화장을 지우고 춘매가 이부자리를 깔아주니 침대에 올라 바로 잠이 들었다. 다음 날 서문경이 관아로 나가자, 금련은 바로 추국의 머리에다 큰 돌을 이고 뜰 가운데 꿇어앉도록 했다. 추국을 그렇게 꿇게 하고 머리를 빗다가 춘매를 시켜 추국의 바지를 벗기고 볼기짝을 때리려고 했다. 이에 춘매는,

“저 더러운 년의 바지를 저보고 벗기라고요. 제 손이 더럽혀지잖아요!”

그러고는 앞채로 나가 화동을 불러 추국의 바지를 벗기고 속옷까지 내리게 했다. 금련은 매질을 해대며,

“이 싸가지 없는 년아, 네년이 언제부터 그렇게 대담해졌느냐! 다른 사람은 네년을 잘 보아 귀여워할지 몰라도, 나는 전혀 그렇지 않아. 이년아, 똑똑히 알아두란 말이야. 내가 어떤 사람인지를! 이년아, 함부로 까불지 마. 앞으로도 네년이 어떻게 까불고 다니는지 두 눈 크게 뜨고 지켜볼 테야!”

라고 욕을 해대며 매를 내리쳤다. 언어맞는 추국은 돼지 멱따는 소리를 내질렀다. 이병아는 방금 일어나 유모가 아기를 다독거리며 재우는 것을 바라보고 있었는데, 애가 이 소리를 듣고 놀라 깨었다. 이병아는 금련이 하인을 때리면서 욕을 하는 것이 뻔히 자기를 빗대어 그러는 줄 알고 있는 터라, 듣고도 아무 말도 하지 않았다. 단지 관가가 놀랄까봐 아이의 귀를 두 손으로 꼭 막아주었다. 그러면서 수춘을 시켜,

"가서 다섯째 마님께 추국을 그만 때리라고 말씀드리거라. 애가 방금 젖을 조금 먹고 겨우 잠이 들었다고 말이야."

라고 했다. 수춘이 건너가 이병아의 말을 금련에게 전하자 금련은 더욱 독이 올라 추국을 더 심하게 때려며 욕을 했다.

"이 괘씸한 년아, 내가 너를 어쨌다고 이렇게 소리를 지르고 야단이야! 나도 성깔이 있어, 네년이 소리를 지르면 지를수록 더욱 때려줄 테다. 네년이 그런다고 길 가던 사람들이 걸음을 멈출 것 같아? 집 주인이 하인을 때리는데 누가 와서 말리고 야단이야? 그래 나리께 말해 나를 치워버리지 그래!"

이병아는 분명히 금련이 욕을 해대는 대상이 자기라는 걸 알고 두 손이 싸늘하게 차지면서도, 화를 집어삼키고 참으며 아무 말도 하지 않았다. 아침 차도 마시지 않고 관가를 꼭 껴안고 온돌 위에서 잠이 들었다.

서문경이 관아에서 집으로 돌아와 관가를 보러 방으로 들어왔다. 이병아가 두 눈이 퉁퉁 부어 온돌 위에서 자고 있는 걸 보고서,

"어째서 머리도 제대로 빗지 않고 있나? 안에서 당신한테 할말이 있다고 하던데. 그리고 어째서 두 눈은 빨갛게 퉁퉁 부었지?"

했으나, 이병아는 반금련이 자기를 빗대어 욕을 해대고 한바탕 소동을 부린 것은 얘기하지 않고 단지 속이 안 좋아 그렇다고 대답했다. 서문경은 이병아에게 말했다.

"교씨 집에서 당신의 생일 선물을 보내왔어. 비단 한 필과 남주[南酒] 두 항아리, 복숭아 한 접시, 생일날 먹는 국수 한 쟁반, 요리 네 쟁반 그리고 관가에게는 월병[月餠] 두 쟁반과 사탕 음식 네 쟁반, 초롱등 두 개, 또 양가죽으로 만든 병풍에 거는 등 두 개, 붉은 비단 두 필, 푸른 바탕 비단에 팔길상[八吉祥](여덟 가지 길상을 상징하는 식물[飾物]이나 도안[圖案]−법륜[法輪], 법라[法螺], 백개[白蓋], 보산[寶傘], 보병[寶瓶], 연화[蓮花], 금어[金魚], 반장[盤長])을 수놓은 모자, 남자 신 한 켤레, 여자 신 여섯 켤레를 보내왔어. 우리는 그쪽 집에 아직 아무것도 보내지 않았는데 그쪽에서 벌써 우리 애 대보름 선물을 보내왔구려. 그래서 안에서 자네를 불러 상의하려는 것 같아. 저쪽에서는 공[孔]씨 아주머니와 교통[喬通]이 예물을 가지고 왔어. 그리고 오대구 부인도 먼저 건너와 교부인이 내일은 못 오고 모레나 건너온다고 하더군. 그리고 그 댁에 황족과 친척뻘 되는 교오 부인[喬五婦人]이 있는데 우리와 사돈을 맺었다는 소식을 듣고 대단히 기뻐하면서 보름 경에 한번 오시겠다는군. 그러니 초대하지 않을 수 없구려."

이병아는 이 말을 듣고 비로소 자리에서 일어나 머리를 손질하고 세수를 했다. 그러고는 안채로 들어가 오대구 부인께 인사를 했다. 공씨 아주머니는 월랑의 방에서 차를 마시면서 가지고 온 예물을 펼쳐놓고 있었기에 모두 살펴본 후에 다시 상자에 잘 갈무리해 넣고 공씨와 교통에게 각기 손수건 두 장과 은자 닷 전씩 수고비로 주고 감사하다는 답장을 써주었다. 그리고 따로 사람을 시켜 초대장을 교씨 부인에게 보냈다.

기쁨과 사랑으로 가까워지니, 개와 양까지 서로 공대를 하는 격이
었다.

시가 있어 이를 밝히나니,


서문경 홀로 돈이 많다고 교만해
기저귀에 싸인 아기 정혼시키네.
재물만 우습게 되었을 뿐 아니라
후세 사람이 개탄을 하누나.
西門獨富太驕矜 襁褓孩童結做親
不獨資財如糞土 也應嗟嘆後來人

# 제42화

# 밝은 달이 다함을 걱정하지 않으니

부잣집에서는 문을 걸고 불꽃놀이를 즐기고,
높은 사람들은 높은 주각에서 술 취해 등을 구경하네

하늘에 별과 달, 땅에는 수많은 촛불

인간 세상도 천상도 모두가 정월 대보름

음악과 악기 소리 잘 어우러지고

사람들은 잘 차려입고 돌아가니 말[馬]도 아름답다.

좋은 시간을 헛되이 보내지 말라

제일 공정한 것은 백발은 누구든 피할 수 없다는 것.

짧은 시각을 천금처럼 아끼려

경을 치는 사람에게 잘 치라 분부한다.

星月當空萬燭燒 人間天上兩元宵

樂和春奏聲偏好 人踏衣歸馬亦嬌

易老韶光休浪度 最公白髮不相饒

千金博得斯須刻 分付譙更仔細敲


서문경은 교씨네 집에서 심부름 온 사람들을 돌려보내고 안방으
로 건너가 월랑, 오대구 부인, 이병아와 함께 상의했다. 월랑이 말하
기를,

"그 집에서 먼저 우리 애에게 명절 선물을 보내왔으니, 우리도 선물을 사서 그 댁 딸에게 보내야겠어요. 그러면 삽정[揷定](약혼 때 교환하는 예물)과 마찬가지인 셈이 되잖아요."

그러고 나서 다시,

"그렇게 하면 예의에 어긋나지 않겠지요."

했다. 이에 오대구 부인도,

"우리 쪽에서 중매인을 내세우는 게 오가는 데 더 편하지 않을까요?"

하니 월랑이 말했다.

"저쪽에서는 공씨 아줌마를 내세웠지만, 그럼 우리는 누굴 내세운다지?"

이를 서문경이 듣고 있다가 말한다.

"손님 한 명이 주인 둘을 번거롭게 하지 않는다고, 우리는 풍노파를 내세우면 되잖아."

이에 급히 초대장 여덟 장을 쓰고 또 풍노파를 부르고 대안을 시켜 초대장을 가지고 가서, 보름에 교씨댁 부인, 교오 부인 그리고 상거인 부인, 주서반 부인, 최씨댁, 단씨 아가씨, 정삼저를 청해 이병아의 생일 축하연을 겸해 등불놀이도 하고 술이나 한잔 하자는 것이었다. 그리고 내흥에게 제과점에 가서 미리 큰 쟁반에 담은 과자와 찐떡 네 쟁반, 과일 떡 두 쟁반, 둥근 월병, 장미 모양 월병 두 쟁반, 신선한 과일을 네 접시 사게 했는데, 배·호두·용안[龍眼]·여지[荔枝]였으며, 구운 오리, 구운 닭, 비둘기 고기, 은어 말린 요리 네 접시이고, 금박이 옷 한 벌과 붉은색 겉옷 두 벌, 금실로 테를 두른 작은 모자, 운남의 양뿔로 만든 등 두 개, 비취색 비녀, 작은 금 손팔찌 한 쌍, 금은 보석으로 만든 반지 네 개 등이었다.

응백작이 와서 이지, 황사의 돈을 빌려가는 일을 보고 있다가, 사람들이 분주하게 움직이는 것을 보고서는 그 까닭을 물었다. 서문경은 교대호 집과 정혼한 일을 알려주면서 일렀다.

"보름날에 아주머니도 모셔와 같이 자리를 함세."

"아주머니께서 부르신다고 하면, 집사람은 열 일 제쳐두고 올 겁니다."

"오늘은 관원들의 부인을 청해 술을 먹는 모양이야."

열나흗날 아침 일찍 예물을 함에 넣어 사위 진경제와 분사에게 푸른 옷으로 깨끗하게 차려입게 하고 물건을 들려 보냈다. 교대호 집에서는 술좌석을 차려 잘 접대해 보냈다. 또 보내는 길에 함 안에 많은 생활용품을 넣어 보냈다.

한편 이날 기원[妓院]에 있는 오은아가 먼저 수도[壽桃] 한 접시, 수면[壽麵] 한 접시와 구운 오리 두 마리, 돼지 족발 두 개, 금실로 테를 두른 수건 두 개, 여자용 신발 한 켤레를 사서 보내며 이병아의 생일 선물로 냈다. 이에 오은아는 바로 이병아의 수양딸이 되었다. 월랑은 선물을 받고 가마는 돌아가게 했다. 이계저는 선물을 가지고 다음 날 찾아왔다. 오은아가 거기 있는 것을 보고는 월랑에게 살며시 묻기를,

"저 사람이 언제 왔어요?"

하니 월랑이 여차여차했다고 그간의 사정을 얘기해주면서,

"어제 선물을 가져와 여섯째 동생의 수양딸이 됐어."

했다. 이계저가 듣고는 아무 말도 하지 않고 오은아에게 골을 내고 둘은 하루 종일 말도 하지 않았다.

앞채 대청에는 왕황친가에서 보낸 배우와 광대 이십여 명이 분장
하며 쏠 상자를 여러 개 짊어지고 왔는데, 인솔자 두 명이 먼저 서문
경에게 절을 하고 인사를 올렸다. 서문경은 그들에게 서쪽 행랑채를
연극할 장소로 쓰라고 하며 술과 음식을 대접했다. 그리고 여자 손님
들이 도착하면 음악을 연주해 환영하라고 했다. 이에 큰 대청 안에
연회석을 준비하고 비단 양탄자를 깔았다.

　　먼저 주수비 부인, 형도감의 모친과 형도감 부인 그리고 장단련
부인이 도착했는데, 그들은 모두 한결같이 큰 가마를 타고 군졸들이
호위를 하며 소리를 질러 길을 열게 하면서 행차했다. 안에선 월랑이
여러 자매들과 옷을 차려입고 맞이해 안채로 들게 한 후 인사를 나누
고 자리를 잡고 앉은 후에 차를 올렸다. 하제형의 부인이 오기를 기
다려 바로 음식을 올리려고 했다. 그런데 점심때가 되었는데도 오지
않자, 하인을 두세 번 보내니, 점심때가 지나서야 군졸들이 길을 열
고 하인들에게 옷상자를 들리고 하녀들의 호위를 받으며 도착했다.
음악이 울려 퍼지는 가운데 안채로 모셔 여러 손님들과 인사를 나누
고 순서에 따라 자리에 앉았다. 잠시 객실에서 차를 마신 후 대청으
로 자리를 옮겼다. 춘매, 옥소, 영춘, 난향은 모두 진주 장식 머리띠와
금으로 만든 귀고리, 작은 적삼 안에 붉은 소매가 큰 저고리, 금테를
두른 푸른 치마를 입고 있었다. 그런데 오직 춘매만 보석 귀고리에
붉은 적삼을 입고 좌석을 오가며 차와 술을 따랐다. 그날 왕황친가의
광대들은 「서상기[西廂記]」를 공연했다. 집안 깊숙한 곳에서 부인네
들은 잘 차려입고 춤과 음악을 즐기며 술과 음식을 마시며 재미있게
놀았다.

　　한편 서문경은 그날 손님들을 잘 대접하라고 이르고는 응백작, 사

희대와 약속한 사자가에 있는 집으로 말을 타고 갔다. 만들어둔 꽃
불 네 개 중 하나는 자기가 가져가고, 두 개는 저녁에 여자 손님들
이 있는 대청에 걸라고 분부했다. 기생집의 누각 위에는 병풍이 쳐
져 있고 탁자가 놓여 있고 등을 걸어놓고 있었는데, 그들이 오자 요
리사를 불러 불을 지펴 요리를 준비하게 하고 집에서 가져온 야채류
두 상자와 금화주 두 동이도 내려놓았다. 그리고 노래하는 동교아와
한옥천도 불렀다. 원래 서문경은 먼저 대안에게 가마 한 채를 세내
서 왕륙아도 함께 사자가에 있는 곳으로 오라고 했다. 그리고 왕륙
아를 보거든,

"나리께서 한씨 아주머니를 청해 그곳에서 저녁에 꽃불을 구경하
려고 하신답니다."

하라고 일렀다. 이 말을 왕륙아에게 그대로 전하니 부인은 미소를 지
으며 말했다.

"부끄럽게 어찌 갈 수 있겠어! 한씨 아저씨가 알면 몹시 화를 낼
텐데?"

"나리께서 벌써 한씨 아저씨한테 다 말씀하셨어요. 그러니 빨리
짐을 준비하세요. 그렇지 않았다면 풍노파를 시켜 아주머니를 청했
을 거예요. 오늘 저희 집에서는 고관대작의 부인들이 모여 술을 마시
고 노는데 여섯째 마님이 풍노파를 불러 관가를 좀 봐달라고 했어요.
그래서 나리께서 굳이 저를 시키셨어요. 또 노래하는 사람 둘을 불렀
는데 같이 상대해줄 사람도 없구요."

이 말을 듣고도 왕륙아는 선뜻 일어서지 않았다. 잠시 뒤에 한도
국이 오는 걸 보고서 대안은,

"한씨 아저씨가 오셨잖아요! 아주머니께서 제 말을 믿지 않아요!"

하자, 부인은 남편을 향해 물었다.

"정말로 저더러 가라는 거예요?"

"나리께서 재차 말씀하시기를 노래하는 사람 둘을 불렀는데, 같이 상대해줄 사람이 없다고 당신이 와서 상대도 해주면서 저녁에 등꽃불 놀이도 구경을 하라시더군. 기다리고 계실 텐데 어째 아직도 준비하지 않고 있는 게야! 방금 나에게 가게문을 잘 닫고 저녁에 같이 자리를 해 구경하자고 하셨어. 내보도 벌써 집으로 돌아갔는데 저녁은 그 사람이 숙직이야."

"언제쯤 그 자리가 끝날 줄 모르잖아요? 그러니 당신은 거기 조금 앉아 있다가 바로 돌아오세요. 집에 사람도 없고, 당신은 숙직도 아니니까요."

왕륙아는 말을 마치고 옷을 갈아입고 얼굴을 매만지고는 대안을 따라 곧바로 사자가에 있는 집으로 향했다.

사자가의 집은 일장청이 아침 일찍부터 방 안을 깔끔하게 청소하고 정돈을 해놓고 침대에 이부자리도 깔아놓았다. 게다가 향까지 피워 향내가 콧속 깊숙이 스며들었다. 또한 방에 초롱등불 두 개를 피워놓고, 바닥에는 화로 가득히 불씨를 담아놓았다. 왕륙아는 안으로 들어가 온돌 위에 앉았다. 잠시 뒤에 일장청이 나와서 인사를 하고 차를 내왔다. 서문경과 응백작은 등불 구경을 하다가 집으로 돌아와 둘은 누각 위에서 쌍륙 놀이를 했다. 누각 이층의 창문 여섯 개를 모두 열고 발도 모두 걷어올리니 그 아래가 등불놀이를 하는 등시[燈市]였는데 매우 시끌벅적하고 분위기가 한껏 고조되어 있었다. 잠시 쌍륙 놀이를 하다 식사를 하고 발이 처진 안쪽에서 등시를 구경했다. 그 광경이란 이랬다.

수많은 사람들 비단옷을 입고 붐비고
향 수레 타고 말을 타니 시끄럽기가 우레 치듯
오산이 푸른 구름 위로 치솟으니
어디선들 사람들이 와 보지 않겠는가.
萬井人煙錦繡圍 香車駿馬鬧如雷
鼇山聳出靑雲上 何處游人不看來


백작이,
"내일 교씨 집에서는 어느 분이 오시나요?"
하고 물으니 서문경은,
"황가[皇家]의 친척뻘 되는 오부인이 오기로 했는데, 내일 나는 집에 없어. 마침 음력 정월 보름 상원절[上元節]이라 아침 일찍 묘에 가서 제를 올려야 하고, 부[府]의 주국헌 집에 초대받아 가기로 되어 있네."
이렇게 말을 하면서 서문경은 여러 사람들 중에 사희대, 축일념이 각이 진 두건을 쓴 사람과 함께 등불 구경하는 것을 보고 응백작에게 가리켜 보여주면서,
"저 두건 쓴 사람을 아는가? 어째 함께 가는 것일까?"
라고 말했다. 이에 백작은,
"눈에 익기는 익었는데, 갑자기 생각이 나질 않는군요."
하자 서문경은 대안을 불러,
"아래로 살그머니 가서 사씨 아저씨를 모셔오너라. 축씨와 두건 쓴 사람이 알지 못하게 말이다."
하고 분부했다. 이에 대안은 눈을 끔뻑여 알았다고 대답하고 바로 내

려가 사람들을 헤집고 축일념과 다른 사람이 먼저 지나가기를 기다
렸다가 사희대가 오는 걸 보고 소매를 잡아끌었다. 깜짝 놀란 사희대
가 몸을 돌려 보자 대안은,

"나리와 응씨 아저씨가 누각 위에서 나리를 잠깐 뵙고 하실 말씀
이 있다고 하세요."

하니 사희대가 답했다.

"알았으니 먼저 돌아가거라. 내 우선 두 사람을 점매화처[粘梅花
處]에 바래다주고 바로 돌아와 나리를 뵈마."

대안이 알았다고 대답하고 바로 달려갔다. 점매화처에 이르러 사
희대는 사람들이 많이 붐비는 곳으로 가서 슬쩍 빠져버리니 축일념
과 두건을 쓴 사람은 사희대를 둘레둘레 찾았다. 그 사이에 사희대는
바로 누각 위로 와 서문경과 응백작을 보고 인사를 했다. 그러면서
말하기를,

"여기서 등불 구경을 하실 것 같았으면 아침 일찍 한 말씀 해주시
지 그랬어요."

하니 이에 서문경은,

"아침에도 일이 많아서 자네들에게 연락할 시간이 없었네. 그래
응백작에게 자네를 부르라고 부탁했는데 집에 없었다더군. 방금 곰
보 축가가 자네가 이리 오는 것을 봤는가?"

그러면서,

"그 네모난 두건을 쓴 자는 누군가?"

하고 물었다. 사희대는,

"그 두건을 쓴 사람은 왕초선[王招宣] 집의 왕삼관[王三官]입니다.
오늘 곰보 축씨와 함께 집으로 찾아와 부탁하기를, 자기가 허불여에

게 은자 삼백 냥을 빌리려고 하는데, 저와 손씨, 곰보 축씨더러 보증을 좀 서달라는 거예요. 자기는 장래를 위해 무학[武學](송대의 학교 이름)에 들어가겠다는 거예요. 그런데 제가 어디 그런 쓸데없는 일에 참견할 사람인가요! 좀 전에 왕삼관을 데리고 등시 거리를 오갈 때 형님께서 하인 애를 시켜 저를 찾은 것을 알고 두 사람을 점매화처까지 데리고 갔다가 사람들이 어수선한 틈을 타서 슬쩍 떼어놓고 형님을 뵈러 온 겁니다."

그러면서 응백작에게 묻는다.

"언제 오셨소?"

"형님께서 자네 집에 가보라 하시기에 갔는데 없어서 바로 여기 와서 형님과 쌍륙을 하며 놀고 있었지."

서문경이,

"식사는 했나? 안 했으면 하인을 시켜 밥을 내오라 하지."

하니 사희대가 말했다.

"밥요? 아침 일찍 형님 집에서 나온 후에 그 두 사람에게 하루 종일 끌려 다녔는데 누가 밥을 주겠어요?"

이를 듣고 서문경은 대안을 불러,

"주방에 얘기해 식사를 내와 사씨 아저씨께 드려라."

하고 분부했다. 잠시 후에 차 탁자를 깨끗하게 닦고 야채와 고기반찬 두 접시, 고깃국 한 그릇, 밥 두 그릇을 차렸다. 사희대는 혼자 남은 국에다 밥을 말아 깨끗하게 다 먹어치웠다. 빈 그릇을 대안이 걷어갔다. 밥을 먹고 난 사희대는 곁에서 서문경과 응백작이 쌍륙을 하는 것을 구경했다. 그때 노래를 부르는 여자아이들이 문 앞에 이르러 가마에서 내려, 가마꾼들에게 옷 보따리를 메게 하고는 살며시 웃으며

안으로 들어왔다. 백작이 먼저 창에서 보고는,

"두 웅큼한 계집이 이제야 오는군!"

했다. 그러면서 대안에게,

"가서 쟤들보고 안으로 들어가지 말고, 먼저 이리 오게 해라."

하고 분부했다. 희대가,

"오늘 누구를 불렀어요?"

하고 묻자 이에 대안이,

"동교아하고 한옥천이에요."

그러면서 급히 누각 아래로 내려가 말했다.

"웅씨 아저씨가 할말이 있대요."

그렇지만 그들 둘은 대안의 말에는 콧방귀도 뀌지 않고 곧장 안으로 들어가 일장청에게 인사를 하고 방으로 들어갔다. 방에 들어가 보니 왕륙아가 쪽머리를 틀어올리고 양가죽으로 만든 족두리를 쓰고, 위에는 자색 마고자에 검은색 저고리를 입고, 흰 비단 치마를 입고, 발에는 끝이 뾰족한 굽이 낮은 신을 신고, 화장을 곱게 하고 귓가에 꽃밥을 달고 있었다. 두 기녀는 안으로 들어가 왕륙아를 보고 가벼이 인사를 하고 함께 온돌가에 걸터앉았다. 소철아가 차를 내와 왕륙아와 함께 마셨다. 두 기녀는 아래위로 왕륙아를 훑어보고 미소를 지었으나 더욱 누구인지를 몰랐다. 잠시 뒤에 대안이 들어오자 두 기녀는 살며시,

"방에 있는 부인은 누구지?"

하고 물었으나 대안은 대답을 정확히 해주지 않고, 단지 나리 댁의 친척뻘 되는 분으로 등불 구경을 하러 왔다고만 했다. 둘은 이 말을 듣고 다시 방으로 들어가,

"좀 전에는 마님의 친척 되시는 분인 줄을 모르고 인사를 제대로 올리지 못했는데 용서해주세요."

하면서 날아갈 듯이 공손하게 절을 두 번 올렸다. 당황한 왕륙아가 급히 자리에서 일어나 답례를 했다. 잠시 뒤에 음식이 들어오자 함께 먹었다. 둘은 악기를 들고 노래를 불러 왕륙아에게 들려주었다. 백작은 쌍륙을 하다가 잠시 화장실에 들러 소변을 보았다. 안채에서 노랫소리가 들리니 대안을 손짓해 불러서,

"두 기생이 안채에서 누구에게 노래를 들려주고 있는 게냐?"

하고 물었다. 대안은 웃기만 하고 우물쭈물하다가 말했다.

"아저씨께서는 왜 그렇게 조주[曹州]의 군사들처럼 쓸데없는 일에 참견하기를 좋아하세요. 누구에게 노래를 불러주건 무슨 상관이에요?"

"요 주둥이만 살아 있는 자식이! 네놈이 말을 안 하면, 내가 모를 줄 아냐?"

이에 대안은,

"알았으면 됐지, 묻기는 왜 물으세요?"

말을 마치고 바로 안으로 들어갔다. 백작은 다시 위로 올라와 서문경과 사희대와 함께 쌍륙을 세 판 정도 치며 놀았다. 그럴 즈음에 이명과 오혜가 갑자기 위로 올라와 절을 했다. 백작이,

"좋아! 마침 잘 왔어. 어디서 오는 길이냐? 여기 있는 줄 어떻게 알았지?"

하니, 이명이 꿇어앉아 입을 가리면서,

"소인과 오혜가 먼저 나리 댁에 갔는데, 나리께서 여기서 술을 들고 계신다 하기에 시중을 들려고 왔습니다."

하자 서문경이,

"됐다, 그만 일어나 시중을 들거라. 그리고 대안은 빨리 가서 건너편에 있는 한씨를 모셔오너라."

라고 분부하니 잠시 뒤에 한도국이 와서 인사를 하고 자리에 앉았다. 바로 탁자를 준비하고 부엌에서 안주를 내온 뒤 금동이 곁에서 청동 주탕기로 술을 데웠다. 백작과 희대가 윗자리에 앉고, 서문경이 주인 자리에, 한도국이 그 옆에 앉아 술을 마시기 시작했다. 그리고 대안을 시켜 안채로 들어가 기생들을 불러오게 했다. 잠시 뒤 한옥천과 동교아가 사뿐사뿐 걸어 올라와 고개를 숙여 인사를 했다. 두 기생을 보고 응백작이,

"나는 누가 왔나 했더니, 이 두 싸가지 없는 계집들이었군! 내가 여기 있는 것을 알면서, 어째 먼저 나에게 와서 인사하지 않았지? 간덩이가 부었군. 내일 어르신네가 공덕을 베풀지 않아도 두렵지 않은 모양이지."

하고 욕을 해댔다. 이에 동교아는 미소를 지으며,

"오라버니, 어디 담장에서 오물을 뒤집어쓰셨나, 왜 그리 소리를 지르고 야단이세요? 놀라 죽을 뻔했잖아요!"

했고 한옥천도,

"어디 그렇게 흉악한 얼굴을 하고, 창피하게 어린아이들처럼 떼를 쓰고 계세요?"

하고 한마디 거들었다. 이에 백작이,

"형님, 오늘 너무 쓰셨군요. 이명과 오혜가 노래를 부르면 되지, 이 싸가지 없는 계집들을 왜 부르셨어요? 어서 일찌감치 쫓아버리세요. 오늘 같은 명절 밤에는 몇 푼 더 벌 수 있을 거예요. 좀 더 늦게 돌아

가면 불러주는 사람이 아무도 없을 테니!"

하자 한옥천이,

"오라버니, 어찌 그리 뻔뻔하세요? 나리께서 불러 온 거지, 당신 시중들러 온 게 아니에요. 그런데 왜 그리 화를 내고 야단이시람?"

이라고 하자 백작이 말했다.

"요 버릇없는 계집아, 나를 시중들지 않으면 대체 누굴 시중든다는 게야?"

"사탕이 식초 항아리에 빠지면 신맛이 나듯 좀 이상해진 것 같아요."

"그래 내가 맛이 변했다고 치자, 그렇지만 집에 돌아갈 때 내 맛을 보여주마! 다 방법이 있으니 내 손아귀에 걸려들걸."

이에 동교아가 물어보았다.

"오라버니, 무슨 방법인데요? 저한테 말해주실래요!"

"순라군에게 말해 너희들을 잡아가게 하는 거야. 그러고는 다음 날 내 편지를 주대감께 올려 네년들 손 주리를 틀게 하는 거야. 일이 잘 안 되면 몇 푼을 들여 술을 사 가마꾼들을 취하게 만들어 네년들을 버려두게 하는 게야. 날은 저물었는데 집에 땡전 한 푼 없이 간다면 기생집 할망구가 때리지 않고 그냥 두겠어? 물론 나하고 상관없는 일이긴 하지만 말이야!"

한옥천이,

"날이 저물면 돌아가지 않고 여기서 잘 거예요. 그러지 못하면 나리께 말씀드려 사람을 시켜 저희들을 보내달라고 할 거예요. 그리고 왕씨 할멈에게 은전 몇 푼 주는 것은 당신하고 전혀 상관없는 일이니 쓸데없는 걱정일랑 붙들어 매세요."

하자 응백작은,

"그래, 나는 쓸데없는 놈이다."

해가며 오늘은 기생들을 결코 그냥 돌려보내지 않겠다고 티격태격 말장난하고 있을 적에, 이명과 오혜가 곁에서 악기를 타며「봄풍경 노래[春景之詞]」를 불렀다. 사람들은 그러면서 식사를 하려고 했다. 그때 대안이 들어오면서,

"축씨 아저씨가 오셨어요."

하고 전갈했다. 사람들은 듣기만 할 뿐 아무 말도 하지 않았는데 바로 축일념이 올라오면서 응백작과 사희대가 있는 것을 보고서,

"그래 둘만 잘 처먹고 있으면서 사람 노릇을 하고 있구만!"

하고 사희대에게 말했다.

"사자순아! 형님이 자네를 불렀으면 내게도 말을 해줘야 될 거 아냐? 슬그머니 없어져버리다니, 내가 점매화처에서 얼마나 찾았는지 알아!"

"나도 자네들을 잃어버리고 찾아 헤매다가 우연히 누각 위에서 서문 큰형님이 응씨 형님과 쌍륙을 하는 것을 보고 올라와 인사드린 뒤 바로 내려가려다가 형님께 붙잡혀 남아 있는 거야."

이를 보고 서문경이 대안에게,

"의자를 가져와 축씨 아저씨도 자리에 앉게 하거라."

하고 분부하니 대안이 술잔과 젓가락을 가져다 자리를 마련했다. 그리고 다시 밥을 가져와 함께 먹었다. 서문경은 단지 밥을 약간 들고 국도 한 모금만 마신 뒤 곁에 서 있는 이명에게 주어 먹게 했다. 그러나 응백작, 사희대, 축일념, 한도국은 큰 대접에 담긴 국과 만두까지 모두 깨끗이 먹어치우고 단지 꽃빵 몇 개만을 남겨두었다. 하인들이

빈 그릇을 내가고 뒤이어 내온 술을 따라 마시면서 희대가 축일념에게 물었다.

"그래, 자네는 왕삼관과 어디에서 헤어졌으며 내가 여기 있는 걸 어찌 알았나?"

"형님을 찾다가 찾지 못하고, 왕삼관과 함께 손형 집으로 갔지요. 허불여한테 돈 삼백 냥을 빌릴 요량으로 함께 갔는데 주둥이만 살아 있는 손과취가 차용증을 잘못 썼지 않았겠어요."

희대는,

"자네들이 내 이름을 써선 안 되네. 나완 상관없는 일이니. 자네가 손씨와 보증을 서주고 구전이나 얻어먹게나."

그러면서 다시 묻기를,

"그래 어떻게 잘못 썼는데?"

"내가 손과취에게 차용증을 쓸 때, 허불여에게 세 번으로 나누어 돈을 돌려주라고 일렀지. 그런데 내 말을 듣지 않고 자기 멋대로 서류를 다시 고쳐 썼더란 말이에요."

"자네 서류에는 어떻게 썼는데? 한번 외워서 들려주게나."

"그러죠. 제가 쓰기를,

차용인 왕채[王采]는 초선부의 사람으로, 돈을 빌려 쓰기보다는 얻어 쓰려고 합니다. 중간에 손천화, 축일념을 보증인으로 삼아 허불여 선생께 돈을 빌리려고 합니다. 그리고 백은연사금[白銀軟斯金](백은을 뜻하는 은어) 삼백 냥이라고도 하지 않고, 매월 이자도 얼마라 하지 않고, 단지 납매아[納梅兒](이자[利子]를 뜻하는 은어[隱語]) 오백 문을 주겠다고만 했지요. 내년에 돌려주겠다고 해야 하나 내년이라 하지 않고 세 번에 나누어 갚겠다고 했지요. 세 번째 기한 중 첫째 기한은 바람이 두레박을 쳐올려 외로운 기러기를 때려 맞출 때이고, 둘째 기한은 물속의 고기가 언덕 위로 튀어오를 때이고, 셋째 기한은 물속의 돌이 닳고 닳아 가루가 되었을 때로, 이때가 되면 허불여에게 돌려준다. 그런데 어느 해에 갚겠다고 해놓은 거예요. 그래서 내가 만약 그 해가 되어 허불여가 돌려줄 것을 요구하면 어쩌려구 그러느냐? 그래서 제가 몇 마디 더 고치기를 '만약에 채무자가 세상에 없고 또 보증인의 가게가 없어질 때에는 후에 증거가 될 만한 것이 없으므로 본 차용문서는 효력이 없음.' 그리고 뒤에 두 글자를 더 보태기를 '이하 여백[餘白]'이라 했지요."

사희대가 말했다.

"그래, 이렇게 써놓고 융통성이 있다고 말할 수는 없잖은가? 물 안에서 돌이 가루로 변한다 한들 허불여가 이 세상에 살아 있는지 어찌 알 수 있겠는가?"

"말씀 잘하셨어요. 가뭄이 들어 물이 마르면 조정에서 내를 파게 할 것이고, 그때 돌들이 인부들의 곡괭이에 두세 번 얻어맞아 가루가 되면 어찌하겠어요. 그땐 돈을 안 갚을 수 없잖아요."

이 말을 듣고 모든 사람들이 웃었다.

날이 어두워지는 것을 보고 서문경은 누각 위 등불에 불을 켜라고 분부하고 보니 처마 끝에 매단 양각[羊角] 등이 유난히 보기 좋았다. 그런데 뜻밖에도 집에서 월랑이 기동과 군졸 몇을 시켜 음식을 네 상자 보내왔는데, 모두 달콤하고 맛있는 것이었다. 노란 귤·붉은 석류·달콤한 올리브열매·푸른 사과·향기로운 배와 꿀에 절인 감·설탕을 입힌 대추·꿀을 바른 떡·깨를 입힌 사탕·골패감잡[骨牌減煠](골패 모양의 단 음식)·밀윤조환[蜜潤絛環](오늘날 꿀 입힌 꽈배기류)·유엽탕

[柳葉糖](버드나무 잎과 같이 얇은 사탕)·우피전[牛皮纏](일종의 우피탕 [牛皮糖]으로 우유끼가 많은 사탕) 등 모든 것이 진귀하고 인간 세상에서 드문 음식이었다. 서문경은 기동을 불러 물었다.

"그래, 집안의 여러 부인들은 모두 돌아가셨느냐? 아니면 아직도 술을 드시고 계시느냐? 이것은 누가 보냈지?"

이에 기동은,

"큰마님이 소인을 시켜 나리께서 술과 같이 드시라고 보냈어요. 여러 마님들은 아직 돌아가지 않으셨어요. 연극도 이제 사 막을 공연하고 있고 큰마님께서는 큰문 쪽에서 술을 드시며 등불놀이를 구경하고 계세요."

"사람들이 보더냐?"

"사람들이 거리를 가득 메워서 구경하고 있어요."

"내가 평안에게 군졸 넷을 배치해 대문간에 오랏줄을 쳐 사람들이 함부로 들끓지 않도록 일렀는데…."

"저와 평안과 군졸 둘이 질서를 잘 지키게 해 별 탈 없이 등불 구경을 하고 있어요. 여러 마님들도 뿔뿔이 흩어졌길래, 큰마님께서 저를 여기로 보내셨어요. 사람들이 별로 시끄럽지 않아요."

서문경이 듣고는 지금까지 먹고 있던 탁자 위의 음식을 다 걷어치우라 하고는 새로 가져온 음식과 과일들을 올려놓게 했다. 또 주방에서 과일을 넣은 월병을 내왔다. 기생 둘이 좌석을 오가며 술을 따라 권했다. 서문경은 기동에게 집으로 돌아가라고 분부했다. 그러면서 새로 따른 술에 진귀한 음식을 안주로 새롭게 한 잔을 하면서 이명과 오혜에게 노래를 부르게 하니, 그들은 등불에 관한 노래「신수 두 곡 조[雙調新水令]」를 불렀다.

거리에서는 정월 대보름 등불놀이
오산을 둘러싸고 상서로운 기운이 감도네.
은하수를 바라보니 별들이 밝게 빛나고
하늘을 보니 달이 높게 떠 있구나.
퉁소 소리가 울려 퍼지니
연회석의 즐거움이 넘친다.
鳳城佳節賞元宵 遠鰲山端雲籠罩
見銀河星皎潔 看天塹月輪高
動一派蕭韶 開玳宴盡歡樂


〈천발도[川撥棹]〉
양편에 꽃등이 걸려 있으니
하늘에 별과 달이 더욱 밝구나.
바람에 나부끼는 비단 허리띠
미세히 흔들리는 가마 덮개도 보이네.
오산 위에 등불이 밝게 빛나고
머리에 붙인 종이가 바람에 나풀나풀.
花燈兒兩邊挑 更那堪一天星月皎
我則見繡帶風飄 寶蓋微搖
鰲山上燈光照耀 剪春蛾頭上挑


〈제칠형[第七兄]〉
한쪽에서 춤과 노래, 악기 소리 어우러지니
사람을 놀라게 하는 연극 실로 묘하다.

사람을 감동시키는 연극 어찌 배운다 될 것인가.
사람을 웃기는 희곡이야말로 정말 웃기는 것.
二壁廂舞着 唱着共彈着 驚人的這百戱其實妙
動人的高戱怎生學 笑人的院本其實笑

〈매화주[梅花酒]〉
아! 한쪽에는 무포로[舞鮑老]*와
재자가인들이 아름답게 꾸미는데
빼어난 아름다움에, 교태까지 부리네.
한쪽에서 춤곡인 무아고[舞迓鼓]** 연주하고
또 다른 한쪽에서는 사고효[躧高撬]*** 놀이를 하니
정말로 웃음과 즐거움이 가득.
구름이 낮게 깔리고
사향 향기가 가득 차니
웃음 속에 향기로운 탁주를 마시네.
呀 一壁廂舞鮑老包
仕女每打扮的清標 有萬種妖嬈 更百媚千嬌
一壁廂舞迓鼓 一壁廂躧高橇 端的有笑樂
細氤氳蘭麝飄 笑吟吟飲香醪

〈강남에서 즐기네[喜江南]〉

* 송대 희곡 배역 중에 우스개 역할을 하는 사람
** 송·원대의 춤곡
*** 민간 잡기의 하나로 연기자가 발목에 나무를 대고 올라서 각종 인물로 분장해 왔다 갔다 하며 노는 것

아! 오늘 즐겁게 대보름 연회석을 벌이고
미인들이 섬섬옥수로 비파를 타네.
등불과 밝은 달이 서로 빛을 발하며
누각 위를 비추니
오늘 가슴을 활짝 열고 마음껏 취해볼거나.
呀 今日喜孜孜開宴賞元宵
玉纖慢撥紫檀槽 燈光明月兩相耀
照樓臺殿閣 今日個開懷沉醉樂醄醄


노래를 마치자 한도국은 원소절 떡을 먹고 먼저 집으로 돌아갔다. 잠시 뒤 서문경은 내소에게 분부해 아래층 방문 두 칸을 열고 발을 걷어올려 등불걸이를 밖으로 내달게 했다. 서문경과 여러 사람들은 이층에서 등불 구경을 하고 왕륙아에게 기생 두 명과 내소의 처 일장청과 함께 일층에서 구경하라고 했다. 대안과 내소는 등불걸이를 거리 가운데로 옮겨놓고 바로 불을 켰다. 그 주위를 에워싸고 어깨를 부딪치며 보는 사람들이 이루 헤아릴 수 없을 정도였다. 그러면서 모두 말하기를 '서문대인 댁이 등불을 켜놓는데 누가 와서 보지 않겠어?'라고들 했다.
　과연 불이 번뜩이며 등불이 밝게 타오르니 그 광경이란 어찌 장관이 아니겠는가.


한 장 오 척의 등불걸이대
사방 주위가 모두 들떠 있네.
제일 높은 곳에 선학 한 마리가

입에 천서[天書]를 물고 있는데
그것이 바로 불을 붙이는 것으로
불이 맹렬하게 타오르네.
한 번 쏘아 올리니 차가운 빛이
곧장 하늘까지 뻗친다.
그러던 중 서과포[西瓜砲]가 터지니
주위 사람들이 모두 구경한다.
치지직, 수많은 번개가 한꺼번에 번쩍대듯
채련방[採蓮舫], 새월명[賽月明]이 연달아 터지니
마치 금등이 푸른 하늘 별들을 흩어지게 하듯
자포도[紫葡萄]는 수많은 갈래로
흡사 명주 구슬들이 수정 발에 매달린 듯.
패왕편[覇王鞭]이 도처에서 소리를 내고
지노서[地老鼠]는 사람 옷 속으로 파고든다.
경잔옥대[瓊盞玉臺]는 정말로 빙글빙글 돌아 보기 좋네
은아금탄[銀蛾金彈]은 정교해서 옮기기 어려워라.
팔선봉수[八仙捧壽]는 명백히 유명하게 알려진 것
칠성강요[七聖降妖]는 온 몸이 불.
황연아[黃烟兒], 녹연아[綠烟兒]는 무럭무럭 일어 연기를 밀치고
긴토련[緊吐蓮], 만토련[慢吐蓮]은 찬란하게 꽃을 피우네.
일장국[一丈菊]과 연란[烟蘭]은 서로 대치하고
화리화[火梨花]는 낙지도[落地桃]와 봄을 다툰다.
누각, 전각은 삽시간에 높게 치솟아 모습이 보이지 않고
촌방사고[村坊社鼓]는 시끄러운 고함 소리를 방불케 하네.

화랑담아[貨郎擔兒]는 아래위로 일제히 불을 뿜고

포풍거아[鮑風車兒]는 머리와 꼬리에서 동시에 불을 뿜는다네.

오귀뇨판[五鬼鬧判]은 머리가 빛나는 것이 흉폭스럽네

십면매복[十面埋伏]은 말 달리고 사람이 뛰어도 승부를 가리지 못하네.

여하튼 온갖 심혈을 기울인다 해도

불 꺼지고 연기가 다 없어지면 재만 남는다네.

一丈五高花椿 四圍下山棚熱鬧

最高處一只仙鶴 口里銜着一封丹書 乃是一枝起火

起去莘山律律一道寒光 直鑽透斗牛邊

然後正當中一個西瓜砲迸開

四下裡人物皆着 觱剝剝萬個轟雷皆燎徹

彩蓮舫 賽月明 一個趕一個 猶如金燈衝散碧天星

紫葡萄 萬架千株 好似驪珠倒掛水晶簾箔

霸王鞭 到處響亮 地老鼠 串繞人衣

瓊盞玉臺 端的旋轉得好看

銀蛾金蟬 施逞巧妙難移

八仙捧壽 名顯中通 七聖降妖 通身是火

黃煙兒 綠煙兒 氤氳籠罩萬堆霞

緊吐蓮 慢吐蓮 燦爛爭開十段錦

一丈菊與煙蘭相對 火梨花共落地桃爭春

樓臺殿閣 頃刻不見巍峩之勢

村坊社鼓 仿佛難聞歡鬧之聲

貨郎擔兒 上下光燄齊明

鮑風車兒 首尾迸得粉碎 五鬼鬧判 焦頭爛額見猙獰

十面埋伏 馬到人馳無勝負

總然費卻萬般心 只洛得火滅煙消成偎燼


옥루동호[玉漏銅壺]*야 재촉 마라

오작교에 불을 밝히고 지새우련다.

수많은 꼭두각시 인형 모든 것이 헛되니

구경꾼들의 웃음을 자아내는구나.

玉漏銅壺且莫催 星橋火樹徹明開

萬般傀儡皆成妄 使得游人一笑回


　응백작은 서문경이 취한 것을 보고 잠시 등불 구경을 하다 내려왔
다가 왕륙아를 보았다. 이에 소변 본다는 핑계로 사희대, 축일념을
잡아끌고 서문경에게 인사도 하지 않고 나가려고 했다. 대안이,

　"응씨 아저씨, 어디 가시게요?"

하니 백작은 대안을 붙잡고,

　"멍청한 놈, 내가 그리 주책이 없는 것 같으냐, 먼저 자리에서 일어
나지 않으면, 다른 사람들이 계속 버티고 있을 텐데, 그러면 김이 샐
게 아니냐? 나리께서 물으면 그냥 갔다고만 전하거라."

하고는 사라졌다. 잠시 뒤 서문경은 등불이 다 터진 것을 보고서야
비로소 백작 등이 어디 갔냐고 물었다. 이에 대안이,

　"응씨 아저씨와 사씨 아저씨들은 모두 가셨어요. 제가 말려도 그
냥 가시더군요."

---

* 물시계

하니 서문경은 더 묻지 않고, 이명과 오혜를 불러 각각 큰 잔에 술을 가득 따라주었다. 그러면서,

"내 수고비는 다음에 주마. 그리고 열엿샛날 일찍 와서 좀 수고를 해줘야겠다. 웅씨 등 세 사람과 친구 몇 사람이 모여서 저녁에 집에서 술을 마시려고 해."

하니 이명은 무릎을 꿇고 말했다.

"열엿샛날에는 소인과 오혜, 좌순, 정봉이 동평부에 새로 부임해 오시는 호[胡]대인 집으로 가기로 되어 있어 저녁 늦게야 올 수 있습니다."

"우리들은 저녁 늦게야 술을 마실 게다! 그러니 너무 늦지만 않으면 돼."

이에 둘은,

"되도록 빨리 가겠습니다."

라고 말하고 무릎을 꿇고 술을 마신 후에 인사를 하고 나갔다. 서문경은 또 기생들에게,

"내일 부인들을 초청해 연회를 여는데, 이계저, 오은아가 오니 너희들도 한번 다녀가거라."

하니 둘이 대답하고 물러났다. 서문경은 내소, 대안, 금동에게 그릇을 잘 거두어 치우고, 등불을 잘 끄라고 하고는 안채 방으로 들어갔다.

한편 내소의 아들 소철아가 등불놀이를 보고 있다가, 서문경이 들어가는 것을 보고 이층으로 올라가니, 자기 아버지가 큰 접시에다 남은 고기며 과일, 야채를 쓸어 담고, 남은 술과 원소절 떡을 챙겨 집으로 들어가기에 따라가서 어미 일장청에게 구운 과자를 달라고 조르다 몇 대 얻어맞았다. 하는 수 없이 소철아는 안채 뜰에 가서 놀고 있

는데, 앞에 있는 방 안에서 웃는 소리가 들리기에 기생들이 아직 돌아가지 않았나 하고 생각했다. 그래서 문틈으로 안을 들여다보니 촛불이 켜 있었고 서문경과 왕륙아가 침대에서 일을 치르는 중이었다. 서문경은 이미 취해서 왕씨를 침대 머리맡에 거꾸로 앉혀놓고 발 아래까지 속옷을 내리고 물건에 은탁자를 매달고 후정화[後庭花] 자세로 재미를 보고 있었다. 한 손으로 왕씨의 엉덩이를 붙잡고 왕복 운동을 끊임없이 했다. 쉼 없이 하니 숨소리 거칠어지고 그 기세에 삐걱거리는 침대 소리가 요란하게 울려 퍼졌다. 꼬마가 한참 열나는 장면을 보고 있는데 어미인 일장청이 안채 후원으로 들어오다가 소철아를 발견했다. 발뒤꿈치를 들고 살며시 다가서 머리채를 거머쥐고 끌고 나와 욕하기를,

"요 싸가지 없는 자식아! 아직도 정신 못 차리고 있어! 뭘 엿보고 있어!"

라고 혼을 내며 그에게 원소절 떡 몇 개를 주어 나가지 못하게 하니, 놀란 꼬마는 온돌 위에서 잠이 들었다.

서문경과 왕륙아는 족히 밥을 두 번 먹을 시간만큼 풀무질을 하다가 비로소 일을 마쳤다. 대안은 가마꾼들에게 술과 음식을 대접하고 왕륙아를 집으로 바래다주고 왔다. 그런 후에 금동과 등불을 켜 들고 서문경과 함께 집으로 돌아왔다.

밝은 달이 다함을 걱정하지 않고, 어딘지 모르게 그윽한 향이 전해지는구나.

시가 있어 이를 밝히나니,

남루에서 노느라 돌아갈 일을 잊었네

이런 풍류 언제까지 있으려나.

돌아올 땐 밝은 달도 이미 삼경이 지나고

환락을 알지 못하니 엉망진창 취했구나.

南樓玩賞頓忘歸 總有風流得幾時

回來明月三更轉 不覺歡娛醉似泥

# 이 또한 한 차례의 봄바람일는지

서문경은 금팔찌를 잃어버린 후 금련을 꾸짖고,
사돈 맺은 교씨 부인을 월랑이 만나다

고금사 생각하니 모두 근심뿐이고
부귀와 천함도 죽으면 다 흙 한 구덩이
한대[漢代]의 화려한 궁전과 사람들은 어디에?
석숭의 금곡에도 물만 헛되이 흐르네.
시간은 절로 흘러 아침이 가면 저녁이 오고
초목은 봄을 지나 가을로
한가로운 일과 시간은 끊이지 않으니
잠시 몸을 이끌고 술에 취해 놀아볼거나.
細推今古事堪愁 貴賤同歸土一丘
漢武玉堂人豈在 石家金谷水空流
光陰自旦還將暮 草木從春又到秋
閑事與時俱不了 且將身入醉鄕游

서문경은 삼경이 지나서야 집으로 돌아왔다. 안채로 들어가 보니
오월랑이 아직 자지 않고 앉아서 오대구 부인들과 한창 얘기를 나누
고 있었다. 이병아가 시중을 들며 부인들에게 술을 따라주고 있었다.

오대구 부인은 서문경이 돌아온 걸 보고 곧 안으로 갔다. 월랑은 서문경이 취한 것을 보고 겉옷을 벗기고 함께 자리에 앉으며 그날 술좌석은 어땠는지 물어보았다. 서문경은 차를 마시고 오대구 부인이 집에 있는 것을 보고 맹옥루의 방에 가 하룻밤을 지냈다.

다음 날 요리사들이 일찍부터 와서 술좌석을 펼치고 음식을 준비했다. 서문경은 먼저 아문에 가서 아침 점호를 했다. 하제형이 보고 어제 자기 부인을 초청해 잘 환대해준 것에 대해 사의를 표했다. 서문경이 대답한다.

"어제 대접이 너무 소홀했습니다. 너그럽게 봐주십시오!"

일을 마치고 집에 돌아오니 교대호 집에서 공씨 아주머니를 시켜 남주[南酒] 한 동이와 요리 네 가지를 가져왔다. 서문경이 받고서 물건 가져온 사람들에게 술과 밥을 대접해 들게 했다. 공씨는 월랑의 방에 들어가 앉았다. 오순신의 부인인 정삼저가 먼저 가마를 타고 와서 월랑에게 인사를 했다. 여러 사람들은 공씨를 에워싸고 얘기를 나누며 차를 마셨다. 그러고 있을 때 분사가 동평부에서 이지와 황사가 향과 납을 사느라 빌린 은자 일천 냥을 받아왔다. 응백작이 이 소식을 듣고 달려와 서문경에게 건네주는 것을 거들었다. 진경제에게 저울을 대청으로 가져오게 해 정확히 달아보았다. 달아보니 오백 냥과, 이자인 은자 백오십 냥이 부족했다. 그래서 황사는 금팔찌 네 개를 내놓았는데 중량이 서른 냥짜리로 은 백쉰 냥으로 쳐서 계산하고 나머지는 따로 계약서를 썼다. 서문경이 이지와 황사에게,

"명절이 지난 후에 다시 와서 상의를 하세나. 내 연일 집안에 일이 많아서…."

라고 분부하니, 이지와 황사는 연신 '나리님' '나리님'이라고 부르며

수차례 감사하다고 인사한 후에 나갔다. 응백작은 이지와 황사가 수고비를 약간 주기로 한 것을 잊었을지 몰라 따라 나가 물어보려고 했다. 막 따라 나가려고 할 때 서문경이 응백작을 불러 세우면서 물었다.

"어제 자네들 셋은 어째 한마디 말도 없이 사라졌나? 하인 애를 시켜 뒤쫓아보게 했으나 따라잡지 못하고 그냥 왔더군."

"어제 형님께 폐도 많이 끼치고 술도 잘 얻어먹었습니다. 제가 보기에 형님도 많이 취하셨더군요. 오늘 형수님께서 연회를 여시기 때문에 반드시 기다렸다가 형님과 상의하실 텐데 우리가 가지 않으면 언제까지 눌러 있을 게 아닙니까? 그렇지 않았다면 형님께서는 오늘 아문에 출근도 못하셨을 거예요. 연일 너무 바쁘신 것 같아요."

"하기야 어제 집에 돌아오니 삼경이 넘었더군. 오늘도 아침 일찍 아문에 나가 점호하고 업무를 처리했지. 부인네들에게 연회를 준비시켜야 하고, 묘에 가서 상원제도 올려야 하고, 또 주국헌 집에 초대를 받았으니 한잔 마셔야 하고… 언제쯤 집에 돌아올지 모르겠군!"

"그래도 그게 다 형님의 큰 복이십니다. 다행히 허약하지 않아 괜찮지, 만약 다른 사람이라면 견뎌내지 못할 겁니다!"

둘이 이렇게 얘기하다가 서문경이 백작에게 밥이나 먹고 가라고 했다. 이에 백작은,

"밥은 먹지 않고 갈래요!"

하니 서문경이 물었다.

"그런데 아주머니는 어째 오지 않지?"

"제가 가마를 불러줬으니 바로 올 거예요."

라며 손을 들어 인사를 하고 곧장 이지와 황사의 뒤를 쫓아갔다.

이를 두고 '안개를 몰고 구름을 부리는 술수를 부리고, 불 속과 얼음을 깨면서 오로지 돈만을 얻으려 하네'라 하던가.

한편 서문경은 백작이 떠난 후 누런 황금빛이 번쩍이는 금팔찌를 손에 들고 들여다보며 매우 즐거워했다. 마음속으로,

'병아가 낳은 자식이 정말로 복덩이야! 낳자마자 벼슬을 하지 않나, 오늘 이렇게 교대호 집안과 정혼을 하지 않나, 또 이렇게 재물까지 굴러 들어오다니.'

라고 생각했다. 그래서 소맷자락에 금팔찌 네 개를 잘 갈무리해서는 안채로 가지 않고 곧장 화원을 지나 이병아의 방으로 갔다. 그런데 공교롭게도 반금련과 쪽문 앞에서 만났는데 반금련이 서문경을 보고 붙잡는다.

"소매 속에 무엇을 넣었기에 그리 불룩하지요? 이리 오셔서 좀 보여주세요."

"돌아올 때 보여줄게."

서문경은 이렇게 말을 하고 서둘러 이병아의 방으로 갔다. 금련은 자기가 불러도 서문경이 들은 체도 하지 않고 가버리자 화가 치밀어 올라서 말했다.

"무슨 대단한 물건이라고? 헐레벌떡 호들갑을 떨고 있어. 보여주기 싫으면 그만두라지! 가다가 발목이 부러질 날강도 같으니라구! 제발 그년 방에 들어가다가 발을 헛디뎌 양다리가 우두둑 부러져버린다면 내 이 원한을 속 시원히 풀 수 있을 텐데!"

이런 반금련을 뒤로한 채 서문경은 금팔찌를 가지고 이병아 방에 들어갔다. 이병아는 머리를 빗고 있고, 유모가 아기를 안으며 놀고

있었다. 서문경은 곧장 금팔찌 네 개를 꺼내 아기 손에 걸어주려고
했다. 이를 보고 이병아가,

"어디서 난 거예요? 애 손이 차가워질까봐 그래요."

하자, 서문경은 오늘 이지와 황사가 돈을 갚으려고 왔으나 돈이 모자
라 금팔찌로 대신했다고 얘기해주었다. 이병아는 아기 손이 시릴까
봐 수건 하나를 꺼내 따스하게 싸서 아기가 가지고 놀게 했다. 이때
대안이 들어와,

"운씨 아저씨가 말 두 필을 가져와 나리께서 좀 봐주시기를 청합
니다."

하니 이에 서문경이 답했다.

"운씨는 그 말을 어디서 가져왔다고 하던?"

"운씨의 형인 운참장이 변방에서 보내온 말인데 아주 잘 달린다고
합니다."

이때 안채에 있던 이교아와 맹옥루가 오대구 부인과 며느리 정삼
저를 데리고 관가를 보러 건너왔다. 서문경은 팔찌 네 개를 남겨두고
밖의 대문가로 나와 말을 보았다.

이병아는 여러 사람들이 오는 걸 보고 인사를 하고 자리에 앉기를
권하느라고 아기가 팔찌를 가지고 노는 걸 깜빡 잊어버렸다. 그런데
놀다 보니 하나가 부족했다. 이를 보고 유모가 이병아에게 물었다.

"마님께서 아기씨가 가지고 놀던 팔찌를 간수해놓으셨어요? 세
개만 있고 하나가 없어요."

이에 이병아는,

"내가 간수하지 않았는데. 아까 손수건에 싸서 관가에게 주었잖
아!"

하니 여의아는,

"수건은 땅에 떨어져 있는데 팔찌는 어디로 갔을까요?"

하자 집안에 소동이 벌어졌다. 유모는 영춘에게 묻고, 영춘은 풍노파에게 물으니 풍노파는,

"아야! 아야! 나는 눈이 멀어서 보지 못했어요. 이곳에 몇 년을 다녔지만 부러진 바늘 하나 건드리지 않았어요. 마님께서는 나를 아실게야. 금 덩어리라도 좋아하지 않아. 너희들이 아기를 보면서 억울하게 죄를 뒤집어씌우다니!"

하니 이에 이병아가 웃으며,

"여러분, 풍할멈이 쓸데없는 말을 하는 것 좀 보세요. 지금 여기서 보이지 않는 게 금이 아니면 뭐겠어요?"

하면서 영춘에게,

"못된 년! 왜 공연히 소란을 부리고 있어? 이따가 나리께서 돌아오시면 간수하셨는지 여쭤보지. 그런데 왜 하나만 간수하셨을까?"

하고 야단을 쳤다. 이를 듣고 옥루가 묻는다.

"어디서 난 금인데?"

"나리께서 밖에서 가져오셔서 아기가 가지고 놀게 주신 거예요. 어디서 난 것인지 누가 알겠어요!"

한편 서문경은 대문가에서 말을 보며 여러 사람들과 함께 있었다. 하인에게 두세 번 말을 타보게 했다. 이를 보고 서문경은,

"비록 동쪽에서 가져온 말이라고는 하나, 갈기와 꼬리가 별로 좋지 않아 그리 잘 달릴 것 같지는 않군. 물론 조금만 타면 괜찮겠지만 말이야!"

그러면서 운씨에게,

"그래, 자네 형님은 이 말을 얼마를 받으려고 하지?"

하니 운리수가 답했다.

"두 필에 일흔 냥은 받으시겠대요."

"많이 달라지는 않는구먼, 그런데 잘 달리지 못한단 말이야. 그냥 끌고 가게나. 좋은 말이면 돈이야 문제가 아니지."

이렇게 말을 마치고 서문경은 안으로 들어왔다. 서문경이 들어오는 것을 보고,

"여섯째 마님이 좀 뵙자고 하옵니다!"

하고 전하자 바로 이병아 방으로 들어가니 이병아가 서문경에게 묻는다.

"팔찌 하나를 거두어 가셨나요? 어째 세 개만 여기 있죠?"

"모두 여기 남겨두고 말을 보러 나갔는데 누가 거두었을까?"

"나리께서도 챙기지 않으셨다면 도대체 어디로 간 거죠? 하루 종일 찾아도 보이지 않으니. 유모가 풍할멈에게 보았느냐고 물으니 당황한 풍할멈은 하늘에 맹세코 자기는 그런 짓을 하지 않았으며 만약 그랬다면 천벌을 받을 거라고 울고 있어요."

"그럼 도대체 누가 집어갔을까? 천천히 찾아보도록 해요!"

이병아는,

"아까도 찾아보았는데, 방금 안채 형님과 오대구 부인 며느리가 와서 수선을 떠는 바람에 깜빡 잊었어요. 저는 나리께서 챙겨 나갔을 거라고 했는데, 나리께서도 챙기지 않으셨다니 참으로 이상하군요. 그렇게 야단을 떨다 보니 놀라서 손님들도 모두 가버렸어요."

라고 하면서 남아 있는 팔찌 세 개를 서문경에게 돌려주어 간수케 했다. 이때 분사가 은 백 냥을 가지고 왔기에 서문경은 안채로 들어가

받았다.

한편 반금련은 이병아 방에서 아기가 가지고 놀던 팔찌 하나가 보이지 않아 야단이 났다는 것을 듣고 때는 이때다 싶어 먼저 월랑의 방으로 달려가 이 소식을 알려주면서 말했다.

"형님, 영감의 쓸데없는 짓 좀 보세요. 그래 아무리 집에 돈이 많다 해도 어린애에게 금팔찌를 주어 놀게 해선 안 되잖아요."

"여섯째가 방금 금팔찌가 보이지 않았다고 말해줬어. 그런데 도대체 어디서 난 팔찌일까?"

"어디서 났는지 알 게 뭐예요? 아까 영감이 바깥에서 들어올 적에 소맷자락 속에 넣었는데 마치 무슨 대단한 보물인 양 하더라구요! 제가 뭐냐고 물으며 좀 보여달라고 했는데 뒤도 돌아보지 않고 황급히 여섯째 방으로 들어가더군요. 그러고는 얼마 되지 않아서 팔찌 하나가 보이지 않는다고 난리가 벌어진 거예요. 이 멍청한 양반은 그냥 천천히 찾아보라고 했다나봐요. 왕십만 같은 부자라도 그러지는 않을 거예요. 금팔찌 하나면 적어도 열 냥은 될 것이고 은자로 오륙십 냥의 가치는 있을 거예요. 그런 걸 그냥 넘어가다니! 항아리 안의 자라가 가면 도대체 어디로 가겠어요. 주위가 모두 그의 사람들이잖아요. 그들 말고 누가 그 방에 들어갔겠어요?"

이렇게 말하고 있을 적에 서문경이 들어와서 황사에게 받은 은자와 남은 금팔찌 세 개를 월랑에게 건네주었다. 그러면서,

"이지와 황사한테 받은 금팔찌인데 하나는 아기가 가지고 놀다가 어떻게 했는지 보이지가 않아."

라면서 월랑에게 말했다.

"각방 하인 애들을 불러 물어보세요. 나는 하인 애를 시켜 시장에

나가 낭근[狼觔](승냥이의 위 힘줄로 태워서 연기가 나는 것으로 도적을 가려낸다고 함)을 사오게 하지. 일찍 찾으면 몰라도 그렇지 않으면 이 낭근을 써서 찾아낼 거야."

"사실대로 하자면 이런 금팔찌는 어린아이에게 주지 말았어야죠. 묵직하고 차가운데 애 손발이 차지면 어쩌려구 그러셨어요?"

반금련도 곁에 있다 이 말을 듣고,

"애한테 주지 말았어야죠. 그저 그 방에 가져가지 못해 안달이시더니. 좀 전에 제가 불렀을 적에 잠시 고개를 돌려보았더라면 어떠했겠어요? 마치 도둑같이 다른 사람 몰래 슬금슬금 피하시더군요. 금팔찌가 보이지 않자 도대체 무슨 낯짝으로 큰형님께 그런 말씀을 하시고, 또 큰형님한테 나리를 대신해 하인 애들을 조사하게 하시는 거예요? 하인 애들이 입으로는 웃지 못해도 똥구멍으로 웃을 거예요."
하니 화가 난 서문경은 앞으로 나가 반금련을 잡아 월랑의 온돌 위쪽으로 내팽개쳤다. 그러면서 주먹을 높이 쳐들며,

"이런 패 죽일 년이! 사람들의 이목만 아니라면 주둥이만 살아 있는 네년을 한 주먹에 때려 죽여버릴 테야! 주둥이만 살아서, 누가 네년보고 함부로 쓸데없는 일에 참견하라고 했어?"
하니 이에 반금련은 거짓으로 우는 척을 하면서,

"영감께서는 이제 권세도 재산도 있다고 그걸 믿고 담이 커져 저를 함부로 대하시는군요. 하기야 저 같은 년이야 사람 같지도 않으니 때려죽인들 어디 마음에나 걸리겠어요. 당신이 때리면 누가 감히 말릴 수 있겠어요! 그러니 실컷 때려보지 그러세요? 만약 그렇게 했다가 제가 죽기라도 한다면 우리 병든 어미가 와서 저를 살려내라고 하지 않겠어요? 당신이 돈이 많고 권세가 든든하고 또 아문에서 천호

로 행사하고 있으니 괜찮을 줄 아는 모양이지요? 당신은 다 떨어진 사모관대를 쓰고 빚투성이인 말단 관리에 불과해요! 그런데 어찌 사람 목숨을 함부로 할 수 있겠어요? 황제도 사람 목숨을 함부로 어찌지는 못해요."

라고 악을 쓰자, 서문경은 이를 듣고 가소롭다는 듯이 웃으면서 말했다.

"네년 뼈다귀는 부러진 줄 알았는데 주둥이는 살아 있구나. 내가 구멍 뚫린 사모에 가난한 말단 관리라고? 어디 하인 애를 시켜 내 사모를 가져오게 해라, 대체 어디에 구멍이 뚫렸는지? 그리고 이곳 청하현 사람들에게 물어봐라, 내가 누구한테 돈을 빌렸는지? 네년은 어찌 내게 함부로 빚쟁이라고 하느냐!"

금련은,

"저보고는 뼈다귀가 부러졌다고 했잖아요?"

그러면서 한쪽 다리를 들면서,

"자, 내 다리를 봐요! 어디가 삐뚤어졌죠? 그런데 왜 뼈다귀가 부러졌다고 욕을 하는 거죠? 또 부러졌으면 어때요."

곁에 있던 월랑이 서문경과 금련의 말을 듣고,

"말싸움하는 게 놋대야가 쇠냄비에 부딪치는 것같이 둘이 똑같군요. 속담에 '악인은 악인이 다루어야 하고, 더 강한 악인을 보면 어찌지를 못한다'고 했잖아요. 여하튼 입이 세면 한 발자국 이기고 들어간다더니… 다섯째는 그 입 때문에 화도 보지만 때로 득을 볼 때도 다 있군!"

하니 서문경은 더는 금련과 왈가왈부 다투지 않고 옷을 입고 밖으로 나갔다. 서문경이 나오는 것을 보고 대안이 와서 말했다.

"주대인 댁에서 사람을 보내 말을 준비시켜놓았습니다. 나리께서 원소절 제를 먼저 올리러 가실는지요? 아니면 주대인 댁으로 가실는 지요?"

"원소절 제사는 사위더러 가라 해라. 가서 향만 올리고 바로 돌아 와 집을 보라고 일러라. 말을 준비했으면 바로 주대인 집으로 가서 술이나 해야겠다!"

서문경은 서동이 의관을 내오자 차려입고 출발하려고 했다. 그때 왕황친가의 연극 인솔자가 배우들을 데리고 와서 서문경에게 절을 올렸다. 서문경은 서동에게 배우들의 식사를 챙겨주라 분부하고,

"오늘 자네들이 신경을 써서 노래해 여러 부인네들을 즐겁게 모신 다면 내 후한 상을 주겠네. 대충대충 하지 말고."
하니 인솔자는 무릎을 꿇으며 말했다.

"전심전력으로 노래를 해서 즐겁게 해드리지 못한다면 어찌 감히 상을 바라겠습니까?"

이에 서문경은 서동에게,

"배우들이 이틀 동안 노래를 할 테니 은자 닷 냥을 상으로 주거라."
하고 분부하니, 서동은 알겠노라고 대답했다. 서문경은 곧 말을 타고 주수비의 집으로 갔다.

한편 반금련은 안방에서 오대구를 벗해 함께 앉아 있었다. 오월랑 이 금련에게,

"자네는 방으로 돌아가 얼굴 좀 새로 매만지지 않고 뭐하나? 울어 서 두 눈이 통통 부어올라 있는데, 사람들이 와서 보면 무슨 꼴이겠 어! 그러니 누가 자네보고 함부로 나리께 대들래? 내가 도리어 자네 대신 땀이 나더군. 내가 말리지 않았더라면 그 아둔한 양반이 자네를 몇 차례 후려갈겼을 거야. 남자들이란 성깔이 있어서 한번 화가 나

면 이성으로 따지는 게 아니라, 무지하게 폭력을 쓰고, 또 일단 때리면 죽도록 내려치잖아. 그런데 왜 공연히 나리의 심사를 긁고 야단이야! 금덩이가 없어지면 없어지는 것이고, 찾건 못 찾건 자네와 무슨 상관이 있어. 게다가 자네 방에서 잃어버린 것도 아닌데 공연히 목에 힘을 주고 나리와 맞서려고 해? 그러니 자네도 성깔을 버리고 좀 참아야지!"

라고 몇 마디 하니 금련은 입을 다물고 아무 말도 하지 않다가 자기 방으로 화장을 고치러 갔다. 잠시 뒤 이병아와 오은아가 옷을 차려입고 월랑 방으로 건너왔다. 월랑이 병아를 보고,

"금팔찌가 어째 보이지 않지? 방금 영감과 다섯째가 여기서 그것 때문에 한바탕 말씨름을 했는데 영감이 어쩌지 못해 손찌검까지 할 뻔했어! 다행히 내가 말려 겨우 떼어놨지. 그리고 영감님은 밖으로 술을 드시러 갔어. 나가면서 하인에게 낭근을 사오라 일렀는데 저녁에 돌아와 하인들 하나하나 조사하시겠다는 게야. 하인과 할멈은 집 안에서 도대체 뭣들 하고 있었던 게야? 애가 노는 것을 보면서 가지고 놀던 팔찌 하나 제대로 간수하지 못하다니. 그게 어디 한두 푼 하는 물건인가!"

하니 이에 이병아가 말했다.

"분명히 나리께서 네 개를 가지고 들어오셔서 아이에게 놀게 주었는데 제가 정신없이 오대구 부인과 정삼저 그리고 둘째 형님을 모시고 앉아서 얘기를 했으니 누가 하나가 없어진 줄 알기나 했겠어요. 하녀들은 유모에게, 유모는 풍할멈에게 책임을 미루고 있어요. 그러니 화가 난 풍할멈은 울고불고하며 죽겠다고 야단이니 제대로 가려낼 수가 없군요. 정말로 누가 억울한 건지?"

오은아가,

"맙소사! 맙소사! 저는 오늘 여기 있었어요. 다른 때 같으면 늘 관가와 함께 놀았을 텐데 오늘은 머리를 빗느라 건너가지 않았어요. 그렇지 않았으면 저도 억울하게 될 뻔했군요! 비록 나리와 마님께서 말씀은 하지 않으시지만 제 마음이 어찌 편할 수 있겠어요? 누가 돈을 싫어하겠어요? 우리 같은 사람들은 이런 허튼 소문을 제일 싫어해요. 공연히 소문이 새어나가면 망신이잖아요!"

이렇게 말을 하고 있을 때 한옥천과 동교아가 옷 보자기를 들고 생글거리면서 월랑과 오대구 부인·이병아에게 절을 했다. 오은아를 보고는 가볍게 목례를 하면서 말했다.

"은아 언니는 어제 오셔서 집에 돌아가지 않으셨어요?"

"그걸 어떻게 알았어?"

동교아가 말한다.

"어제 우리 둘이 등시가 거리에 있는 집에서 노래를 불렀는데, 그때 나리께서 오늘 여기 와서 마님들을 모시고 노래를 불러드리라고 하셨거든요."

월랑은 두 기생에게 자리를 권하고, 잠시 뒤 소옥이 차를 두 잔 내왔다. 이에 한옥천과 동교아는 급히 자리에서 일어나 차를 받아들면서 소옥에게 고맙다고 인사했다. 오은아가 다시 묻기를,

"너희들은 어제 언제까지 노래를 불렀니?"

하자 한옥천이,

"집에 돌아가 보니, 이경이 넘었더군요. 언니의 오빠 오혜와 이명들과 같이 돌아갔어요."

하니 월랑이 옥소에게,

"어서 아가씨들이 차를 마시게 해라! 조금 있다가 손님들이 들이 닥치면 바빠질 테니 말이야."

라고 분부했다. 이에 탁자를 내려놓고 과자와 음식을 내왔다. 월랑은 다시 소옥을 시켜 분부했다.

"둘째 마님 방에 가서 계저도 오게 해 함께 먹도록 하거라."

조금 있다 계저가 자기 고모와 함께 들어와 인사를 하고 함께 차를 마신 다음 그릇을 치웠다. 이때 영춘이 잘 차려입고 관가를 안고 들어왔는데, 관가는 팔길상을 수놓은 금색 비단 모자를 쓰고, 몸에는 붉은 털옷을 입고, 흰색 비단 버선에 비단으로 만든 신을 신고, 부적 목걸이를 달고, 손에는 작은 금팔찌를 끼고 있었다. 이병아는 관가를 보고서,

"아이고, 우리 도련님, 부르지도 않았는데 어떻게 오셨담?"

하고 받아 안아 무릎 위에 앉혔다. 관가는 눈을 들어 사방을 휘 둘러 이것저것 보았다. 계저는 월랑의 온돌 위에 앉아 있다가 웃으며 관가에게 장난을 치며,

"도련님께서는 왜 자꾸 나만 보실까? 나보고 안아달라고 하시는 것 같아."

하면서 팔을 뻗어 관가를 안으려 하자 아기는 바로 계저 품에 기어가 안겼다. 오대구 부인이 보고 웃으며,

"이런 애가 있나, 여자를 아주 밝히는군."

하니 월랑이 이어서 말했다.

"아버지가 누군데요? 이 애도 크면 제 애비를 닮아 여자깨나 후리 겠어요."

맹옥루가,

"만약 바람둥이가 된다면 내 혼을 내줄 테야."

하니 이때 이병아가 말했다.

"이런, 누나가 안고 있는데 옷에 오줌 싸지 마라. 만약 싼다면 매를 줄 테야."

이에 계저는,

"아야, 좀 싸면 어때요. 제가 원해서 안고 노는 건데요."

하면서 관가에게 입을 맞추어주었다. 이때 맹옥루가 들어오자 동교 아와 한옥천은 일어나 인사를 올리고 자리에 앉으면서,

"오늘 와서 아직 마님들께 노래를 들려드리지 못했군요."

그러면서,

"소옥 언니, 악기 좀 가져다주실래요, 우리들이 노래를 부를 테니."

하자, 소옥이 두 사람에게 쟁과 비파를 가져다 건네주었다. 이에 한 옥천은 비파를, 동교아는 쟁을 타고, 오은아는 곁에서 노래를 불렀 다.「번화함 속에 둥근 달 뜨고, 금색 바탕에 오동나무 걸렸네[繁華滿 月開 金索掛梧桐]」라는 곡으로 부르기 시작하니 정말로 떨어지는 먼 지가 대들보를 휘감듯, 돌이 쪼개져 구름 사이를 흐르는 듯 그 소리 가 매우 아름다웠다. 관가는 놀라서 계저의 품안으로 더욱더 파고들 며, 고개를 쳐들어 숨도 쉬지 못하고 있었다. 월랑이 이를 보고,

"여섯째, 자네가 애를 받아서 영춘더러 안으로 데리고 들어가라고 해요. 칠칠치 못한 것 같으니라구, 놀란 저 얼굴 좀 보라지!"

이 말을 듣고 이병아는 급히 아기를 받아 안고 아기의 귀를 막은 다 음 안으로 들어가게 했다. 이에 기생 넷이 합창으로 한 곡을 부르니,

꽃은 달밤에 흐드러지게 피었건만

비단 이부자리 허전하여라.

무정한 님은

어찌 나를 괴롭히나!

내 전생에 무슨 빚을 졌길래

금세에서 상사채[相思債]를 지고 있나.

잠도 자지 않고 식사도 거르며

문가에 기대어 기다려보지만

조용한 방에서 지루하게 어찌 지내리오.

繁花滿目開 錦被空閑在

劣性冤家 悮誤得我忒毒害

我前生少欠他 今世裡相思債

廢寢忘餐 倚定門兒待 房櫳靜悄如何捱


〈매옥랑[罵玉郎]〉

싸늘한 방에서 지루하게 어찌 지내리오

홀로 병풍에 기대어서

그의 속마음을 헤아려본다.

옛날에는 함께 다니며 사랑을 나누었건만

지금은 서로 남남이 되어버렸네.

마음이 울적하니 술도 귀찮고

애통한 마음이라 치장하기도 싫네.

冷淸淸房櫳 靜悄如何捱

最自把幃屛倚 知他是甚情懷

想當初同行同坐同歡愛

到如今孤零零怎別劃 愁戚戚酒倦釃 羞慘慘花慵戴

〈동구령[東甌令]〉
치장도 싫고 술도 귀찮은데
오기로 언약한 님은 어찌 보이지 않나.
분명히 그 님은 다른 곳에서 사랑을 즐기리
물건은 있는데 사람은 어디에 있는가?
헛되이 꿈속에 양대[陽臺]에 가보지만
단지 두 뺨에 눈물만 흐르네.
花慵戴 酒倦釃
如今曾約前期不見來
都應是他在那裡 那裡貪歡愛
物在人何在
空勞魂夢到陽臺 只落得淚盈腮

〈감황은[感皇恩]〉
아! 두 뺨에 눈물이 흐르니
이건 분명 나의 운명이네.
그대가 박정한 것이
다 운명의 탓이런가.
어찌 한가로운 사람의 시비와
교묘한 계획의 안배를 막을 수 있으리오.
합환띠가 찢어지고
봉황 비녀가 쪼개져 갈라지고

물이 스며 양대가 잠기누나.

呀 只落得雨淚盈腮 都應是命裡含該

莫不是你緣薄 咱分淺 部應是一般運拙時乖

怎禁那攪閑人是非 施巧計栽排

撕掃碎合歡帶 破分開鸞鳳釵 水淹浸楚陽臺


〈침선상[針線廂]〉

악기의 줄에는 먼지가 앉고

양미간은 펴지지가 않네.

피부는 수척해지고 근심은 어쩔 수가 없고

수놓는 것도 화장하는 것도 귀찮기만 하네.

옛날의 원한과 새로운 근심

나로 어찌 지내란 말인가?

나비가 벌을 다시 오게 하지 않을까 두렵네.

거울을 보고 물어보니 내 얼굴은 변하지 않았는데

그 사람은 벌써 변했다는구려.

把一床弦索塵埋 兩眉峰不展開

香肌瘦損愁無奈 懶刺繡 傍粧臺

舊恨新愁 叫我如何捱

我則怕蝶使蜂媒不再來

臨鸞鏡也問道朱顔未改 他又早先改


〈채다가[採茶歌]〉

곱던 얼굴도 변하고 몸도 마르고

쓸쓸해서 어찌 지낼 것인가?

나는 양산백[梁山伯]이 축영대[祝英台]를 사랑하지 않을까 두렵네.

그가 만약 배은망덕해 죄를 따진다면

내 철석같은 맹세를 분명히 말해주련만.

改朱顔瘦了形骸 冷淸淸怎生捱

我則怕梁山伯不戀祝英台

他若是背義忘恩尋罪責 我將那盟山誓海說的明白


〈해삼성[解三省]〉

철석같은 맹세를 잊어버리고

소식 전하는 것도 잊어버렸네.

베갯머리에서 나누던 사랑도 잊고

하얀 피부를 맞대던 일도 잊었네.

천지신명께 절 올린 것도 잊고

향기 나는 비단에 붉은 수 놓은 신도 잊었네.

곁의 사람에게 얘기하자니

두 뺨에 눈물만 흐르네.

頓忘了盟山誓海 頓忘了音書不寄來

忘了枕邊許多恩相愛 頓忘了素體相挨

頓忘了神前兩下千千拜 頓忘了表記香羅紅繡鞋

說將起 旁人見了珠淚盈腮


〈오야제[烏夜啼]〉

우리가 이별한 석 달은

마치 몇 년이 된 듯한데

언제나 다시 만날 수 있을는지?

내 몸은 말라서 마치 장작개비 같은데

언제쯤에나 이 상사채를 다 갚을 수 있을까?

심부름꾼 편지 가져오는 것도 없고

누런 개* 짖는 소리도 없구나.

매일 집에서 병으로 시름대니

화장대에 다가서기도 귀찮기만 하네.

원만하게 되기 위해 양을 제물로 바치며

서로의 사랑이 이루어지길 비네.

난[鸞]과 봉[鳳]이 서로 친구가 된다면

다른 사람들이 웃거나 질투하지 않으리.

俺如今相離三月 如隔數載

要相逢甚日何年再

則我這瘦伶仃形體如柴 甚時節還徹了相思債

不見靑鳥書來 黃犬音乖 每日家病懨懨 懶左傍粧臺

得團圓便把神羊賽

意厮投 心相愛 早成了鸞交鳳友 省的着蝶笑蜂猜


〈마지막 가락[尾聲]〉

일이 잘 풀려 사랑하는 님이 결국 돌아온다면

아름다움에 가득 찬 부부 백년을 해로하리.

把局兒牢鋪擺 情人終久再歸來 美滿夫妻百歲諧

---

* 진[晉]나라 때 육기[陸機]가 개를 가지고 있었는데 능히 편지도 전했다 함

기생 네 명이 노래를 부르고 있을 적에 대안이 들어오자 월랑이 물어보았다.

"모시러 간 마님들은 어째 여태 오시지 않는 게냐?"

대안이 답했다.

"소인이 교씨 댁에 모시러 가보니, 그곳에 주대관 부인·상거인 부인 등 모두 와 계셨어요. 교오 부인이 도착하시면 바로 이곳으로 오신답니다."

"가서 평안에게 문가에서 잘 지켜보라 일러라. 보고 있다가 마나님들의 가마가 도착하면 바로 들어와 알리거라."

"바깥채 대청에 악대들을 이미 다 준비시켜놓았으니, 마님들께서만 준비하시면 됩니다."

월랑은 다시 대안에게 안채로 들어가 양탄자를 깔고 자리를 내고 발을 걷어올리고, 금동향로를 내려놓고 난과 사향을 피워놓으라고 일렀다.

춘매와 영춘, 옥소와 난향도 모두 곱게 단장하고 식솔들도 모두 금은 비녀를 꽂고 화려한 옷을 입고 손님 맞을 채비를 했다. 이때 응백작의 부인 응이수가 도착하고 아들 응보[應寶]가 탄 가마가 뒤따라 왔다. 월랑이 맞이해 안에서 인사를 나누고 자리에 앉았다. 응이수는 월랑에게 인사를 한 후,

"저희 집 양반이 매번 신세를 많이 지고 있어요."

했다. 이때 '길을 열어라' 하고 외치는 소리가 점점 가까이 들려왔다. 월랑은,

"무슨 말씀을, 도리어 저희가 폐를 끼치지요."

했다. 바깥채에서 악기 연주 소리가 들리면서 평안이 먼저 들어와 아

린다.

"교부인 가마가 도착했습니다."

잠시 뒤에 거무튀튀한 사람들 한 무리가 가마 다섯 채를 따라 들어오다가 문 앞에 멈추어 섰다. 교오 부인이 탄 가마가 맨 앞에 있었다. 가마에는 구슬과 은으로 발을 드리웠고 깃대를 든 군졸들이 길을 열고 있었다. 뒤에는 하인의 부인이 작은 가마를 타고 뒤를 따랐다. 교위 네 명이 옷상자와 화로를 들고 따랐다. 그 뒤를 푸른 옷을 입은 하인이 작은 말을 타고 따랐다. 바로 뒤에는 교대호 부인·주대관 부인·상거인 부인·최대관 며느리·단대저가 따랐으며 교통의 아내는 작은 가마를 타고 옷을 개어서 가지고 따랐다.

오월랑은 붉은 바탕에 여러 짐승이 기린을 에워싸고 있는 긴 두루마기에 금테를 두른 허리띠를 두르고, 머리를 높게 틀어올리고 봉황 비녀를 꽂고 진주와 보석으로 치장했으며, 가슴 앞에는 비단으로 수놓은 금실을 드리우고, 치맛자락에는 진주가 달려 발걸음을 옮길 때마다 소리가 났다. 이교아·맹옥루·반금련·이병아·손설아도 곱게 단장하고 옥으로 깎은 듯 빼어난 모습으로 모두 대문으로 나와 영접했다. 여러 여자 손님들이 교오 부인을 에워싸고 함께 안으로 들어오고 있는데, 교오 부인은 키가 오 척으로 자그만하고 나이는 일흔이 넘어 보였다. 교오 부인은 비취 보석과 진주로 만든 관을 쓰고 수를 놓은 두루마기를 입고 있었는데 가까이서 보니 머리칼이 모두 하얗다.

눈썹은 눈처럼 갈라져 하얗고
머리칼은 한 묶음으로 땋아
눈[眼]은 마치 가을 물처럼 미미하게 반짝이나

머리칼엔 초산의 구름같이 흰색 빛이 감도네.

眉分八道雪 鬒綰一窩絲

眼如秋水微渾 鬢似楚山雲淡


안채 대청으로 들어가 먼저 오대구 부인이 인사를 하고 월랑 등이 차례로 인사를 나누었다. 오월랑이 재삼 교오 부인에게 큰절을 올리려고 했으나 교오 부인은 한참을 사양하다 겨우 반절을 받았다. 다음에 교대호 부인이 사돈의 인사를 하며 감사의 뜻을 나누었다. 인사가 끝난 후 병풍 정면에 비단 양탄자를 깔고 교오 부인이 앉고 그다음에 교대호 부인을 앉게 했다. 그러나 교대호 부인은 재차,

"조카가 어찌 감히 교오 부인과 함께 상석에 앉을 수 있겠습니까."

라고 사양하면서 주대관 부인과 상거인 부인에게 양보했으나 둘도 사양했다. 그렇게 한참을 사양하다가 교오 부인이 상석에 앉고 그다음에 손님이 동쪽에 주인이 서쪽에 양편으로 나누어 앉았다. 방 가운데에 있는 네모진 큰 화로에 불을 놓아 방 안이 마치 봄처럼 따스했다. 춘매·영춘·옥소·난향이 곱게 치장하여 붉은 저고리를 입고 금테를 놓은 남색 치마에 황금색 조끼를 입고 자리를 오가며 차를 올렸다. 얼마 지나서 교오 부인이 월랑에게 말했다.

"잠시 서문대인에게 인사를 드렸으면 합니다."

"아침 아문에 일을 보러 나가서 아직 돌아오지 않았습니다."

"대인께서는 무슨 직에 계신데요?"

"원래는 미천한 평민이었으나, 다행히 조정의 크나큰 은혜를 입어 천호 직을 제수받고 형부[刑部] 일을 관장하고 있습니다. 미천한 저희 집과 귀댁이 사돈을 맺게 되니, 실로 댁에 흠이 될까 두렵습니다."

"부인께서는 무슨 말씀을 그리 하십니까? 댁이야말로 얼마나 훌륭하신데요! 며칠 전에 저희 조카와 사돈을 맺었다는 소식을 듣고 정말로 기뻤답니다. 그래서 이렇게 찾아와 뵈어야지 다른 날 뵙더라도 덜 어색하지요."

"마님 이름에 흠이 되지 않을는지요?"

"무슨 말씀을 그리 하세요? 조정에서도 평민과 혼인하지요! 제가 말을 하자면 길어요. 지금 동궁의 비도 나의 친조카예요. 부모가 모두 없고 친척이라고는 나뿐이지요. 바깥양반이 살아 있을 적에는 지휘사[指揮使]를 세습으로 이어 받았는데, 불행히 쉰이 안 되어 세상을 떴지요. 자식이 없기에 조카를 양자로 들였답니다. 수중에 큰 재산이 없이 그저 대호[大戶]를 하고 있어요. 이 조카는 비록 말단직에 있지만 먹고사는 것은 그런대로 괜찮아 댁의 명성에 누가 되지는 않을 것입니다."

이렇게 말을 마치자 오대구 부인은 오월랑에게,

"어서 아기를 안고 와 노부인께 보여주세요. 좋은 말씀을 해주시게요."

하니, 이병아는 황급히 자기 방으로 돌아가 유모에게 아기를 안고 나오게 해 부인에게 인사를 올리도록 했다. 교오 부인이 보고서,

"아주 잘생겼구먼!"

하면서 좌우에 명해 가져온 가죽주머니를 열게 하여 궁중에서 쓰는 황금색 비단과 금으로 도금한 금팔찌를 꺼내 아기에게 걸어주었다. 월랑은 이에 고맙다고 인사를 하고 안방으로 모셔 옷을 갈아입게 했다. 잠시 뒤에 바깥채 대청에 네모진 탁자 네 개를 내려놓고 차를 준비했다. 탁자마다 접시 사십여 개가 올려졌는데 모든 것이 다양하면

서도 진귀한 과일과 음식으로 달고 새콤한 맛이 감도는 독특한 맛을 가졌다. 곁에서는 하인들이 공손히 시중을 들었다.

차를 마신 후에 오월랑은 안채 화원으로 가서 문을 열고 정원을 구경시켜주었다. 이때 진경제가 제를 올리러 갔다가 점심을 먹고 돌아와, 서동·대안과 함께 바깥 대청에 탁자를 깔아 정갈하게 준비를 해놓고, 여러 부인에게 좌석에 나와 술을 들기를 청했다. 정말로 좋은 술좌석이었으니 그 광경이란 진경이었다.

병풍에는 공작이, 보료는 부용
쟁반에는 진귀한 과일
화병에는 아름다운 꽃들
화로에는 짐승 뼈를 태운 숯
향로에는 진귀한 향료가 타고 있네.
그릇은 상주[象州]의 골동품
드리워진 발은 합포[合浦]의 명주
백옥 쟁반에는 진귀한 육포가 높게 쌓여 있고
자색 금잔에는 영롱한 술이 넘실댄다.
원숭이 입술 삶은 것과
표범의 태를 구운 것을 내놓으니
과연 한 번 젓가락에 수많은 돈이…
용의 간을 볶고
봉황의 골을 구우니
정말로 진귀한 음식이 좌중에 가득.
광대들이 악기 타고 피리를 불고

기녀들이 은 쟁과 상아 박자판을 두들기네.
술을 권하는 여인들은 낙수[洛水]의 미인들이고
향을 사르는 시녀는 달 속의 항아[姮娥]라네.

屏開孔雀 褥隱芙蓉
盤堆異果奇珍 瓶挿金花翠葉
爐焚獸炭 香裊龍誕
器列象州之古玩 簾開合浦之明珠
白玉碟高堆麟脯 紫金壺滿貯瓊漿
煮猩唇 燒豹胎 果然下筯了萬錢
烹龍肝 炮鳳髓 端的獻時品滿座
梨園子弟 簇捧着鳳管鸞簫
內院歌姬 緊按定銀箏象板
進酒佳人雙洛浦 分香持女兩姮娥


미녀가 두 줄로 섬돌 아래 늘어서 있고
생황과 노랫소리가 좌중에 울려 퍼지네.

兩行珠翠列墀前 一派笙歌臨座上


잠시 뒤에 오월랑과 이병아가 술을 따라 권했다. 계단 아래 있던
악대들의 연주가 잠시 멈추자 교오 부인과 여러 친척들이 모두 이병
아에게 축하의 잔을 건넸다. 이계저·오은아·한옥천·동교아 등 기생
넷은 좌중에서 하얀 비파와 붉은 상아 박자판을 두드리며 「남산만큼
오래 살기를[壽比南山]」이라는 곡을 부르기 시작했다. 아래에서는
악기를 연주하며, 자리에 앉아 있는 사람들에게 보고 싶은 연극을 고

르라 극본을 올리니, 교오 부인은 「왕월영이 설날 밤 신발을 남긴 사연[王月英元夜留鞋記]」을 하라고 분부했다. 요리사가 구운 오리 고기를 올리니 상으로 은자 닷 전을 내렸다. 이어서 요리가 다섯 차례나 더 나오고, 탕이 세 차례나 나오고, 극을 네 번이나 상연하니 날이 이미 어두워졌다. 집 안에는 수많은 촛불과 각양각색의 등불이 켜졌다. 비단 띠가 나풀대고 오색실이 낮게 드리워진다. 둥근 달이 동에서 떠오르며 대청 안을 비추니 등불과 어우러져 빛을 발했다.

내흥의 부인 혜수와 내보의 부인 혜상이 각기 네모진 쟁반에 속에 과일을 넣은 월병을 내왔는데, 은도금을 한 찻잔에 살구 모양 금 찻숟가락으로 장미 모양의 사탕가루를 넣으니 향기가 입 안에 가득했다. 쟁반을 들고 위쪽으로 가져가니 춘매·영춘·옥소·난향 네 사람이 받아 각 좌석에 올리니 실로 예의범절이 주도면밀해 한 치의 흐트러짐도 없었다. 계단 아래에서는 비파와 쟁·생황과 피리들이 어우러져 「눈썹을 그리네[畵眉序]」 안의 「봄날 꽃과 달이 성에 가득[花月滿春城]」을 연주했다. 연주가 끝나자 교오 부인과 교대호 부인은 배우에게 은 두 냥을 주고, 기생 네 명에게는 은자 두 전씩 주었다.

오월랑은 다시 안채의 대청에 과일 탁자를 준비케 하고 자리를 옮기니 탁자 네 개를 가득 차려놓았다. 노래하는 사람은 노래를, 연주하는 사람은 연주를 하면서 또 한 차례 술을 마셨다. 그렇게 마시고 놀다 교오 부인이 너무 늦었다며 자리에서 일어나려고 했다. 월랑 등이 좀 더 머물다 가라고 만류했으나 결국 자리에서 일어나니, 하는 수 없이 대문 앞까지 전송하려다 잠시 붙잡아 술을 건네고 불꽃놀이를 구경했다. 양 길가에 불꽃놀이를 구경하려는 사람들이 고기떼 모이듯 벌떼 꼬이듯 모여드니, 평안이 여러 군졸들과 함께 곤봉을 들고 막으려고 했으나 계속해 밀려들었다. 잠시 뒤 불꽃 한 대를 발사한 후에야 비로소 사람들이 모두 흩어졌다. 교오 부인과 여러 부인들도 월랑 등에게 인사를 하고 일어나 가마를 타고 떠났다. 때는 이미 삼경을 지나고 있었다. 부인들이 떠난 다음에 응백작의 부인인 응이수를 바래다주었다. 오월랑 등의 여러 자매들도 모두 안채로 돌아와 진경제·내흥·서동·대안 등에게 분부해 대청의 그릇을 잘 정리하게 하고, 광대들과 사부[師傅] 두 명을 잘 접대하게 하고 은자 닷 냥을 수고비로 주어 돌려보냈다. 오월랑은 남아 있는 한 상 그득한 음식과 술 반 동이를 부지배인·분사·사위 진경제 등을 청해 먹으라고 하고,

"정말로 수고들 많이 했어요. 여럿이서 술이나 한잔 하세요. 대청에 한 상 차려놓고 말이에요. 그런데 나리께서는 언제 돌아오실는지 모르겠네."

라면서 남아 있는 등은 끄지 않았다.

한편 부지배인과 분사·진경제·내보는 윗좌석에 앉고, 내흥·서동·대안·평안은 마주 앉아 술을 마시기 시작했다. 내보가 평안에게,

"누구를 보내 대문을 좀 지키도록 하지, 나리께서 돌아오셨을 때 사람이 없으면 안 되잖아."

하자 평안은,

"화동보고 지키라고 했으니 괜찮아."

하니, 이에 여덟 사람은 서로 내기를 하며 술을 마셨다. 경제가,

"너무 큰소리로 내기하지 맙시다. 안채에서 들으면 곤란하니까. 대신 조용조용히 돌려가며 말 잇기나 하는 게 어때요? 각 사람이 한 마디씩 하는데 말을 제대로 이으면 괜찮지만, 제대로 못하면 큰 잔으로 벌주를 마시는 거예요."

하니 이에 부지배인이 먼저 말했다.

"원소절에 초목이 웃누나."

분사가,

"인생의 즐거움에 끝이 있으리."

경제가,

"달과 등불이 있을 적에"

내보가,

"우리 그 뜻을 어기지 마세."

내흥은,

"방금 미인과 언약했으나 보이지 않네."

서동은,

"또다시 큰마님의 분부를 받들리."

대안도,

"비록 남은 술, 다한 등불이지만"

평안이,

"이 또한 한 차례의 봄바람 아닐는지."

라고 하며 여러 사람이 한 차례 돌아가며 말 잇기를 끝내자, 모두들
큰소리로 웃었다.


술 마시기를 다하고 사람들이 흩어진 후에도
밝은 달이 매화 가지에 걸려 돌아가는 것도 모르누나.
飮罷酒闌人散後
不知明月轉梅梢

# 뜻이 맞으니 마음이 말로써 투합하네

오월랑은 이계저를 묶게 하고,
서문경은 술에 취해 하화아의 주리를 틀다

궁핍하고 앞날이 막막하니 생활은 어려우나
황제의 놀이터엔 해마다 빼어난 자연 경물이.
가시덤불 길엔 말과 가마가 갈 수 없으나
부호와 고관대작 집엔 연주 소리 그윽하네.
부호 자제들은 풀밭 위 유유히 노니는 나비 같고
소녀는 바람 앞에 활짝 핀 꽃이라네.
밖에서는 마음대로 웃음 짓고 지내지만
문안에 들어서면 옛날과 같은 나날들이라네.
窮途日日困泥沙 上苑年年好物華
荊林不當車馬道 管弦長奏絲羅家
王孫草上悠揚蝶 少女風前爛慢花
懶出任從愁子笑 入門還是舊生涯

경제가 부지배인 등과 함께 앞채 대청에서 술을 마시고 있는데 오
대구 부인의 가마가 와서 집으로 모셔가려 했다. 월랑이 여러 번 만
류하며,

"형님, 하룻밤만 더 묵었다가 내일 가세요."

하자 오대구 부인이 말했다.

"교씨 댁에서 머문 것까지 따진다면 벌써 사흘이나 됐어요. 집에 사람도 없는데, 당신 오라버니께서는 아문에 일이 있고 하니 어디 집에 붙어 있을 시간이 있어야죠. 그러니 제가 집으로 돌아가야 해요. 내일 여러분들이 모두 저희 집으로 건너와 놀면서 밤에 병을 쫓는 액굿을 같이 하지요."

이에 오월랑은,

"저희들은 내일 저녁에야 건너갈 수 있어요."

하니 오대구 부인은,

"그래도 가능하면 일찍 오세요. 늦게 오시면 또 금방 돌아가야 하잖아요."

이렇게 말을 마치자, 월랑은 상자를 두 개 준비시켜 한 상자에는 월병을 넣게 하고, 다른 한 상자에는 만두를 넣어서 내안을 시켜 오대구 부인 댁으로 가져가게 했다. 이계저 등 네 명도 모두 인사를 하고 집으로 돌아가려고 했다. 이에 오월랑은,

"뭐가 그리 급하다고 서둘러 돌아가려고 해? 나리께서 자네들을 본 다음에 돌아가게나. 나리께서 자네들을 잡아두라고 이르고 나가셨어. 아마도 할말이 있으신 모양이야. 그러니 내가 어찌 자네들을 함부로 보낼 수 있겠어?"

하니 이에 계저가 답했다.

"나리께서는 술 드시러 가셨는데 언제쯤 돌아오실지 알 수가 있나요? 기다려야 하겠지만 그냥 저와 오은아를 먼저 돌아가게 해주세요. 다른 둘은 오늘 왔는데, 저희들은 온 지 이틀이나 되었으니 어머

니가 집에서 얼마나 기다리시는지 모르겠어요."

"그래 너희 어멈이 아무리 눈이 빠지게 기다린다고 해도 하룻밤 더 못 기다리겠느냐?"

이계저가,

"마님 말씀이 옳기는 해요. 하지만 저희 집에 사람이 없고, 게다가 언니도 다른 사람이 혼자 독차지해 밖으로 데려가버렸잖아요. 악기를 가져다 마님께 한 곡조 잘 들려드릴 테니 돌아가게 해주세요!"

이렇게 말을 하고 있을 적에 진경제가 안으로 들어와 쓰고 남은 돈을 월랑에게 돌려주며,

"교씨 댁과 가마꾼들에게 석 전씩 주어 합계 열 대이니 석 냥이 들었어요. 남은 석 냥은 여기 있습니다."

하니 월랑은 받아 넣었다. 계저가,

"서방님, 혹시 밖에서 우리 가마 오는 걸 보지 못하셨는지요?"

물으니 이에 경제가 말했다.

"가마 둘이 있기는 한데, 자네와 은아의 가마는 오지 않았어. 좀 전에 누가 돌려보냈는지 모르겠는데."

"서방님, 정말로 돌려보냈나요? 우리를 속이시는 건 아니시죠?"

"못 믿겠으면 직접 나가서 보지 그래. 내가 속이는 게 아니야."

말이 채 끝나기 전에 금동이 서류가방을 안고 들어오면서,

"나리께서 돌아오세요."

하니 월랑이 말했다.

"나리께서 이렇게 빨리 돌아오시니 기다리길 잘했잖아."

잠시 뒤 서문경이 들어왔는데 사모관대를 쓰기는 했으나 이미 거나하게 술에 취해 있었다. 방으로 들어가 바로 정면에 앉으니 월랑이

말했다.

　"동교아와 한옥천 둘은 앞으로 나와 나리께 인사를 올리거라."

　서문경이,

　"사람들도 모두 가고 날은 또 늦었지만, 언제 나에게 노래 한 곡 들려주겠느냐?"

하니 월랑이,

　"이 둘이 돌려보내달라고 사정하고 있어요."

하자 서문경은 계저에게 말했다.

　"너하고 은아는 여기서 머물거라. 나머지 둘은 돌아가도록 하고."

　이에 월랑이,

　"언제? 내 말을 믿지 않더니, 공연히 속인다고 생각했지?"

하니 계저는 얼굴을 숙이고 아무 말도 하지 않았다.

　서문경이 대안에게,

　"둘의 가마가 이곳에 있느냐?"

하고 물으니 대안이 답했다.

　"동교아와 한옥천의 가마는 대령하였습니다."

　서문경은,

　"나도 술을 그만 마시지. 너희들은 악기를 가져와 「비단 열 필[十段錦兒]」을 불러보렴. 그리고 나서 둘은 먼저 돌려보내주마."

하니, 이에 이계저는 비파를 타고 오은아는 쟁을, 한옥천은 월금[月琴]을, 동교아는 빠르게 박자판을 두들기며 한 차례씩 돌아가며 「비단 열 필, 그중의 반을 잘라[十段錦·二十八半截]」를 부르기 시작했다. 오월랑·이교아·맹옥루·반금련·이병아도 모두 와서 들었다. 먼저 계저가 노래를 불렀다.

〈산파양[山坡羊]〉

그리운 님은 얼굴이 빼어났어도
나는 홀로 외로이 지내네.
헤어진 이후 아침저녁으로 생각하지만
님 언제나 만날거나
님을 만난다면 함께 있고파라.

俏冤家 生的出類拔萃
翠衾寒 孤殘獨白 自別後朝思暮想
想冤家何時得遇 遇見冤家如同往 如同往


이어 오은아가 노래를 부르니,


〈금자경[金字經]〉

꽃을 아끼는 사람은 어디에
꽃은 떨어지고 봄은 남아 있어라.
높은 누각의 열두 난간에 기대네
열두 난간에.

惜花人何處 落和春又殘
倚遍危樓十二欄 十二欄


한옥천이 노래 부르니,


〈주운비[駐雲飛]〉

근심 어려 난간에 기대나

제비와 꾀꼬리가 보지 않을는지.
색계[色戒]를 누가 범했느냐
상사병의 아픔을 누가 알리요.
悶倚欄杵桿 燕子鶯兒怕待看
色戒誰曾犯 恩病誰經慣


동교아가 이어 부르니,


아! 꽃 같은 얼굴 다하고
중문은 항시 닫혀 있네.
때마침 동풍은 차디차고
가랑비는 축축하고
수없이 떨어지는 꽃들.
呀 減盡了花容月貌 重門常是掩
正東風料峭 細雨漣殲 落紅千萬點


계저가 부르니,


〈화미서[畫眉序]〉
사랑하는 님을 만난 후에
쟁의 먼지를 털지를 않았네.
님은 지척에 떨어져 있건만
마치 하늘 저편에 있는 듯.
굳게 맺은 사랑

어찌 조금이라도 거짓이라 하리오.
自會俏冤家 銀箏塵鎖怕湯抹
雖然是人離咫尺 如隔天涯
記得百種恩情 那里計半星兒狂詐


오은아가 부르니,


〈홍수혜[紅綉鞋]〉
물 위에는 원앙 한 쌍이
해안을 따라 총총히 떠가다
고깃배를 보고
놀라 갈라져 둘은 날아가네.
水面上鴛鴦一對 順河岸步步相隨
怎見個打漁船 驚拆在兩下裡飛


한옥천이 부르니,


〈쇄해아[耍孩兒]〉
그대 떠나고 점점 말라도
이번처럼 병이 오래가진 않았다오.
님이 떠날 때는 봄이었는데
고개를 돌려보니 어느덧 가을.
自從他去添憔瘦 不似今番病久
才郎一去正逢春 急回頭雁過了中秋

동교아가 노래를 부르니,

〈방장대[傍粧臺]〉
지금 금[琴]의 줄이 끊어져 음을 아는 이 적고
꽃이 아름답게 피었으나 누구와 함께 즐기리?
到如今 瑤琴弦斷少知音 花好時誰共賞

계저가 부르니,

〈쇄남지[鎖南枝]〉
비단 창밖에는 달이 비스듬히 기운 지 오래고
나는 오직 그대만을 생각하며 잊지 못하네.
나를 위해 마음을 열어준다면
그대 위해 구슬 같은 눈물을 훔치련만.
紗窗外 月兒斜 久想我人兒常常不舍
你爲我力盡心竭 我爲你珠淚偸揩

오은아가 부르니,

〈계지향[桂枝香]〉
버들가지와 같은 마음
바람 따라 흔들리네.
원래 그이는 거짓이었으나
나는 진심으로 섬겼다오.

楊花心性 隨風不定

他原來假意兒虛名 倒使我眞心陪奉


한옥천이 부르니,


〈산파양[山坡羊]〉

님이 나를 사랑하는 그윽한 정

그와 함께 부용 장막 안에서 머리를 마주했지요.

님이여 솔직히 말씀해주세요

왜 저를 버렸는지를

버림받은 나는 술에 취한 듯 멍청해졌는데

어찌 당신은 다른 사람을 사랑한단 말인가요.

언제 다시 만날 수 있을는지

만날 수만 있다면 꿈속에서라도 좋으리.

惜玉憐香 我和他在芙蓉帳底抵面共

你把衷腸來細講 講離情 如何把奴抛棄

氣的我似醉如癡來呵

何必你別心另敘上知己幾時 得重整佳期

佳期實相逢如同夢裡


동교아가 부르니,


〈금자경[金字經]〉

애달파 흘린 눈물

비단 수건 얼룩지네.
강남 해안가에
석양은 멀리 산에 걸리고.
彈淚痕 羅帕班 江南岸 夕陽山外山


이계저가 부르니,

〈주운비[駐雲飛]〉
아! 편지를 두세 번 보냈으나
소식은 받아보기 힘드네.
붓끝을 빌려 교공안[喬公案]을 적지만
종이 가득 춘심, 먹도 마르지 않네.
嗏 書寄兩三番 得見艱難
再猜霜毫 寫下喬公案
滿紙春心墨未乾


오은아가 부르니,

〈강아수[江兒水]〉
향도 더 사르기가 귀찮고
바느질도 하기 싫네.
몸이 삐쩍 마르니 귀신같은 몰골
옛사랑을 다시 생각해보니
수심 일어 양미간만 치솟고

공연히 사랑하는 님이 미워질 땐

꾀꼬리 울어도 발을 걷지 않는다네.

香串懶重添 針兒怕待拈

瘦體嵒嵒 鬼病懕懕 俺將這舊恩情重儉點

愁壓挨兩眉翠尖

空惹的張郎憎厭 這些時鶯花不捲簾


한옥천이 부르니,


〈화미서[畫眉序]〉

베개 베고 따스히 나누던 말을 생각하니

나도 모르게 창이 흔들리고 몸이 마비되누나.

想在枕上溫存的話 不由人窓顫身麻


동교아가 부르니,


〈홍수혜[紅繡鞋]〉

님은 한 번은 동쪽으로 가고

한 번은 서쪽으로 날아가건만

외로운 나는 남쪽으로 갔다

북쪽으로 갔다 한다네.

一個兒投東去 一個兒向西飛

撇的俺個兒南來 一個兒北去

이계저가 부르니,

〈쇄해아[耍孩兒]〉
당신은 휘장 속에서 아름다운 여인과 함께 있지만
나는 홀로 규방 안에서 남 몰래 눈물 흘린다오.
언약을 기억하소서
그 맹세 저버리고 매정하다면
해신묘[海神廟] 언약*대로 되리라.
你那裡偎紅倚翠綃金帳 我這裡獨守香閨淚暗流
從記得說咒 負心的隨燈兒滅 海神廟放着根由


오은아가 부르니,

〈방장대[傍粧臺]〉
좋은 술이 있어도 누구와 마시리
마음의 공허함이 빈 병처럼 헛헛하네.
만나기 어려운 것은 마치 삼성[參星]과 진성[辰星]** 같구나.
서로 이별한 지 얼마나 되었는가.
눈썹을 그리다가 잘못 그리고 마네.
美酒兒誰共斟 意散了如瓶兒

---

* 송대 기생 계영[桂英]과 서생 왕괴[王魁] 고사로, 왕괴가 낙방 후 산동 내주[萊州]에서 기녀인 계영을 만
나 계영이 준비해준 돈으로 다시 과거를 준비해 급제함. 이별 전에 마을 북쪽에 있는 해신묘에서 사랑을 맹
세하고 이를 어길 때에는 천벌을 받을 것이라 맹세함. 왕괴가 급제 후 다른 여인과 결혼하니 계영이 죽어 귀
신이 되어 왕괴를 잡아갔다는 이야기
** 삼성은 서쪽, 진성은 동쪽에서 뜨는 별로 영원히 만날 수 없음

難見面似參辰 從別後歲月深

畵劃兒畵損了掠兒金


한옥천이 부르니,


〈쇄남지[鎖南枝]〉

우리의 마음이 서로 통한다면

바람이 구름을 헤치는 것 같을지 누가 알리오?

오늘 저녁에 다시 둥근 달이 드러나니

다시 님에게 비단 허리띠를 풀어달래야지.

그러면서 누가 누구를 배반했는지

명백하게 얘기하리라.

兩下裡心腸牽掛 誰知道風掃雲開

今宵復顯出團圓月 重令情郞把香羅再解

訴說惜誰負誰心 須共你說個明白


동교아가 부르니,


〈계지향[桂枝香]〉

어찌 옛일을 잊었는가.

산을 두고 맹세했건만

내 목숨까지 곤경에 빠지게 하네.

사랑하는 사람이 있어 떠나갔으니

언제쯤 다시 이루어지려나?

怎忘了舊時山盟爲證 坑人性命

有情人 從此分離了去 何時直得成


이계저가 부르니,


〈마지막 가락[尾聲]〉

아주 작은 비단신

보노라니 사랑하는 마음 애틋하네.

사랑하던 사람과 싸움을 멈추고

급히 몸을 그대에게 기댄다.

半叉繡羅鞋 眼兒見了心兒愛

可喜才 捨着搶白 忙把這俏身挨


노래를 다 부르자 서문경은 한옥천·동교아 둘에게 수고비를 주었다. 이에 둘은 작별 인사를 하고 떠났다. 서문경은 다시 이계저와 오은아에게 쉬고 가라며 남게 하였다.

"자네들은 이곳에서 쉬고들 가."

이때 갑자기 바깥채에서 대안과 금동이 시끄럽게 떠들면서, 이교아의 방에서 일하는 하화아를 에워싸고 안으로 들어오면서 서문경에게 아뢴다.

"소인이 방금 노래 부르는 사람 둘을 바래다주고 등불을 켜 들고 마구간에 가서 여물을 주려고 여물통을 끌어내렸지요. 그런데 둘째 마님 방의 하화아가 여물통 아래에 숨어 있어 제가 어찌나 놀랐는지 몰라요. 그래서 제가 그 이유를 물었는데도 영 대답하지 않아요."

이를 듣고서 서문경은,

"그 계집은 어디 있느냐? 끌고 오너라."

이르고는 곧장 바깥 행랑채에 의자를 갖다놓고 앉자, 한 무리가 계집 종을 쥐어 때리면서 끌고 와 꿇어앉혔다.

서문경이 물어보았다.

"그 뒤켠에 가서 뭐했느냐?"

계집종은 아무 말도 하지 않았다. 이교아가 곁에서 물었다.

"시키지도 않았는데 공연히 마구간에는 뭐하러 갔어?"

하화아가 머뭇거리자, 서문경은 계집종이 도망치려 할지도 모른다는 생각이 들어 즉시 하인들에게,

"그년의 몸을 뒤져보거라."

하고 명을 내렸다. 이에 하화아가 몸을 움츠리며 피하려 들었다. 이에 금동이 하화아를 냅다 땅 위로 내동댕이쳐버렸다. 이때 찰랑 하는 소리가 나면서 허리춤에서 물건이 하나 떨어졌다. 서문경이,

"무엇이냐?"

라고 묻자, 대안이 주워 가져왔다. 놀랍게도 그것은 금팔찌였다. 서문경은 등불 아래서 들여다보고는,

"여태까지 찾지 못한 금팔찌로구나. 바로 네년이 훔쳤구나!"

하자 하화아는 주웠노라고 대답했다. 이에 서문경은,

"그럼, 어디서 주웠느냐?"

라고 물어도 대답하지 않자, 서문경은 매우 화가 나서 금동에게 앞채로 나가 손 주리 트는 형구를 가져오라고 일렀다. 손가락에 주리를 트니 계집애는 돼지 먹따는 소리를 질렀다. 그렇게 주리를 한참 틀고 곤장도 스무 대를 때렸다. 월랑은 서문경이 취해 있는 것을 보고 감

히 나서서 말리지도 못하고 있었다. 계집종은 참지 못하고,

"여섯째 마님 방바닥에서 주웠어요."

라고 실토했다. 서문경은 비로소 주리를 풀어주라 하고 이교아에게 이르기를,

"내일 중매인을 불러 즉시 저년을 팔아버려라. 이런 년을 무엇에 써먹겠어?"

하자 이교아도 말을 제대로 못하고 단지,

"이런 때려죽일 년, 누가 네년더러 거기 가라고 했어? 방 안에나 틀어박혀 있을 것이지, 왜 나한테 한마디도 하지 않고 나다녔어? 또 그런 물건을 주웠으면 즉시 얘기를 해줬어야 하잖아."

라고 야단치자, 하화아는 단지 울기만 할 뿐이었다. 이교아는,

"너 같은 년은 주리를 틀어도 싸지, 뭘 잘했다고 울고 있어!"

했고 서문경이,

"됐어!"

라고 말하며 금팔찌를 월랑에게 건네주고는 안채에 있는 이병아 방으로 갔다.

이때 하인들이 대부분 밖에 있었다. 이에 월랑은 소옥에게 중문을 닫게 하고 옥소에게는 차를 가져오게 했다. 그러면서 소옥에게 넌지시 물었다.

"방금 그 계집애도 아까 바깥채에 갔었느냐?"

"둘째·셋째 마님이 오대구 마님을 모시고 여섯째 마님 방으로 건너갔을 적에 그 애도 따라 갔었대요. 그런데 몰래 금팔찌를 훔칠 줄 누가 알았겠어요? 아까 마님께서 나리께서 하인을 시켜 낭근을 사오라 하셨다는 말씀을 듣고 어찌나 놀라던지요. 그러고는 부엌에서 '낭

근이 뭐야?'라고 묻길래, 모든 사람들이 웃으며 '낭근이란 이리 몸에 있는 힘줄인데, 만약 누가 무슨 물건을 훔쳤다가 내놓지 않을 때, 낭근을 흔들어보면 도적의 몸에 들러붙어 손발을 꽁꽁 동여맨대'라고 말해주었지요. 아마 그 말을 듣고 매우 놀란 모양이에요. 그러다 저녁 늦게 노래하는 사람들이 갈 때 자기도 몰래 도망치려 했나봐요. 그런데 대문에 지키는 사람이 있는 것을 보고 마구간의 여물통 밑에 숨어 있다가 뜻밖에 하인한테 들켜 붙잡혀 나온 거지요."

월랑이 말했다.

"어디 사람 마음을 알 수 있겠나? 이런 조그만 계집애가 도둑질이나 하고 있다니! 정말 싹이 노란 계집이구나!"

한편 이교아가 하화아를 끌고 자기 방으로 건너가자, 이계저가 꾸짖었다.

"이 버릇없는 계집애야, 아직 열대엿밖에 안 됐어도 세상 물정을 알 텐데 어쩌자고 이런 멍청한 짓을 해? 네가 그런 물건을 주웠으면 바로 가져와서 주인마님께 보여드렸어야 하잖아. 그랬더라면 일이 생기더라도 어떻게 옆에서 도와줄 수가 있지. 대체 어쩌자고 한마디도 하지 않은 게야? 그러니 그렇게 주리를 틀리지! 맞아도 싼 멍청한 계집 같으니라구! 속담에도 '푸른 옷을 입었으면, 검은 기둥을 안으라' 했잖아. 네년이 이 방에 있는 계집만 아니라면 뭐 때문에 상관하겠어. 네년이 끌려나와 맞고 할 적에, 네 마님 얼굴은 어떻게 되겠냐고?"

그러면서 고모인 이교아에게도,

"고모님도 그래요, 만약에 저라면 자기 방의 계집이 여러 사람들 앞에서 주리를 틀리게 내버려두지는 않았을 거예요. 방으로 끌고 와

제가 때려주지요. 앞채 방의 하인 애들은 어째 주리를 틀지 않고, 유독 이 방 하인 애만 주리를 트는 것이지요? 고모님은 답답하기 짝이 없어, 정말로 숨도 쉬지 않고 죽어지내는 것 같아요. 내일 이 애를 끌고 내간다고 해도 한마디도 안 하실 거잖아요? 정 그렇다면 제가 할게요. 그 애를 끌고 나가지 못하게 해야지 남들도 비웃지 못하죠. 맹씨와 반씨를 한번 보세요, 마치 여우 같은데 그들 둘과 싸워 이길 수 있을 것 같아요?"

라고 말하면서 하화아를 불러 물었다.

"너 나갈 테냐?"

"저는 안 나가요."

"안 나가려면, 이후에는 너희 마님 마음에 들도록 모든 일을 마님과 상의하거라. 무엇 하나라도 생기면 바로 마님께 보여드리도록 해. 그래야 대접받을 수가 있어."

"잘 알겠습니다."

한편 서문경이 이병아 방으로 건너가 보니 이병아와 오은아는 온돌 위에 앉아 있다가 막 옷을 벗고 잠자리에 들려는 참이었다. 이병아가 말하기를,

"은아 동생이 여기 있어 마땅히 끼어들 곳이 없으니, 다른 곳으로 가보시지요!"

했다. 서문경은,

"왜 자리가 없다고 해? 자네들 둘이 양쪽에서 자고 내가 그 가운데에서 자면 되잖아."

하니 이에 이병아는 눈을 흘기면서 말했다.

"어찌 그리 점잖지 못한 말씀을 하세요."

"그럼 어디 가서 자란 말인가?"

"다섯째 방으로 건너가 주무세요!"

서문경은 이에 잠시 앉아 있다가 몸을 일으키며,

"알았어! 알았어! 귀찮게 하지 않고 다섯째 방으로 건너가 잘게."

하면서 금련의 방으로 건너갔다. 금련은 서문경이 건너오자 하늘에서 복덩이가 굴러들어온 것처럼 반겼다. 앞으로 나가 허리띠를 풀어주고 옷을 받아 걸고 침대를 깨끗하게 정돈하고 향을 피우고, 산호 베개를 내오고 차를 끓이면서 부산하게 맞이해 침대에서 하룻밤을 새웠다.

이병아는 서문경이 나가자 오은아와 함께 밝은 등불 아래 탁자를 내려놓고 바둑을 두었다. 두다가 영춘에게,

"차 두 잔하고 과일 좀 내오거라. 그리고 금화주도 한 병 내오거라. 내 은아 동생과 한잔 마셔야겠다."

라고 이르고는 다시 은아에게 물었다.

"그래, 밥은 먹었어? 밥도 좀 차려 내오라 하지."

오은아는,

"마님, 괜찮으니 차려오지 말라고 하세요."

하니 이병아는,

"그러지! 은아 동생이 밥은 먹지 않겠다고 하니, 너희들은 찬합을 가지고 가서 내 장롱 속에서 과일을 넣은 월병 네 개만 가져오너라."

했고, 잠시 뒤에 영춘이 접시 네 개를 들고 왔다. 돼지 족발 한 접시·조린 닭 한 접시·찐 계란 한 접시·해파리에 야채를 넣어 볶은 것 한 접시와, 과일 씨며, 과일 말린 것 등 과일 한 상자를 곁에다 가져다놓았다. 잠시 바둑을 두고 있는데 술을 가져오길래 은 술잔을 들어 술

을 마셨다. 오은아가,

"영춘 아가씨, 비파 좀 건네줄래요. 제가 마님께 노래 한 곡 들려드릴게요."

하자 이병아는,

"그만둬, 아기도 자고 있는데. 나리께서 저쪽에서 들으시면 또 뭐라 하실지 몰라. 그러니 주사위 놀이나 하지."

그러고는 영춘더러 주사위 판을 가져오게 해 둘은 벌주 내기를 하면서 술을 마셨다. 한 번 그렇게 했을 적에 오은아가,

"영춘 아가씨, 저쪽 방에 건너가서 유모 좀 건너오라 하세요. 술이나 한잔 줘야겠어요."

하니 이에 영춘이 말했다.

"유모는 아기를 안고 온돌 위에서 자고 있어요!"

이병아는,

"아기나 안고 자라고 해. 술이나 한 병 가져다 마시라고 주면 될 거야. 자네는 우리집 애가 얼마나 영리한지 모를 테지만 보통 영리한 게 아니라서 잠시라도 떼어놓으면 바로 깨어나지. 하루는 온돌 위에서 자다가 나리께서 조금이라도 움직이면 눈을 크게 뜨고 깨는 것이 마치 뭔가를 알고 있는 성싶더라니깐. 그래서 유모더러 안고 저쪽 방으로 건너가게 했더니 울면서 나한테 안기겠다고 떼를 쓰질 않겠어."

하자 오은아가 웃으며,

"마님께서는 아기가 태어난 뒤로 잠자리도 못하셨겠군요. 나리께서는 며칠에 한 번 이곳에 오세요?"

하고 묻자 이병아가 답했다.

"대중이 없어! 하루에 한 번 들를 때도 두 번 들를 때도, 여하튼 시

도 때도 없이 들락거리며 애를 보러 오시지. 애를 보러 오는 거야 괜찮지만 사람들이 하도 뭐라 하는 통에 내가 죽겠어. 나리와 이 애를 가지고 뒤에서 무슨 저주들을 그리 하는지. 그러니 나 같은 것이야 말할 나위가 있겠어! 나리와 무슨 큰일이나 벌인다고 나리가 한 번 왔다 가면 야단법석을 떠니 원. 왔다 가면 다음 날 사람들이 인상을 찌푸리며 내가 나리를 후려쳤다고 야단들이야. 왜 좀 전에도 내 방에 오신 걸 잘 달래서 다른 방으로 가게 했잖아? 은아 동생은 이 집에 사람이 많아 말도 얼마나 많은 줄 아직 잘 몰라! 오늘도 금팔찌 하나가 보이지 않자 어떤 사람은 그걸 꼬투리 삼아 쪼르르 안채로 들어가 큰마님을 꼬여, 나리께서 금팔찌를 가지고 내 방으로 왔는데 어째서 보이지 않느냐며 일을 만들었잖아요? 뜻밖에도 둘째 마님 방에 있던 계집애가 훔쳐간 것이 밝혀져, 비로소 흑백이 가려졌잖아. 하마터면 내 방에 있는 계집애들과 유모가 억울하게 죄를 뒤집어쓸 뻔했어요. 황당하게 누명을 쓴 풍씨 할멈은 억울해 죽겠다면서 팔찌가 나올 때까지 집에 돌아가지 않겠다고 했어. 나중에 팔찌가 나오자 그제서야 등불을 켜들고 집으로 돌아갔어.”

“마님, 됐어요! 마님께서는 아기나 잘 키우면서 대강대강 지내셔야죠. 안채의 큰마님께서 뭐라 안 하시니 그래도 다행이잖아요. 마님이 아기를 낳으셔서 모두 시기심이 생겨서 그래요. 나리께서만 줏대 있게 해주시면 되잖아요.”

“만약에 나리와 큰마님께서 돌보아주시지 않았다면, 이 애는 지금까지 살아 있지도 못했을 거야!”

이렇게 말을 하면서 둘은 술잔을 주거니 받거니 거의 삼경까지 마시다가 비로소 잠자리에 들었다. 뜻이 맞는 손님을 만나 서로의 마음

을 아니 말이 서로 투합하는 풍경이 아닐 수 없다.
　시가 있어 이를 밝히나니,


　화려한 누각의 밝은 달 돌아서 창가를 비추고
　아름다운 여인들 한밤을 지새우네.
　빼어난 여인을 누가 사랑하지 않으리
　한 줄기 매화가 야밤에 그윽이 비치네.
　畫樓明月轉窓寮 相伴嬋娟宿一宵
　玉骨冰肌誰不愛 一枝梅影夜迢迢

# 집집마다 등불은 밤을 늘리고

### 계저는 하화아를 있게 해달라 애원하고,
### 월랑은 화가 나 대안을 꾸짖다

아름다운 그 이름은 모란꽃
어려서부터 얼음 같은 피부, 다른 것과 달라
햇빛 비춰 더욱 더 요염한 자태를 드러내니
바람을 따라 맑은 향이 흩어지네.
옥 같은 얼굴은 오나라 여인의 화장*을 시기하듯
눈 같은 얼굴은 마치도 부분랑[傅粉郎]** 같네.
박자판을 두들기고 잔을 들고 노래를 부르지만
어찌 위자[魏紫]와 요황[姚黃]***의 아름다움을 따르리.

佳名號作百花王 幼出冰肌異衆芳

映日妖嬈呈素艷 隨風冷淡散淸香

玉容吳妒啼粧女 雪臉渾如傅粉郎

檀板金尊歌勝賞 何誇魏紫與姚黃

---

\* 물로 눈 밑을 씻어 눈물을 흘린 듯한 흔적을 남기는 동한[東漢] 때 여인들의 화장법
\*\* 분을 바른 듯이 얼굴이 하얀 남자
\*\*\* 모란의 품종 이름

서문경은 휴일이어서 아문에 나가지 않았다. 아침 일찍 일어나 앞채 대청으로 나가 대안에게 제철 과자와 최고급 과일이 든 한 꾸러미 두 개를 챙겨 한 꾸러미는 교오 부인에게, 다른 하나는 교대호 부인에게 보냈다. 답례로 교오 부인은 대안에게 손수건 두 장과 은자 석 전을, 교대호 부인도 푸른 비단 한 필을 주었다.

한편 응백작은 서문경과 작별한 뒤 바로 황사의 집으로 쫓아가니, 황사는 미리 은자 열 냥을 응씨 몫으로 따로 잘 싸놓았다가 응백작에게 주면서 고맙다고 말했다.

"나리께서 명절이나 지나고 다시 오라고 하시더군요. 말씀하시는 걸 보아 은자 오백 냥 차용건에 관해서일 것 같아요. 그런데 무엇으로 담보를 하죠?"

이에 응백작이,

"지금 얼마나 융통할 수 있나?"

하니 황사가 말했다.

"이형은 아무것도 알지 못하고, 단지 그 환관한테 빌리는 것만 믿고 있죠. 일반적으로 이자가 오 부인데, 그럴 바에는 여기 아문 중에 힘깨나 있는 사람에게 꾸는 편이 낫잖아요. 그렇게 하면 아래위로 뇌물로 들어가는 돈도 절약할 수 있고요. 만약 오백 냥을 더 빌려 아예 천 냥을 빌리는 것으로 문서를 쓴다면 이자 계산도 훨씬 수월할 텐데…."

응백작이 이 말을 듣고 고개를 숙여 잠시 생각하다가 물어보았다.

"좋아, 만약 내가 이 일을 성사시켜준다면 자네들 여섯 명은 어떻게 감사를 할 겐가?"

"그렇게만 해주신다면, 제가 이지에게 말해 우리들 몫 중에서 은자 닷 냥을 드리지요."

응백작은,

"닷 냥 같은 소린 하지도 말게. 내 수단이 닷 냥의 가치밖에 안 된단 말인가! 내 힘들여 자네들을 대신해 좋게 말해줄 텐데 겨우 그것뿐인가? 오늘은 집사람이 그 댁에 술을 마시러 갔으니 내 갈 수 없지. 내일 그 댁에서 우리를 초청해서 저녁에 등불 구경을 하기로 했으니, 자네 둘은 내일 아침 일찍 좋은 안주 네 가지하고 금화주 한 동이를 사가지고 오게나. 노래 부르는 기생은 부를 필요가 없어. 그 집에 아직 이계저와 오은아가 남아 있으니까. 그 대신 악사들을 대여섯 명 불러놓으면 내가 데리고 들어가겠네. 그럼 나리도 자네들을 청해 자리에 앉게 할 걸세. 그때 내가 곁에 있다가 자네들 대신 몇 마디 사정 얘기를 하여 일이 성사되도록 노력하지. 오백 냥을 더 내 합계 일천 냥의 차용 문서를 쓰게 하겠네. 일 개월에 이자 쉰 냥을 어딘들 안 쓰겠나. 자네들이 돈을 주고 한 달간 여자를 하나 산 셈 치면 되지. 속담에도 '수재[秀才]를 취함에 있어 진짜만 있는 것이 아니다'라고 하지 않던가! 물건을 납품할 적에 향나무 속에 보통나무를 끼워 넣고 납[臘]에는 기름을 적당히 섞어놓으면 되지 않겠어? 어디 일일이 조사를 하겠는가! 과정이야 어떻든 결과만 좋으면 될 게 아닌가. 나리의 이름을 빌려 일 좀 잘 해보자는 것뿐이야."

라고 하면서 계획을 세워놓았다.

다음 날 일찍 이지와 황사는 과연 술과 안주를 사니, 응백작은 하인들을 시켜 들게 하고 서문경의 집으로 갔다. 그때 마침 서문경은 대청에서 선물 꾸러미를 준비하고 있었는데 백작이 다가가 인사하면서 어제 자기 부인이 많은 폐를 끼치고 집에 늦게 돌아왔노라고 했

다. 이에 서문경은,

"어제 주남헌 집에서 술을 마시고 거의 저녁 여덟 시경에야 돌아왔지. 그래서 사돈댁이 가는 것도 보지 못했는데 일찍들 돌아갔다구 하더군. 오늘은 마침 관청도 휴일이라서 등청하지 않았네. 해서 선물 두 개를 꾸려 교씨 사돈댁으로 보내려고 준비하는 중일세."

말을 마치고 자리에 앉았다. 백작은 바로 이금[李錦]을 불러,

"선물을 가지고 들어오너라."

하고 일렀다. 잠시 뒤에 두 명이 예물을 들고 문 앞에 내려놓았다. 백작이,

"이지형과 황사형이 두어 차례 저에게 말하기를, 형님의 큰 은혜를 입고도 제대로 갚지 못했답니다. 그래서 미약하나마 선물을 약간 준비했으니 형님께서 기꺼이 받아주시기 바란답니다."

이렇게 말을 하자 하인 둘이 넙죽 큰절을 올렸다. 서문경이 말했다.

"그네들이 무슨 선물을 보내온단 말인가? 내 공연히 받기도 무엇하니 다시 가져가라고 하게."

"형님께서 받지 않으시고 돌려보내시면 이지와 황사가 얼마나 창피해하겠어요! 게다가 그들이 노래하는 애들을 부르려는 것을 제가 만류해 단지 악사 여섯 명만 불러 지금 문밖에서 대령하고 있어요."

"그럼 들어오게 하게."

오래지 않아 악사 여섯이 불려와서는 모두 무릎을 꿇고 앉았다. 서문경이 응백작에게,

"기왕에 왔으니 그냥 돌려보내기는 무엇하고 이지와 황사도 불러 자리를 함께하는 게 낫겠지?"

하고 묻자, 백작은 서문경의 말이 채 떨어지기도 전에 바로 이금을

불러,

"너희 주인어른께 바로 집에 가서 나리께서 예물을 받으셨다고 전하거라. 그리고 여기서 따로 부르러 가지 않을 터이니 너의 주인과 황사 영감이 같이 오시게 하거라."

라고 분부하니 이금은 바로 대답하고 잠시 뒤에 예물을 안으로 들여놓았다. 이에 서문경은 대안에게 명해 은자 두 전씩을 수고비로 주게 했다. 하인들은 돈을 받고 감사하다고 절을 하고 물러갔다. 악사 여섯 명은 아래쪽에 자리를 잡고 대기했다. 잠시 뒤에 기동이 차를 내와 서문경은 백작과 함께 차를 마셨다. 차를 마시며 서문경이,

"어때, 식사나 할까?"

하고는 백작을 서쪽에 있는 행랑채로 인도하고는 다시,

"자네 오늘 사자순을 만나지 못했는가?"

하고 물었다. 이에 백작은,

"아침 일찍 일어났을 때, 이지가 여기에 가져올 예물을 가지고 저희 집에 왔길래, 심부름꾼들을 데리고 오느라 어디 한가하게 사자순을 만나러 갈 짬이 있었겠어요?"

라고 대답했다. 이에 서문경은 바로 기동을 불러,

"빨리 가서 사씨 아저씨를 모셔오너라."

하고 분부했다. 오래지 않아 서동은 탁상을 내려놓고 밥을 차렸고, 화동은 칠을 한 찬합에 음식 네 개를 가져왔는데 그릇이 모두 바깥에 꽃 모양이 그려진 것들이었다. 달게 볶은 가지 한 접시, 달콤한 완두콩 한 접시, 향기로운 귤잼 한 접시, 붉은 빛이 도는 삶은 죽순 한 접시였다. 큰 접시에는 밥반찬이 담겨 있었는데 양 머리 삶은 것 한 접시, 갓 구워낸 오리고기 한 접시, 야채와 계란을 풀어 끓인 만두국 한

대접, 돼지고기 볶음 한 접시였다. 그리고 금박을 입힌 젓가락 두 벌을 갖다놓았다. 백작 앞에는 갓 지은 햅쌀밥이 한 그릇 놓이고, 서문경 앞에는 향기가 모락 나는 찹쌀로 쑨 죽이 한 대접 놓였다. 둘이 식사를 마치자 하인들이 그릇을 치우고 탁자 위를 말끔하게 정리했다. 서문경과 응백작은 술내기 쌍륙을 하기 시작했다. 백작은 아직 사회대가 오지 않은 이때를 이용해 먼저 서문경에게 슬쩍 물어보았다.

"형님, 내일 이지와 황사를 불러 얼마를 주실려고 하십니까?"

"지난번에 쓴 차용증을 받고, 새로 오백 냥짜리 차용증을 쓰게 하려고 해."

"그것도 괜찮겠군요. 그렇지만 형님이 좀 더 보태 천 냥을 빌려준다면 나중에 이자를 계산하기도 한결 나을 것 같은데요. 또 제가 한마디 덧붙인다면 그 금팔찌는 형님께 불필요한 것이지만 대충 한 백오십 냥으로 쳐서 준다면 그다지 헐값도 아니잖아요."

서문경이 듣고 말했다.

"자네 말이 맞아. 내 내일 삼백오십 냥을 더 꿔주고, 일천 냥짜리 차용증으로 고쳐 쓰면 되겠군. 하기야 그 금팔찌는 집에 놓아둬도 별반 쓸모는 없지만 말일세."

둘이 이렇게 얘기를 나누며 쌍륙을 하고 있을 적에 대안이 들어와,

"분사가 황친가의 집 물건인 큰 자개 병풍과 청동으로 만든 징 두 개와 북을 가지고 와서 은자 서른 냥에 전당을 잡아달라는군요. 어떻게 할까요?"

라고 말을 하자, 서문경은,

"분사더러 가지고 들어오라고 해라."

했다. 잠시 뒤 분사가 다른 두 사람과 물건을 지고 들어와 대청 안에

놓았다. 서문경과 백작은 쌍륙을 하던 것을 잠시 멈추고 밖으로 나와 살펴보았다. 폭이 석 자에 높이가 다섯 척이나 되는 소라 모양의 금박을 상감한 대리석 병풍으로 정말로 흑백이 분명한 것이었다. 백작이 한 번 보고 나서 서문경에게 가만히 얘기했다.

"형님, 자세히 한번 보세요. 마치 문 앞에서 사자가 구부리고 앉아 있는 것 같은데요."

또 징 두 개와 북도 구름이 생동감 넘치게 새겨져 있어 정말로 아름다웠다. 백작은 옆에서 극력 종용했다.

"형님, 저당을 잡아두세요. 구리 징과 북은 그만두고라도 이 병풍 하나면 어디 가서라도 쉰 냥은 받을 수 있을 것 같군요."

"그렇지만 조만간에 찾아가지 않겠나?"

"찾아가긴요? 그 집 사정이 내리막길을 내려가는 마차와 같은 꼴인데 그게 쉽겠어요? 그리고 삼 년만 지나면 본전과 이자가 거의 같을 텐데요."

서문경은,

"그렇다면 좋아! 진서방 가게에서 은자 서른 냥을 달래서 주도록 해라."

라고 해서 내보냈다. 그러고 나서 서문경은 병풍을 깨끗이 닦아 대청 정면에 세워놓게 하고 좌우에서 바라보니 금빛이 구름 빛과 어우러져 빛을 발했다. 그것을 보다가,

"악사들은 식사를 다 했느냐?"

하고 묻자 금동이,

"아래쪽에서 먹고 있습니다."

하니 서문경이 말했다.

"다 먹은 다음에 한 곡조 뽑게 하거라."

이에 대청에 있던 큰북을 내가고 복도 안쪽에 구리 징과 북을 들여놓고 연주를 시작하니 정말로 소리가 구름 끝까지 울리니, 물속에 노는 고기도 놀랄 정도였다. 이렇게 한참 연주하고 있을 때 기동이 사희대를 모시고 안으로 들어왔다. 사희대는 서문경과 백작에게 인사를 했다. 서문경이,

"사형, 여기 와서 이 병풍을 좀 보게, 얼마쯤 나갈 것 같은가?"

하니 사희대는 가까이 다가와 한참을 보고 나서 입이 마르도록 극구 칭찬을 하면서 말했다.

"형님, 이 병풍은 정말 잘 사셨군요. 적어도 은자 백 냥은 줘야 될 것 같은데요."

이에 백작이 옆에서,

"하여간 보라니깐, 밖에 있는 구리 징 두 개와 북까지 합쳐 서른닷 냥이라네."

하니 이 말을 듣고 사희대는 손뼉을 치면서 말했다.

"맙소사, 뭐가 원금이고 이자인지 모르겠군! 병풍은 그만두고라도 은자 서른 냥을 가지고는 이 징 두 개와 북조차 살 수가 없을 텐데. 이것 좀 보세요. 얼마나 잘 만들었는지, 빛나는 주홍빛으로 색칠한 것이 궁정이나 관방에서 쓰는 걸 그대로 본떠 만든 거잖아요. 이 무게를 동 마흔 근만 치더라도 그 가치가 은자로 따지면 얼마나 되겠어요? 어쩐지 물건에 임자는 따로 있다더니, 형님이 큰 복이 있어 이런 희귀한 물건이 제 발로 굴러들어 왔군요!"

말이 끝나고 서문경은 두 사람을 서재로 안내했다. 잠시 뒤에 이지와 황사가 도착했다. 서문경이 보고,

"자네들이 무슨 여유가 있다고 그리 신경을 써서 선물을 보냈는가? 그렇다고 내 안 받자니 오히려 미안하고."

하니, 이지와 황사는 급히 무릎을 꿇고 앉아 절을 올리며 말했다.

"그렇게 말씀해주시니, 소인들은 그저 황송할 뿐입니다. 별것 아닌 물건이니 나리께서 아래 사람들에게 나누어주시는 데 쓰십시오. 또 나리께서 이렇게 불러주시는데 저희가 어찌 오지 않을 수가 있겠습니까."

그러고는 의자를 끌어다 옆에 앉았다. 잠시 뒤에 화동이 차 다섯 잔을 내왔길래 차를 마시니 바로 찻잔을 걷어 나갔다. 이어서 대안이 안으로 들어와,

"나리, 상을 어디에 펼까요?"

하고 물으니 서문경은,

"여기다 상을 펴거라."

하고 분부했다. 이에 대안과 화동 둘은 마노[瑪瑙]를 박아 만든 팔선[八仙] 탁자를 화롯가에 놓았다. 백작과 희대가 상석에 앉고, 서문경이 주인 자리에, 이지와 황사가 양편에 나란히 앉았다. 앉고 나니 대보름에 마시고 먹는 명절 음식을 내왔는데, 큰 쟁반과 사발에 국과 밥·거위 고기·오리나 닭·돼지 발 등 각양각색이었다. 술이 넘실대고 안주도 풍부하고 국도 찰랑이는데 악사들은 모두 창밖에서 음악을 연주했다. 서문경은 오은아를 좌석으로 불러 술시중을 들게 했다. 술판을 벌인 얘기는 여기에서 잠시 접어둔다.

한편 이계저의 집에서는 사내 하인 애가, 오은아의 집에서는 여자 하인 납매[蠟梅]가 가마를 불러 누이들을 집으로 모셔가려고 왔다.

계저는 사내 하인이 왔다는 소식을 듣고 황급히 문밖으로 나가 하인 애와 한참 소곤거렸다. 그러고는 안방으로 돌아와 집에 돌아가겠노 라고 인사를 하자 월랑이 재삼 만류하며 말했다.

"우리 모두 친정인 오대구 댁으로 가려고 하는데 자네들도 데려가 려고 해. 집에 돌아가는 게 늦어질 것 같으면 거기서 바로 돌아가도 되고 가마를 부를 필요도 없지. 우리와 같이 있다가 액땜맞이 놀이나 한 후에 가도 되잖아."

"마님께서는 잘 모르시겠지만 집에 사람이 없는 데다 언니도 나가 있어요. 게다가 왕이모가 저희 집에서 많은 사람들을 초청해 합자회 [盒子會](기생들이 정월 보름에 갖는 모임)를 열어 어머니가 얼마나 기 다리시는지 몰라요. 어제도 하루 종일 기다리다 다급해져서는 어쩌 지 못하고 하인을 보내 데려오도록 하신 거예요. 한가한 날 같으면 마님을 모시고 며칠 묵으며 함께 지낼 수 있지만요."

월랑은 계저가 떠나려 하자 어쩌지 못하고 옥소를 시켜 계저가 처 음에 가져온 상자에 원소절에 먹는 월병 한 상자와 사탕을 입힌 꽈배 기 한 상자를 넣게 해서는 하인에게 건네주었다. 그리고 계저에게 은 자 한 냥을 주고 일찍 출발하게 했다. 계저는 월랑 등에게 작별 인사 를 하고 고모인 이교아와 함께 앞채로 나와 화동에게 잠시 짐 보따리 를 들게 하고는 바로 서재로 가 대안에게 서문경을 좀 나오시게 해달 라고 부탁했다. 이에 대안은 천천히 발을 걷어올리고 서재에 들어가 서문경에게 고했다.

"계저 누이가 집으로 돌아가면서 나리께 인사를 드리겠답니다."

이에 백작이,

"계저 그 음탕한 계집이 아직도 돌아가지 않고 있었구나."

하자 서문경이,

"오늘 집에 가려고 해."

하면서 밖으로 나와 보니, 이계저가 노주산 자색 비단 저고리에, 폭이 넓은 흰색 치마에, 머리에는 푸른 점이 촘촘 박힌 흰 비단 띠를 두르고 있다 서문경을 보고서는 꽃가지가 바람에 일듯 비단 띠가 바람결에 나풀거리듯 머리를 네 번 조아려 절을 올리면서,

"나리와 마님께 많은 폐를 끼쳤어요."

하자 서문경이 말했다.

"내일 돌아가지!"

이에 계저는,

"집에 사람이 없어 어미가 사람을 시켜 가마까지 보내 오라고 했어요."

그러면서 다시,

"제가 한 가지 청이 있어요. 제 고모방에 있는 그 계집애를 쫓아내지 말아주세요. 고모가 어젯밤에 그 애를 몇 차례나 때려줬어요. 애가 아직 아무것도 몰라요. 저도 몇 마디 일러놓았으니 앞으로 다시는 그런 짓을 하지 않을 거예요. 만약에 그 애를 쫓아낸다면 이번 명절 기간에 고모님 방에는 일할 애가 없으니 어디 나리님 마음도 편하시겠어요? 자고로 '나무로 만든 부지깽이가 짧다고 해도, 손으로 불을 헤집는 것보다는 낫다'고 하잖아요. 나리께서는 제발 제 얼굴을 보시어 그 애를 남아 있게 해주세요."

하니 이 말을 듣고 서문경은,

"네가 그렇게 말을 하니 그 애를 남아 있게 하마."

라고 말했다. 그러면서 대안을 불러 분부했다.

"안채로 가서 큰마님께 중매인을 부르지 말라고 해라."

대안은 화동이 계저의 보따리를 들고 있는 것을 보고서 말하기를,

"제가 이 보따리를 들고 화동한테 안채에 가서 말씀 올리라고 할 게요."

하니, 화동이 바로 그러마 하고는 안채로 들어갔다. 계저는 서문경에게 말을 다하고는 동쪽에 있는 창가에 가서는,

"응씨 거지야, 내 너한테는 인사를 안 한다! 네 마님께서는 집으로 돌아가신다."

라고 소리쳤다. 이를 듣고 백작이 말했다.

"내 이 음탕한 계집을 잡아와 집에 돌려보내지 않을 테다. 그래서 나한테 노래를 한 곡조 뽑아올리게 해야지."

"내 한가로울 적에 한 곡조 들려주마."

"응큼하게 둘이서 무슨 비밀 얘기를 했는지 나한텐 말을 안 해준 단 말이지? 벌건 대낮에 돌아가려고 하다니, 음탕한 년을 너무 봐주는 거잖아요. 어두워질 때 보내도 손님 몇 사람은 더 받을 수 있을 텐데."

계저가,

"간사한 거지발싸개 같으니라구!"

하고 웃으며 밖으로 나가니 대안이 계저를 가마에 태워 보냈다.

서문경은 안채로 옷을 갈아입으러 들어갔다. 이때 응백작이 사희 대에게 말했다.

"이계저 이 음탕한 계집은 닳고 닳은 계집인데도 갈수록 좋아하는 사람이 늘고 있다니. 그러니 이런 명절에 어찌 집안에 틀어박혀 있겠어? 그 포주 할멈이 부르는 걸 보아하니 또 집안에 어떤 놈팡이가 기

다리고 있는지 모르겠군."

사희대가,

"맞아!"

하면서 살짝 백작의 귀를 잡고 여차여차라고 얘기하자 백작은,

"형님께선 아직 모르고 계셔."

라고 할 때 서문경이 들어오는 발소리가 나자, 둘은 아무 말도 하지 않았다. 백작은 오은아를 품에 끌어안았다. 둘은 서로의 잔을 입에 대어주며 술을 마셨다.

백작이,

"나의 이 수양딸이야말로 이렇게 온화하고 부드러우니, 개도 거들 떠보지 않는 그 음탕하고 더러운 이계저보다는 백 배 더 낫단 말이야!"

하니 오은아는 웃으며 말했다.

"참, 영감님도! 하나부터 백까지 죄다 현명하거나 죄다 우둔한 경우는 없는데 어찌 하나하나 비교하겠어요? 우리 계저 언니가 영감님을 화나게 만든 것도 없잖아요!"

서문경은,

"무슨 쓸데없는 소리들을… 허튼소리들만 하고 있어!"

하니 백작은,

"형님은 가만 계세요, 제가 이 수양딸을 잘 보살펴줄 테니까요. 오! 귀여운 수양딸아, 이리 와서 비파를 가지고 이 아비에게 노래나 한 곡 들려주렴."

했다. 이에 오은아는 서두르지 않고 옥 같은 손가락으로 줄을 고르고 비파를 무릎 위에 올려놓고 나지막한 소리로 「버드나무 흔들리네[柳

搖金]」를 부르기 시작했다.


　　마음속에 고민이 있으니
　　음식도 물도 먹지 않네.
　　내 님과 헤어지기는 어렵고
　　마음을 털어버리지 못해 처량하네.
　　당신은 누구의 집에 있는지
　　이별을 하시려면
　　솔직하게 말씀해주세요.
　　이 몸을 버리고
　　이 몸을 싫어하신다 해도
　　제발 저를 잊지는 마세요.
　　心中牽掛 飯不飯茶不茶
　　難割捨我俏冤家
　　淒涼因爲我心上放不下
　　更不知你在誰家
　　要離別 與我兩句伶仃話
　　抛閃殺奴家 閃賺殺奴家
　　你休要把奴來干罷


　　백작이 술을 마시고 사희대에게 잔을 건넸다. 오은아가 다시 노래
를 부른다.


　　항상 우울한 마음

언제 이 마음을 달랠까.
사랑하는 내 님을 그리워하니
자매들의 간섭이 심하네.
님의 부모님도 엄해
내 말을 믿지 않네.
금은보화를 좋아하는 것도 아니고
단지 그의 모습만을 사랑하는 것.
그대와 부부가 된다면
죽어도 좋으련만
그러니 서로 왕래를 합시다.
常懷憂悶 何時得趁我心 牽掛着我有情人
妨妹們拘管的緊 老尊堂不放鬆 顯的我言兒無信
不愛你寶和金 只愛你 只愛你生的胖兒俊
我和你做夫妻 死了甘心 教奴和你往來相趁


한편 화동이 안채로 들어가니 월랑이 맹옥루·이병아·서문경 큰딸·손설아와 큰스님과 함께 안방에 앉아 있었다. 월랑은 화동을 보고 중매 할멈을 불러 하화아를 데리고 나가라고 일렀다. 이에 화동이,

"나리께서 마님께 하화아를 내다 팔지 말라고 하셨어요!"
하니 월랑이 물었다.

"팔아버리라고 하셨다가, 왜 팔지 말라고 하시지? 솔직히 말해보거라. 누가 하화아를 내다 팔지 못하게 말했느냐?"

"방금 소인이 계저 누이의 보따리를 안고 있었어요. 계저 누이가 떠나기 전에 나리께 그 애를 남아 있게 해달라고 애원하면서 '잘 가

르쳐서 데리고 있을 테니, 제발 쫓아내지 말아주세요' 하니 나리께서 대안더러 마님께 말씀드리라고 했는데 대안이 들어오지를 않아 저보고 대신 들어가 말씀드리라고 했어요. 그러고는 대안이 보따리를 받아 들고 계저 누이를 전송해주러 갔어요."

월랑은 대안의 행동에 괘씸한 생각이 들었다. 그래서 대안을 욕하며,

"요 싸가지 없는 녀석이 주인을 가지고 노는구나! 그놈의 자식이 안에서 중매인을 오라 가라 하며 농간을 부리다니. 그러고는 또 계저를 전송하러 갔다구? 내 이놈의 자식 돌아오면 그냥 두나 봐라!"

이렇게 말하고 있을 적에 오은아가 앞채에서 노래를 마치고 안으로 들어왔다. 월랑이 오은아에게 말했다.

"납매가 너를 데리러 왔어. 이계저는 집에 돌아갔는데 어떻게 너는 돌아가지 않아도 돼?"

오은아는,

"마님께서 남아 있으라 하셨는데 돌아가면 마님께 무례한 게 아니겠어요?"

그러면서 납매에게,

"왜 왔어?"

하니 납매가 답했다.

"어머니가 가보라고 해서 왔어요."

"집에 무슨 일이 있어?"

"없어요."

오은아는,

"없는데 왜 나를 데리러 왔어? 집으로 돌아가. 마님께서 가지 말라고 하시니 여기 있다가 저녁에 마님들과 함께 큰마님 친정댁으로 액

땜하러 갈 거야. 거기서 돌아와 집으로 바로 갈게."

하자 납매는 바로 돌아갔다. 월랑이,

"불러서 밥이나 먹고 가게 하거라."

하니 오은아가,

"큰마님께서 밥 먹고 가라 하신다! 먹고서 내 옷 보따리를 가져가. 그리고 어머니께는 가마를 보내지 말라고 말씀드려. 저녁에 내 알아서 갈 테니."

그러면서,

"그런데 오혜는 어찌 오지 않았지?"

하고 물으니 납매가 말했다.

"집에서 눈병을 앓고 있어요."

월랑은 옥소에게 분부해 납매를 안채로 데리고 가서 고기 두 그릇과 만두 한 접시, 술 한 병을 먹게 했다. 그리고 원래 오은아가 가지고 온 상자에 월병과 차와 과일을 담아 납매에게 주어 가지고 가게 했다. 본래 오은아의 옷 보따리는 이병아 방에 있었다. 이병아는 급히 비단옷 한 벌과 비단 손수건 두 개, 은자 한 냥을 준비해 오은아의 옷 보따리 안에 넣어주었다. 이에 오은아는 매우 고마워하면서,

"마님, 이 옷은 됐어요."

라고 말은 그렇게 했으나 매우 좋아하면서,

"실은 입을 만한 흰 비단 저고리가 없거든요. 허니 이 옷은 거두시고 마님이 입으시던 낡은 흰 비단 저고리가 있으면 그걸 주시면 좋겠어요."

하니 이병아는,

"내가 입던 흰 비단 저고리는 좀 클 텐데 어떨지 모르겠네."

하면서 영춘을 불러 열쇠를 가지고 가서 옷장을 열어 비단 한 필을 내오게 해 은아에게 주라 하면서,

"가지고 가서 어멈에게 재봉사를 시켜 저고리 두 벌을 지어달라고 해."

그러면서 다시 묻는다.

"무늬 있는 게 좋아? 아니면 무늬 없는 게 좋아?"

오은아는,

"마님, 저는 무늬 없는 게 좋아요. 조끼에 받쳐 입기도 좋구요."

하고는 영춘에게 말했다.

"공연히 나 때문에 이층에 올라갔다 와야겠군요. 내 특별히 보답해줄 것은 없고 노래나 한 곡조 들려줄게요."

잠시 뒤에 영춘이 이층에서 송강산 하얀 비단 한 필을 가지고 내려왔는데 무게가 서른여덟 냥이 나간다고 끝에 쓰여 있었다. 오은아에게 건네주자 은아는 꽃이 바람에 나부끼듯 비단띠가 바람에 펄럭이듯 이병아에게 고개를 숙여 절을 네 차례나 하고, 또 영춘에게도 거듭 고맙다고 인사했다. 이병아는,

"은아 아가씨, 이 옷도 함께 싸 넣도록 해요. 어찌되었든 술좌석에 입을 만한 옷이 있어야 하니까."

하니 이에 오은아는,

"마님께서 비단을 주어 저고리를 해 입게 하시고는 또 이 옷을 싸 가라고 하시다니…."

하면서 다시 고개를 숙여 절을 올렸다. 잠시 뒤에 납매가 식사를 하고 나오자 옷 보따리와 물건들을 건네주며 돌아가게 했다.

월랑이 말했다.

"이러니 은아 너를 내 좋아하지. 절대 이계저처럼 교만하고 잘난 체하는 짓은 배우지 마. 가만히 누워 있지 못하는 호랑이처럼 있으라 해도 안절부절못하고는 마냥 집에만 가려고 하잖아. 도대체 집안에 무슨 그리도 급한 일이 생겼다고 야단인지? 노래도 제대로 신경써서 부르지도 않고 말이야! 집에서 사람을 보내오니 밥도 제대로 먹지 않고 횡 하니 가버렸어. 은아는 절대로 이런 건 배우지 마!"

"좋으신 마님, 여기 이렇게 좋은 나리와 마님이 있는데 어딜 가겠어요? 공연히 다른 곳에 마음을 붙이느니 이곳이 훨씬 마음 편하잖아요! 계저는 아직 어려서 세상 물정을 제대로 몰라 그런 철없는 행동을 하니 마님께서는 너무 언짢게 생각지 마세요."

이렇게 말하고 있을 적에 오대구 집에서 하인 내정을 보내서 청하기를,

"저희 집 마님께서 큰마님과 여러 마님들 그리고 계저와 은아 아가씨도 일찌감치 건너오시랍니다. 또 손설아 마님도 함께 건너오시래요."

하니 이에 오월랑은,

"돌아가 마님께 준비하고 바로 건너가겠다고 말씀드리거라. 둘째 마님은 다리가 아파 가지 못하고 집을 보고 계실 거라고. 그리고 나리께서 앞채에서 손님들과 술을 드시고 계셔서 넷째도 갈 수 없다고 하거라. 또 이계저는 집으로 돌아갔으니, 큰딸과 은아 아가씨와 우리들 도합 여섯 명만 건너간다고 여쭙거라. 그러니 뭘 차린다고 분주하게 할 필요도 없을 게야. 우리는 건너가 잠시 앉아 있다가 밤에 바로 건너올 게다."

그러면서 다시 내정에게 물었다.

"그래, 너희 집에서는 어디서 노래 부르는 애를 불렀느냐?"

"욱[郁]씨 아가씨라고 하던데요."

말을 마치고 내정은 먼저 돌아갔다. 월랑은 옥루·반금련·이병아·큰딸과 오은아와 함께 서문경에게 건너갔다 온다고 하고, 유모에게 아기를 잘 보고 있으라고 분부하고 잘 차려입고 짐을 챙긴 후에 가마 여섯 채에 나누어 타고 길을 나섰다. 대안·기동·내안과 군졸 넷이 가마를 따라 오대구 집으로 출발했다.

　　수많은 집에는 봄기운이 완연하고
　　집집마다 등불이 밤을 늘리네.
　　오늘 이 광경을 보지 못한다면
　　언제 어디에서 다시 볼 수 있을까.
　　萬井風光春落落 千門燈火夜漫漫
　　此生此夜不長見 明月明年何處看

(5권에서 계속)